陕西师范大学人文科学高等研究院资助出版
国家社会科学基金重大项目 "陕甘宁文艺文献的
整理与研究" (16&ZDA187) 阶段性成果之一

"上林学术名家书系"编委会

主　任
甘　晖

主　编
李继凯

副主编
赵学清　沙武田　李胜振

编　委
（按音序排列）

程国君　党圣元　葛承雍　何志龙

胡安顺　李永平　李跃力　李　震

刘学智　王建新　王泉根　王　欣

阎晶明　张宝三　张新科　赵学勇

陕西师范大学人文科学高等研究院资助出版
国家社会科学基金重大项目 "陕甘宁文艺文献的
整理与研究"(16&ZDA187) 阶段性成果之一

上林学术名家书系
主编 李继凯

现代革命文学的
文化语境与历史空间

王 烨 著

陕西师范大学出版总社

图书代号　　ZZ23N0847

图书在版编目（CIP）数据

现代革命文学的文化语境与历史空间/王烨著. —
西安：陕西师范大学出版总社有限公司，2023.5
ISBN 978-7-5695-1727-9

Ⅰ.①现…　Ⅱ.①王…　Ⅲ.①中国文学—现代文学—
革命文学—文学研究　Ⅳ.①I206.6

中国版本图书馆CIP数据核字（2020）第106429号

现代革命文学的文化语境与历史空间

XIANDAI GEMING WENXUE DE WENHUA YUJING YU LISHI KONGJIAN

王　烨　著

责任编辑	熊梓宇	
责任校对	张　姣	
封面设计	李　琳	
出版发行	陕西师范大学出版总社	
	（西安市长安南路199号　邮编 710062）	
网　　址	http://www.snupg.com	
印　　刷	陕西龙山海天艺术印务有限公司	
开　　本	710 mm×1000 mm　1/16	
印　　张	14.25	
插　　页	2	
字　　数	200千	
版　　次	2023年5月第1版	
印　　次	2023年5月第1次印刷	
书　　号	ISBN 978-7-5695-1727-9	
定　　价	68.00元	

读者购书、书店添货或发现印装质量问题，请与本公司营销部联系、调换。
电话：（029）85307864　85303629传真：（029）85303879

目录

第一编

现代革命文学观念的建构

郑振铎早期的文学功能观与立普斯移情理论的关联

郑振铎在20世纪20年代初期由热衷社会改造转向从事新文学运动和文学研究后，先后在其主编的《时事新报·文学旬刊》上发表了《文学的定义》《文学的使命》《文学与革命》①等系列文章，不断阐述自己关于中国文学现代性的个人想象。近年来，研究者已经指出，郑振铎这一时期把"情感""通人类的情感之邮"等视为文学的本质特性，他的这种文学现代性想象中含有"强烈的浪漫主义倾向"②，明显受到文齐斯德《文学批评原理》一书的影响③。不仅如此，有的研究者还进一步指出，郑振铎这种文学想象还受到美国社会学家弗兰克林·吉丁斯（Giddings）"社会有机体"理论的影响④。如果说郑振铎早期的新文学观主要由"情感""通人类的情感之邮"等元素构成，那么可以说，人们对郑振铎早期文学观的研究主要集中在"浪漫主义"层面，而对"社会有机体"等影响因素的探究还不够深入和丰富。事实上，郑振铎早期中国文学现代性想象中的情感性、功能性和社会改造目的性之间有着较紧密的逻辑性。即是说，他认为文学是情感性的存在，这种存在特质既是文学功能性和目的性的前提，又规定着文学实践及实现其功能性、目的性的方式；而在文学的

① 分别载于《时事新报·文学旬刊》1921年第1、5、9期。

② 郑振伟：《郑振铎前期文学思想》，人民文学出版社2000年版，第27页。

③ 参见郑振伟：《郑振铎前期文学思想》，人民文学出版社2000年版，第16—32页；杨晓帆：《重识郑振铎早期文学观中的情感论——对文齐斯德〈文学批评原理〉的译介与误读》，载《河北学刊》2010年第5期。

④ 参见季剑青：《郑振铎早期的社会观与文学观》，载《河北师范大学学报》（哲学社会科学版）2006年第5期。

情感性和功能性之间，"通人类的情感之邮"处于"中介"的逻辑位置，它不仅是沟通作者与读者情感、思想的桥梁，而且是文学实践社会改造、重建理想社会的"利器"。因此，笔者认为在郑振铎早期的文学现代性想象中，其核心因素不仅有文学的"情感"观，而且有文学"通人类的情感之邮"的功能观。但遗憾的是，郑振铎早期并未对其文学功能观进行细致阐述，致使后来研究者难以进一步深入研究展开，并阻碍了人们深入探究郑振铎文学观念中情感性、功能性、价值性之间的思想逻辑性。笔者还认为，郑振铎早期的文学功能观是建立在美国社会学家吉丁斯的"同类意识"观念的基础上，同时又受到德国心理学家、美学家立普斯移情理论的影响，它们共同促使郑振铎坚信文学具有"通人类的情感之邮"的能力，确信新文学是实现社会改造的唯一"利器"。

一、郑振铎早期文学思想中的文学功能观

郑振铎1917至1921年在北京求学期间，课余常到位于东城的北京基督教青年会图书室阅读书刊。在此期间，他喜欢上了社会学理论并热衷于社会改造运动。他对俄国文学也产生了浓厚兴趣，先后发表《俄罗斯文学底特质与其略史》《写实主义时代之俄罗斯文学》《俄国文学发达的原因与影响》①等文章，并为耿济之（耿匡）等人所译之《俄罗斯名家短篇小说》（第1集）②、耿济之所译之托尔斯泰《艺术论》③等译作作序。1919年11月，北京基督教青年会下设机构北京社会实进会决定出版机关刊物，郑振铎及其好友瞿秋白、

---

① 分别载于《新学报》1920年第2期，《新中国》1920年第2卷第7、8期，《改造》1920年第3卷第4期。

② [俄]普希金：《俄罗斯名家短篇小说》（第1集），沈颖、耿匡译，新中国杂志出版社1920年版。

③ [俄]托尔斯泰：《艺术论》，耿济之译，共学社1921年版。

耿济之被聘为该刊编辑，主持该会会刊《新社会》①、《人道》②的编辑工作，积极介绍西方社会学理论，并参与中国及北京的社会改造问题的讨论。受"五四"文学革命尤其是"整理国故"思潮的影响，郑振铎1920年后逐渐转向了文学研究和新文学运动，他积极联络在北京求学的福建同乡和北京高校的其他朋友，发起、组织了文学研究会并拟创办新文学刊物、编辑文学丛书。如果说郑振铎在编辑《新社会》《人道》期间，把主要兴趣放在社会改造问题、西方社会学理论介绍上，那么，他在文学研究会成立后则投入新文学的建设，先后发表《文学的定义》《文学的使命》等文章，组织编辑、出版"文学小丛书"，旨在"把文学的根本常识，简简单单的介绍给大家"③。这一时期，他认为文学的灵魂是思想和情感，文学的功能及使命是"表现个人对于环境的情绪感觉，欲以作者的欢愉与忧闷，引起读者同样的感觉。或以高尚飘逸的情绪与理想，来慰藉或提高读者的干枯无泽的精神与卑鄙实利的心境"④。即是说，他相信文学具有"通人类的情感之邮"的社会功能。

郑振铎刚开始从事俄国文学翻译时，受社会改造运动的影响，主要强调文学反映社会及人生问题的"写真"精神。从为《俄罗斯名家短篇小说》（第1集）作序到文学研究会成立止，他先后发表了《俄罗斯文学底特质与其略史》《写实主义时代之俄罗斯文学》等数篇文章。在这些译介性的文章中，他认为俄国文学具有"真"和"人道"的精神。在《俄罗斯名家短篇小说》（第1集）的序中，他指出俄国文学是其国民性格与社会情况的"写真"，称俄国文学擅长于对悲痛的描写，是具有悲剧精神的文学。在《俄罗斯文学底特质与其略史》中，他说俄国文学富有人道、悲剧、忏悔和平民的精神，是多讨论社会问题、人生问题的文学。总之，郑振铎此时认为，俄国文学体现了世界近代文学的精神及本质，即文学虽不以改造社会为极致，虽不为社会提供具体的建

---

① 《新社会》1919年11月1日创刊，1920年5月1日停刊，共出19期。
② 《人道》1920年8月5日创刊，仅出1期。
③ 陈福康编著：《郑振铎年谱》，书目文献出版社1988年版，第57页。
④ 郑振铎：《文学的使命》，载《时事新报·文学旬刊》1921年第5期。

设方案，但却能够激发人们改造社会的热情。这些文章真切表现了郑振铎对中国新文学的期望，他希望中国的新文学能够成为社会改造、新社会创建的重要工具。他在为《艺术论》作序时就说道："我总觉得中国现在正同以前的俄国一样，正在改革的湍急的潮流中，似乎不应该闲坐在那里高谈什么唯美派……而应该把艺术当做一种要求解放，征服暴力，创造爱的世界的工具。"郑振铎如此重视文学的"写真"精神，明显跟他参与北京社会实进会推动的"社会服务"活动有关。北京社会实进会成立于1913年，宗旨是以基督教的信仰来挽救中国青年的道德堕落，其组织的社会服务活动主要集中在教育、卫生、娱乐及社会宣传、社会调查等方面。郑振铎在主编社会实进会刊物《新社会》期间，不仅积极介绍西方的社会学理论，而且撰写出《我们今后的社会改造运动》《怎样服务社会》《现代的社会改造运动》①等文，并参与北京及中国的社会问题调查及其改造的讨论，先后发表《北京的女佣》《罪的研究》②等调查报告、研究论文。受此影响，他由热衷"社会服务"转向文学研究之初，始终要求中国新文学应具备"真"的品质，这种"真"既蕴含文学要如实反映社会、人生的现实问题，又蕴含作者要在文学中真实表达自己的情感、思想，以便唤醒和激励人们从事改造社会和新社会建设的热情。换句话说，郑振铎是出于社会改造目的才推崇文学的"写真"精神、写实主义，并把俄国文学确立为中国新文学的范式，希望把中国的新文学建构成有助于社会改造的文学形态。

然而，文学研究会成立后，郑振铎受美国文齐斯德《文学批评原理》的影响③，他的文学思想由推崇文学的"写真"精神（这实际上属于"作者/文本"层次的问题）转向了重视文学"通人类的情感之邮"的功能（这实际上属于"文本/读者"层次的问题）。《文学批评原理》是由文齐斯德编著、1899年出版的一本文学教材，该教材由"定义与范围""什么是文学""文学里

① 分别载于《新社会》1919年第3期、1920年第10期、1920年第11期。
② 分别载于《新社会》1919年第1期，1920年第10、11期。
③ 参见郑振伟：《郑振铎前期文学思想》，人民文学出版社2000年版；杨晓帆：《重识郑振铎早期文学观中的情感论——对文齐斯德〈文学批评原理〉的译介与误读》，载《河北学刊》2010年第5期。

的情绪元素""想象论""文学里的智能元素""文学里的形式元素""史论""散体小说论""结论"等部分组成。其中，文学的情感性是该书的核心命题和思想基础，"一方面，文齐斯德继承浪漫主义的文论传统，把情感置于文学四要素（情感、想象、理智、形式）之首，强调'诉诸情感之力'是文学区别于科学的根本原因；另一方面，身处美国特定的历史语境与文学教育发展的特殊阶段，文齐斯德又自觉发扬阿诺德的人文主义理想，将情感要素的重心，从浪漫主义的作者表现说转移到了文学感化读者的效果上来，以合乎普遍人性的道德规定来约束个人的主观抒情，试图以情感为中介去沟通文学在审美快感与道德教谕上的双重功能"。①受此教材影响，郑振铎在主编《文学旬刊》初期，既把"情感"视为文学的本质，又强调文学"通人类的情感之邮"的功能。他在《文学的定义》中指出，文学在两个方面有别于科学：一是文学是诉诸人们的情绪，而科学是诉诸人们的理智；二是文学表情达意之"美丽与精切"的文字本身就具有价值，而科学之书仅指向语言背后蕴含的"真理"。他在《文学的使命》中指出"文学中最重要的元素"不是思想而是"情绪"，认为文学"所以能感动人，能使人歌哭忘形，心入其中，而受其溶化的，完全是情绪的感化力"，而文学真正的使命就是"扩大或深邃人们的同情与慰藉，并提高人们的精神"。他在《文学与革命》中也说，"文学本是感情的产品""最容易感动人，最容易沸腾人们的感情之火"，并确信引起一般青年憎厌旧秽的感情的任务"只有文学，才能担任"。因此，他在《新文学观的建设》②中呼吁："文学是人生的自然的呼声。人类情绪的流泄于文字中的，不是以传道为目的，更不是以娱乐为目的。而是以真挚的情感来引起读者的同情的。"

由此可见，郑振铎转向从事新文学运动后，主要以文齐斯德的文学理论为依据，强调文学"诉诸情感"的特性及"通人类的情感之邮"的能力，为他

---

① 杨晓帆：《重识郑振铎早期文学观中的情感论——对文齐斯德〈文学批评原理〉的译介与误读》，载《河北学刊》2010年第5期。

② 郑振铎：《新文学观的建设》，载《时事新报·文学旬刊》1922年第37期。

的新文学功能观、使命观即改造读者的精神世界与变革社会找到了思想依据。他在《文学的使命》中说，文学的使命就是"以作者的欢愉与忧闷，引起读者同样的感觉。或以高尚飘逸的情绪与理想，来慰藉或提高读者的干枯无泽的精神与卑鄙实利的心境"。他在《平凡与纤巧》①中，期望新文学作者要能够"以自己的哭声与泪珠，引起读者的哭声与泪珠"。有研究者已经指出，郑振铎的"通人类的情感之邮"的这种文学功能观，其思想逻辑不仅主要指向的是"文学读者"这一极，而且它也把文学视为"具有一种交流的特征"②的艺术。因此，为了能够实现文学世界中这种"情绪"的积极有效的社会交流，郑振铎既反对把文学视为金钱、游戏及载道的各种传统观念、错误认识，又批评浪漫主义文学家仅把文学当作自我"内心的自传"的文学观，希望新文学作家在文学作品中表现出人类高尚、超逸的情绪及理想，以便把人们（读者）的精神、思想从现代"实利主义"的思想泥沼中拯救出来。如果说文学"通人类的情感之邮"的特性为郑振铎的文学功能观奠定了思想基础，那么，我们认为这种文学功能观实质是建立在人类具有相通的"同情心"信念的基础上的。郑振铎在《新文学观的建设》中就明确地说，文学是"以真挚的情感来引起读者的同情的"，"作者不过把自己的观察，的感觉，的情绪自然的写了出来。读者自然的会受他的同化，受他的感动"。他在《文学与革命》中也指出，文学伟大的感动力主要是从情感方面激发的，它叫人"不假思索而能引起本心的同情与愤怒之来"。可见，人们间普遍、永恒存在的"同情心"，实质上是郑振铎文学交流及功能观的思想逻辑前提。

不少研究者已经指出，郑振铎早期文学功能观的思想基石即人类的"同情心"意识，主要受到美国社会学家吉丁斯"社会有机体"理论的影响，它为郑振铎"强调文学的'情感沟通'的功能奠定了一个基础"③。不仅如此，我

---

① 郑振铎：《平凡与纤巧》，载《小说月报》1921年第12卷第7号。
② 郑振伟：《郑振铎前期文学思想》，人民文学出版社2000年版，第22页。
③ 季剑青：《郑振铎早期的社会观与文学观》，载《河北师范大学学报》（哲学社会科学版）2006年第5期。

们还认为，郑振铎早期文学功能观中的"同情心"意识，还受到德国心理学家、美学家立普斯移情理论的影响，它使郑振铎相信人类具有"利他"的人道情感，使他认识到文学应表现人类"高尚"的情感及肩负变革社会的"革命"职责。

二、立普斯移情理论对郑振铎早期文学功能观的影响

郑振铎早期文学功能观中的"同情心"意识，萌生于他主编《新社会》旬刊时期，其中，美国社会学家吉丁斯"社会有机体"理论对其影响较大[①]。然而，郑振铎早期文学功能观中的"同情心"意识，也借鉴了德国心理学家、美学家立普斯的移情理论，这深化和巩固了他对人类"同情心"和文学交流功能的认识，使他告别了新文学运动初期的"浪漫主义"文学观念，转向了"五四"新文学运动中的人道主义文学建设。

上文说过，郑振铎在北京求学期间最初对社会学产生了浓厚兴趣，他在主编北京社会实进会刊物《新社会》期间，不断翻译和介绍西方社会学家吉丁斯、白拉克麦（Blackmar）、海士、爱尔和特等人的社会学理论[②]。其中，郑振铎最为推崇的还是美国社会学家吉丁斯的"社会有机体"理论。吉丁斯为美国哥伦比亚大学社会学教授，郑振铎指出他的理论比孔德、斯宾塞、魏特等社会学家的理论更为进步，认为他把社会学建立在"自然的人类关系"上并开创了"同类意识"的社会学说，"他以'同类意识'为基本的社会力及人类关系的原因。同类的认识，或'互相吸引'，由趋异及集合的进步和

---

① 季剑青：《郑振铎早期的社会观与文学观》，载《河北师范大学学报》（哲学社会科学版）2006年第5期。

② 郑振铎翻译了吉丁斯《社会学原理》末章的《社会的性质及目的》（载《新社会》1920年第7期），并分别在《新社会》1920年第11、12、13、15期上"介绍"了白拉克麦的《社会学要义》、海士的《社会学》、吉丁斯的《社会学原理》和爱尔和特的《社会学与现代社会问题》。

为法则所控制的常力的动作，创造出我们的社会"。①吉丁斯在其《社会学原理》中指出，若果社会是一个有机体，那么，它大体上应是精神上的有机体，"他们不是物质的联结，乃是因理解力、同情及利害的原因而结合"，而"一切的文学及哲学，一切的宗教的意识及公众的制规，都是源于思想和感情的交换"。受此影响，郑振铎不仅认为社会是一个有机体，而且认为人类间存在相通的"同类意识"。他在《社会服务》中就明确地说道："凡是同种的动物，都有一种'同类意识'，觉着有痛痒相关的情谊"，而且动物的种类愈高等，其"同类意识"就愈发达，"看见人家生病，自己也见得苦痛；看见人家哭泣，自己也觉着凄然"。②正是人类这种"同类意识"信念的存在，为郑振铎"后来强调文学的'情感沟通'的功能奠定了一个基础"③。在郑振铎早期文学的交流及功能观念中，他认为人类的"同类意识"既蕴含在人的"情绪"中，又不会因时变迁，"历千古还是不盈不亏的"，认为它"虽不能说其绝无演进之迹，然而其演进程度较之智慧相差不可以道理计"。④这种"同类意识"促使郑振铎相信，"诉诸情感"的文学既具有亘古不变的统一性和永久性，又具有"通人类的情感之邮"的社会交流功能。他在《文学研究会丛书缘起》中直言不讳地说，文学是"人们的最高精神与情绪的流通的介绍者。被许多层次的隔板所间断的人们，由他的介绍，始能恢复这个最高精神与情绪的流通"⑤。这成为郑振铎转向从事新文学运动和文学研究的内在动因，也为郑振铎以文学推动社会改造和新社会建设的新文学"神话"找到了理论依据。

郑振铎早期文学功能观中的"同情心"受吉丁斯"同类意识"的影响，目前已为人们注意并激起人们的研究兴趣，但研究者尚未注意到它还受到美学

---

① 参见郑振铎：《社会学略史》，载《新社会》1920年第13期。

② 郑振铎：《社会服务》，载《新社会》1920年第7期。

③ 季剑青：《郑振铎早期的社会观与文学观》，载《河北师范大学学报》（哲学社会科学版）2006年第5期。

④ 郑振铎：《文学的定义》，载《时事新报·文学旬刊》1921年第1期。

⑤ 《文学研究会丛书缘起》，载《东方杂志》1921年第18卷第11号。

家立普斯移情理论的影响。立普斯为德国心理学家、美学家，他认为审美中的移情现象由审美主体和审美客体两个方面构成，一方面审美主体的情感、意志能够投射到审美客体上，另一方面审美客体自身的空间存在形式又能够使审美主体的内在情感向它转移。此外，立普斯还把审美主体的移情按性质分为"实用的移情"和"审美的移情"两种类型。如果说吉丁斯"同类意识"让郑振铎相信文学具有"交流"功能的话，那么，立普斯移情理论则让郑振铎进一步相信"同情心"是人类的一种高尚情感，是人类"利他"性情的心理表现，使他既坚信文学真正能够发挥"通人类的情感之邮"的作用，又使他意识到文学所表达的情感应为人类"利他"的高尚情感而非"利己"的私欲。我们知道，在"五四"新文化运动期间，胡适、周作人、鲁迅等人都倡导"个人主义"，认为现代社会应建立起"利己即利他"的伦理观念，这种"个人本位"的伦理意识实际上是把人"利己"的私欲视为自然的本质。受立普斯移情学说的影响，郑振铎反对这种"利己"性的伦理观。他认为人类心理中共时性存在着"利己"与"利他"两种本能欲望，而人类的"同情心"并非源于人类"利己"的私欲，而是萌生于人类天然的另一种性情即"利他"的本能中。他在《人道主义》①这篇文章中说："饥欲食，渴欲饮，寒欲衣的'生命维持'冲动，与'见美观之物，宝贵之品，幽雅之地'顿思据为己有的'占有'冲动，是利己性情的表现。见人哭则己亦欲泣，见孺子匍匐入井，则奔走号呼以救之的'同情心的冲动'，是利他性情的表现。二者各自有其根于心中，各自应其冲动的招呼，而涌现于行动。"他在这篇文章中又引用立普斯的话说："利他之性情，决不能自利己主义导出；乃有独立之根者也。而其根为人与人之间不可避之同情，为自己与自己所知他人人格间内面之一致，为使他人对于自己为'人'之'感情移入'。"即是说，立普斯移情理论让郑振铎明确认识到，"同情"起源于人类的"利他"本能性情，是人类的一种高贵的情感。不仅如此，它还让郑振铎相信个人与人类相关的程度愈复杂，其"利他"的同情心就

---

① 郑振铎：《人道主义》，载《人道》1920年第1期。

愈加容易产生和传达。

立普斯美学上的移情理论，不仅使郑振铎深入认识到"同情"是人"利他"性情的表现，而且使他成为一个人道主义文学的信仰者和追求者。他认为文学应成为作者"利他"性情的表现，而非像浪漫主义文学家宣扬的那样是个己"私欲"的表达、传记；他要求文学要表现人类高尚及飘逸的情感部分，以便使文学能够成为改变和提升人类情感、思想的工具。他在《文学的使命》这篇文章中，就不同意文学是作家"内心的自传"这种"浪漫主义"文学观，认为这种文学观虽比文学金钱主义、游戏主义观念高尚些，但它终究"带着自私的色彩"而缺乏关怀他者的高尚情怀。他在《文学与革命》中指出，文学应该激发的是青年及读者的"人道的情感"①，这种情感"一方面是为要求光明的热望所鼓动，一方面是为厌恶憎恨旧来的黑暗的感情所驱使"。他在《新旧文学的调和》中说，新文学应该是超越国界的，它追求的应为"人们的最高精神与情绪的流通的"。因此，如果说吉丁斯的"同类意识"为郑振铎的文学"同情"观奠定了基础，那么，立普斯的移情理论则形成郑振铎文学功能观中的人道主义倾向，使他渴望新文学应成为"血与泪的文学"而非"雍容尔雅""吟风啸月"的"冷血的产品"②，使他在新文坛率先提倡"血与泪"的文学及"革命"的文学③。他在《文学与革命》中就这样指出，"如果有描写旧的黑暗的情形的文学作品出现，一般人看了以后，就是向没有与这个黑暗接触过的，也会不期而然的发生出憎恶的感情来。至于曾受此黑暗所磨折的人，则更是对之涕泣不禁了"，而"把现在中国青年的革命之火燃着，正是现在的中国

---

① 郑振铎在《人道主义》这篇文章中指出，"人道的情感"就是"利他的性情"之同情心，它就是孔子倡导的"仁"、佛家倡导的"悲慈"、基督倡导的"博爱"精神。参见《人道》1920年第1期。

② 西谛：《血和泪的文学》，载《时事新报·文学旬刊》1921年第6期。

③ 郑振铎受好友费觉天请求，在1921年7月30日《时事新报·文学旬刊》第9期上发表《文学与革命》一文，开始提倡"革命"文学，成为现代革命文学的最早倡导者之一。参见拙论《文学研究会与初期革命文学的倡导》，载《厦门大学学报》（哲学社会科学版）2006年第3期。

文学家最重要最伟大的责任"。

可见，郑振铎早期的文学功能观不仅强调文学"诉诸情绪"的交流功能，而且强调文学要表达和唤起人们高贵的情感即"利他"的同情心。这使他成为"五四"时期人道主义文学的倡导者之一，使他期望新文学能够成为征服暴力、创造爱的世界的工具。不可否认，郑振铎这种人道主义文学观的形成有着较为复杂的影响因素，但是，它显然受到立普斯移情理论的影响[①]。立普斯移情理论不仅深化了郑振铎对吉丁斯"同类意识"的认识，而且使他走向了倡导人道主义文学的道路，并借助文学研究会的组织及其主编的《文学旬刊》而在"五四"新文坛上产生重要的社会影响。非常遗憾的是，我们目前还不清楚郑振铎是如何接触到立普斯移情理论的，这有待我们进一步深入研究。

---

① 郑振铎人道主义文学思想与基督教文化、无政府主义、托尔斯泰文学观、立普斯的移情理论等共同影响有关。

基督教对郑振铎新文学观生成的影响

文学研究会的成立对郑振铎而言具有象征意义，它是郑振铎由社会改造运动转向新文学运动的历史起点。近年来有学者指出，《新社会》旬刊的创办应是文学家郑振铎新文学观形成的真正源头①。我们认为，郑振铎组织文学研究会的真正动因，应跟"五四"时期"整理国故运动"有关②，它不仅使郑振铎产生了研究中国文学的兴致，而且给他带来了创造中国文学现代性的雄心。郑振铎认为中外古今的文学具有共通的文学性，通过对中国传统文学的整理及研究可以探寻它，并以它作为创造中国文学现代性的正确范式。我们还认为，郑振铎新文学观念的生成与基督教在近代中国的传播有关，其中，北京基督教青年会的社会福音运动对其影响尤大。20世纪90年代以来，人们已把基督教视为20世纪中国文学现代性发生的历史语境之一，但基督教对郑振铎新文学观乃至文学研究会文学观念的影响，至今没有引起现代文学研究者的重视。事实上，基督教对文学研究会早期成员尤其是闽籍作家的影响十分鲜明，它实际上构成文学研究会文学观念的主要文化语境。

---

① 参见石曙萍：《知识分子的岗位与追求——文学研究会研究》，东方出版中心2006年版；季剑青：《郑振铎早期的社会观与文学观》，载《河北师范大学学报》（哲学社会科学版），2006年第5期。

② 目前，笔者正在深入研究"五四"时期"整理国故运动"与文学家郑振铎新文学观形成这一课题。

一

　　文学研究会成立之初，闽籍青年成为中坚力量并发挥了引领性作用。值得深思的是，文学研究会中闽籍青年的思想观念与文学创作具有鲜明的地域文化特征，他们都或深或浅地受到基督教文化的影响。这无疑与福建近代以来成为基督教传教中心的历史状况有关。

　　鸦片战争结束后，福建成为基督教最早传入的省份之一，并成为外国教会在华传教的一个中心。据研究，厦门是中国继广州之后外国传教士涌入的第二个城市。到1850年，厦门已有美国归正会、英国伦敦会及长老会三大教会，它们分别在厦门、漳州、泉州等地传教。从1847年开始，福州逐渐成为外国传教士理想的传教地，美国的美国美部会、美以美会及英国的圣公会等先后在此建立教堂，"在短短的几年中，福州就成为新教在华传教的一个区域中心"①。厦门、福州两地教会在福建的传教关系融洽，并于1865年划定各自的传教地域，"划定闽南是长老会、伦敦会、归正会之地点。闽北公理会（即美部会，笔者注）、美以美会、圣公会亦划定地界"②。外国教会还在福建兴办学校、医院及出版机构。美国美部会在福州创办了最早的教会学校"榕城格致书院"，美以美会先后在福建创办了福州美华书局、莆田美兴书局、永春多玛书局，英国圣公会则在福建兴办了多家医院。据统计，到20世纪20年代，外国教会在福建创办了41所大型医院，占福建省医院总数的39%；而在19世纪60年代以前，基督教各教会就在福建兴办了15所教会学校。基督教会在福建创办的这些文化医疗机构，促进了福建近代文教卫生事业的发展，促进了福建近代女子教育的发达，并使福建成为"基督教和天主教势力较为发达的省份之一"③。

---

　　① 吴义雄：《在宗教与世俗之间——基督教新教传教士在华南沿海的早期活动研究》，广东教育出版社2000年版，第197页。转引自陈林：《近代福建基督教图书出版考略》，海洋出版社2006年版，第23页。
　　② 转引自陈林：《近代福建基督教图书出版考略》，海洋出版社2006年版，第22页。
　　③ 陈支平主编：《福建宗教史》，福建教育出版社1996年版，第441页。转引自陈林：《近代福建基督教图书出版考略》，海洋出版社2006年版，第23页。

基督教会在福建的传教活动及兴办的文化事业，孕育了文学研究会中闽籍青年的基督教情结。首先，他们多在教会学校接受现代文化教育，冰心就读的贝满女中、协和女子大学、燕京大学均为教会学校，许地山在京就读的汇文大学、燕京大学均为教会学校，庐隐考入女师大前就读的慕贞女中也为教会学校。其次，他们在京读书时多参加北京基督教青年会①举办的各种活动。冰心1917年暑期参加了北京基督教女青年会举办的夏令营，"还和天津的中西女中学生一起演戏"②；她在燕京大学读书时，曾担任《燕大季刊》的编辑、副主任。郑振铎、许地山热衷于北京社会实进会的社会服务活动。北京社会实进会是北京基督教青年会的一个附属机构，1912年10月由北京3所教会学校和3所官立学校的40名学生组织成立，全称为北京学生团社会实进会（Peking Students' Social Service Club）。社会实进会的宗旨是联合北京青年学生从事社会服务与社会改良，郑振铎为其会刊《新社会》旬刊的编辑，1920年后许地山加入该刊。

在文学研究会的闽籍青年中，冰心、许地山的基督教文化色彩最为浓厚。和他们相比，郑振铎没有教会学校就读的经历，人们认为他也不是基督教青年会会员，但这并不能使我们否认基督教对郑振铎的影响。郑振铎祖籍福建长乐，他家自祖父开始生活在福州，大约在1895年由福州迁往浙江温州，而福州及温州都是外国教会的传教地。18世纪以后，外国传教士就进入温州传教，"建于一百多年前的大南门外花柳塘巷的天主堂，为浙南教堂之首"③。1876年《中英烟台条约》签订后，温州成为新辟的通商口岸之一，外国传教士便纷纷来此传教。在这样的教会传教的口岸地域，郑振铎一定程度受到了基督教文化的耳闻目染。1917年，他考入北京铁路管理学校后，课余经常到位于东城的北京基督教青年会的图书室看书，在此认识了俄文专修馆的瞿秋白、耿济之及

① 北京基督教青年会正式成立于1909年，受"五四"爱国运动影响，它把青年工作与学生工作作为工作重点。参见左芙蓉：《社会福音、社会服务与社会改造：北京基督教青年会历史研究（1906—1949）》，宗教文化出版社2005年版，第55—69页。

② 卓如：《冰心年谱》，海峡文艺出版社1999年版，第20页。

③ 陈福康：《郑振铎传》，北京十月文艺出版社1994年版，第5页。

汇文大学的瞿世英。1919年10月，郑振铎与他的这些"东城根"朋友[①]受北京社会实进会之请，主编该会会刊《新社会》旬刊，从此积极参与北京社会实进会举行的各种活动。据《郑振铎年谱》记载，自《新社会》创刊后，郑振铎经常出席该会职员大会，并多次邀请北京著名学者来此进行演讲。种种资料表明，郑振铎应是北京社会实进会的成员[②]。

郑振铎对北京基督教青年会的亲近，还受到好友许地山、瞿世英及学者周作人的感染。许地山是郑振铎在京求学时的好友，后由瞿世英介绍加入《新社会》。许地山是最具宗教情怀的现代作家，他在家乡漳州华英中学教书时加入闽南伦敦会教会，1917年考入燕京大学外文系，毕业后留校并转入该校神学院研究宗教，1922年赴美国哥伦比亚大学研究院研究宗教，后转入英国牛津大学曼斯菲尔学院研究宗教学、印度哲学等。许地山丰富的人生经历与渊博的学识令郑振铎钦慕，郑振铎听从他的建议而开始翻译泰戈尔的诗歌。瞿世英为汇文大学学生、北京社会实进会成员，也是《新社会》创刊时唯一一个教会学校的学生。在《新社会》编辑成员中，耿济之专注于俄国文学翻译，瞿秋白偏向社会文化批评，而瞿世英、郑振铎、许地山忠实于社会服务。1920年1月1日《新社会》召开编辑会议，决定《新社会》每期应有一篇社会研究的著作，因此，便确定由瞿世英、许地山、郑振铎三人担任。可见，郑振铎与瞿世英、许地山

---

① 指俄文专修馆瞿秋白、耿济之及汇文大学的瞿世英。他们的家都住在东城附近，并常到基督教青年会图书室看书，郑振铎在此与他们结识并成为好友。

② 瞿秋白曾说，五四运动爆发后，"最初北京社会服务会的同志：我叔叔瞿菊农，温州郑振铎，上海耿济之，湖州张昭德（后两位是我俄文专修馆的同学），都和我一样，抱着不可思议的'热烈'参与学生运动"。但许多郑振铎传记研究及中国社会学史的研究，多对此含糊其词，或否认郑振铎是社会实进会会员。参见《瞿秋白文集》（第1卷）（人民文学出版社1985年版）、陈福康《郑振铎传》（北京十月文艺出版社1994年版）、阎明《一门学科与一个时代——社会学在中国》（清华大学出版社2004年版）等。

的思想相通，而与瞿秋白、耿济之存在着隔膜①。郑振铎对基督教的偏爱还受到周作人的感染。郑振铎自1920年4月邀请周作人来社会实进会演讲后，与周作人的交往日益频繁，先是邀请他为《人道》撰稿，后又与他商议创办文学刊物、成立文学研究会等事宜。此时，周作人意欲把人道主义与基督教联系起来。他认为基督教对建设新文学有益，对所有的中国事情也仿佛觉得"是有益于中国似的"②。周作人"人的文学""平民文学"观念对郑振铎影响很大，郑振铎"通人类的感情之邮"③的文学观，其内在性与周作人的基督教文学观非常相似。周作人认为，基督教文学内容的精义在于感情达到人神的合一及人们相互的合一。

由于地域文化及同学、师友的影响，郑振铎在北京求学期间热衷于基督教社会福音运动，成为北京社会实进会的宣传人员，积极响应实进会的社会服务及改造运动。他在《新社会》发刊词中指出：社会改造的目的就是用现代民主精神，创造自由平等、没有阶级和战争的和平幸福的新社会。他认为现代学生运动的根本应是社会服务，就是"下层的大多数的新文化运动"，也就是"灌输新思想给一般社会"。④总之，在五四时期兴起的自由主义、共产主义、社会主义等新文化思潮中，郑振铎倾向于社会主义及人道主义，对社会改造、"新村主义"满怀热情及追求⑤。这种思想倾向不仅给郑振铎带来了"新社会"的文化理念，而且影响其新文学观的生成。从北京社会实进会到文学研究会的演变过程中，我们能够明显看到这种文化影响的痕迹。

---

① 1920年8月《人道》月刊的创办，象征着郑振铎与瞿秋白思想的分裂。瞿秋白在《饿乡纪程》中这样写道："《人道》和《新社会》的倾向已经不大相同。——要求社会问题的唯心解决。振铎的倾向最明了，我的辩论也就不足为重；唯物史观的意义反正当时大家都不懂得。《人道》的产生不久，我就离中国，入饿乡，秉着刻苦的人生观，求满足我'内的要求'去了。"

② 周作人：《知堂回忆录》，敦煌文艺出版社1998年版，第265页。

③ 郑振铎：《新文学观的建设》，载《时事新报·文学旬刊》1922年第37期。

④ 郑振铎：《学生的根本上的运动》，载《新社会》1920年第12期。

⑤ 1920年6月后，郑振铎与周作人的交往日益密切，不仅邀请周作人到北京社会实进会讲演《新村的理想与实际》，还邀请周作人为《人道》月刊撰写"新村"方面的文章，并在1920年10月创办的《民国日报·批评》半月刊上进行"新村运动"的社会讨论。

二

北京社会实进会最初的创立宗旨，是以基督教的信仰挽救中国青年的道德堕落，后来宗教色彩逐渐淡化。它的发起者、北京青年会干事步济时认为，中国青年学生有着爱国热忱但往往不切实际，他们热衷民主理论却鄙视社会下层、未受教育的社会阶层，他们仇视官场腐败却常为自己的前程使用贿赂手段，更不幸的是，许多中国青年和归国留学生因对国家前途极度绝望而自暴自弃。面对中国青年学生个人道德的堕落状况，步济时认为基督教的信仰可以使他们看到国家的希望，可以使他们为挽救中国而发挥自己的作用。由此，他成立了北京学生团社会实进会，组织青年学生参与基督教的社会服务①事业。在步济时看来，社会服务是与"社会福音"一致的正义行动。社会福音运动是基督教对西方工业化与都市化的历史回应。社会福音运动者认为，耶稣强调的上帝、仁慈和人的价值的内在性，不仅仅应是个人生活的精神指导，也应该成为社会生活的历史指导，从而改变现代工业化和资本主义制度造成的阶级冲突、贫富差别、穷人生活状况恶化等社会恶果。因此，社会福音运动被视为是"致力于与上帝国的理想一致的社会重建运动"②。

北京社会实进会进行的社会服务活动，主要包括教育、卫生、娱乐及社会宣传、社会调查等内容。为了给北京贫穷子弟和一些年长失学的人提供学习文化的机会，北京社会实进会在东城石牌楼附近、南城高等师范学校附近和京师大学附近开办三所夜校，另外还开设两所免费夜校。为了让市民参与健身、娱乐活动，实进会在北京开设了两处游戏场，还在总部胡同东设立小儿游艺

---

① 步济时把基督教的社会服务概括为"人们计划并且完成耶稣基督为社会下层所做的每一件事情"，它包括对社会下层的救济和改变其现状的努力，改变社会下层有害的道德、习俗、愚昧等行为，而社会下层应包括"依附者、身心有缺陷者、有过失者、穷人和无知的人"。参见左芙蓉：《社会福音、社会服务与社会改造：北京基督教青年会历史研究（1906—1949）》，宗教文化出版社2005年版，第133页。

② 左芙蓉：《社会福音、社会服务与社会改造：北京基督教青年会历史研究（1906—1949）》，宗教文化出版社2005年版，第13页。

场，专门指导、教授儿童进行体育及娱乐活动。社会实进会的演说部负责社会改良的宣传工作，经常到街头、济良所、监狱等处演说卫生、疾病、教育等知识；为了提高听众的兴趣，演说部还定期放映电影或播放留声机。社会实进会的调查部，主要以城市社会弱势群体中的北京贫民的生活状况作为调查对象，目的是"调查社会之腐败恶习，以备改良"①。社会实进会做的第一个调查是关于北京人力车夫的生活调查②，结果表明，这种职业是既消耗体力又不经济的工作，将来会被现代交通工具所取代，并提出一些改良这种职业的建议。实进会后来又对北京的教育机构、监狱、精神病院、贫民院、孤儿院等进行调查。通过这些调查，社会实进会发现北京存在许多社会问题，主要表现为"大多数居民的无知和极度贫穷，学生和官员阶层中越来越多的不道德现象，稀少的娱乐设施，工业压迫和童工现象，社会机构组织的简陋条件，监狱状况和囚犯待遇的有待改进等等"③。

北京社会实进会的社会服务活动，影响了郑振铎新文学观的生成。郑振铎在文学研究会成立前后，多在社会改造的文化语境中认识文学的意义及价值，要求文学应该表现社会的血与泪，要"真实""自然"地反映出人生及社会的现实状况。郑振铎最初的文学论文是关于俄罗斯文学的介绍，他在《俄罗斯名家短篇小说》（第1集）④的序中说，俄国文学体现了"真"的精神，是国民性格与社会情况的"写真"；它擅长描写悲痛，多凄苦的声音，是悲剧性质的文学。他在《俄罗斯文学底特质与其略史》⑤中说，俄国文学富有人道、悲剧、忏悔和平民精神，是多讨论社会问题、人生问题的文学。郑振铎认为，

---

① 左芙蓉：《社会福音、社会服务与社会改造：北京基督教青年会历史研究（1906—1949）》，宗教文化出版社2005年版，第139页。

② 该调查在1914至1915年间进行，由步济时主持并设计调查问卷，社会实进会学生收集资料，北京大学社会学系陶孟和教授撰写调查报告。参见阎明：《一门学科与一个时代——社会学在中国》，清华大学出版社2004年版，第17页。

③ 左芙蓉：《社会福音、社会服务与社会改造：北京基督教青年会历史研究（1906—1949）》，宗教文化出版社2005年版，第148页。

④ 该书由沈颖、耿济之等人翻译，1920年7月由新中国杂志社出版。

⑤ 该文发表在《新学报》1920年第2期。

俄国文学体现了世界近代文学的精神及本质，那就是文学虽不以改造社会为极致，虽不为社会提供具体的建设方案，但却能够激发人们改造社会的热情。因此，他成立文学研究会并创办《文学旬刊》后，就渴望中国新文学能成为血的文学、泪的文学，能够成为人生真实的"自然的呼声"①，并希望中国像俄国那样，把文学当作一种要求解放、征服暴力、创造爱的世界的工具。他在《文学与革命》②这篇文章中指出：中国青年学生除家庭、学校以外，对"社会上一切的龌龊黑暗的情形他们都不知道"，这使得他们对旧社会的改造缺乏热忱和灼见，而文学能够"使他们在现在的时候对于旧的黑暗会发生一种非常憎厌的感情"，能够激起他们改造旧社会的革命激情。因此，郑振铎要求新文学家要担当社会改造的大任，要以文学的感染力激发青年改造社会的热情。

文学研究会成立后，郑振铎对社会服务及社会学研究的热情减弱，逐渐转向了文学研究及"文学性"的探寻，以便为中国文学现代性的形成确定范式。这期间，他认为文学是情绪与最高理想的联合的想象表现，并把"情绪"视为文学的本体特征。近年来有人指出，郑振铎如此突出强调文学的"情绪性"，这种观念显然受到吉丁斯"同类意识"的影响，即人类社会在精神及意识上具有有机联系，这背后"仍然是他早期从事社会改造运动时的思路"③。郑振铎强调"情绪"为文学的本质属性已为众人熟知，这种文学观隐喻的社会改造意旨也已被察觉，但人们忽略了郑振铎这种文学观蕴含的另一重要内容，即文学也应含有"最高理想"的想象表现。他在《文学的定义》中说：文学并非情绪的纯粹的表现，它总须含有"理性的元素"在内，这种理性或者说"最高的理想"便是"人间的道德的要求"。他在《文学的使命》中说，文学表现的高尚理想便是对工商时代"卑鄙实利"精神的批判。郑振铎把文学中表现的最高的理想，视为拯救现代人道德堕落与理想社会重建的"伟大、光荣的使

---

① 郑振铎：《新文学观的建设》，载《时事新报·文学旬刊》1922年第37期。

② 该文发表在《时事新报·文学旬刊》1921年第9期。

③ 季剑青：《郑振铎早期的社会观与文学观》，载《河北师范大学学报》（哲学社会科学版）2006年第5期。

命"，他说"现在的世界是如何残酷卑鄙的世界呀！同情心压伏在残忍冷酷的国旗与阶级制度底下，竟至不能转侧。而人们的高洁的精神，阔大的心境也被卑鄙的实利主义，生活问题泯灭消减而至于无有。救现代人们的堕落，惟有文学能之"。在这种意义上，郑振铎的文学观仍然隐喻着社会实进会的宗旨，即以对基督教的信仰改造中国青年学生的精神及道德。

社会实进会不仅对郑振铎文学观的生成产生了深刻影响，而且影响了文学研究会的文学创作及文学观念。文学研究会对文学是"于人生很切要的一种工作"①的崇信，对"人生派"文学观的张扬，以及冰心、叶圣陶、王统照等社会及心理问题的小说创作，都反映出基督教青年会对文学研究会的影响。如果把文学研究会视为最早成立的新文学社团②，如果把其"人生的艺术"视为对中国最重要、最有历史影响的新文学观之一，那么我们可以说，基督教对中国文学现代性的形成发挥了重要的历史作用。

---

① 《文学研究会宣言》，见贾植芳等编：《文学研究会资料》（上），河南人民出版社1985年版，第1页。

② 近来，有学者指出，中国最早成立的新文学社团不应是文学研究会，而应是1920年2月初在上海成立的上海新潮社。该社由张静庐、王靖等人发起，1920年3月15日创刊《新的小说》。参见陈青生：《中国最早的新文学社团：上海"新潮社"及其文学活动》，见《韩中言语文化研究》（第10辑），韩国现代中国研究会2006年版。

王尔德唯美主义文艺观与初期革命文学运动

　　1923至1924年的革命文学宣传是为配合国民革命动员而出现的。"五四"新文化运动带来的文学性氛围越来越成为实际政治革命的阻碍，《中国青年》编者恽代英、邓中夏、萧楚女及国民党上海执行部宣传干事沈泽民等人，都认为在军阀专横和帝国主义压迫日趋严重的时代处境中，实际的"革命"比无力的"文学"更为急要、切要。他们指出，文学固然能激发人们的革命情绪，但革命成功终应归功于实际的"革命家"。在初期革命文学倡导过程中，围绕"文学与革命"这一时代话题，国民革命运动者和新文学者形成两种对立的文学意识形态，前者以实际革命为本位鄙视个人性的文学实践，后者以文学为本位抗拒参与实际革命运动。如果说前种意识形态以国民革命的正义性作为合法性基础，那么，后种意识形态的合法性则来源于对王尔德唯美主义文艺观的适时转化。

一、《中国青年》的革命文学倡导及展开的"文学批判"

　　1922年1月莫斯科远东会议①结束后，中共先后召开了广州会议②和西湖会议，讨论及最终确定与国民党进行革命合作的形式问题。与此同时，孙中山也积极考虑远东会议建议，先与苏俄代表越飞发表《孙文越飞联合宣言》，后通过国民党"一大"正式确立"联俄、联共、扶助农工"的革命策略。"国共合作"路线确立后，国共两党都积极开展革命宣传和社会动员。1923年6月，共产党将停刊的《新青年》改为季刊重新出版，希望将它办成"中国无产阶级革命的罗针"①。1923年10月，社会主义青年团创办《中国青年》周刊，期望引导青年到"活动的路上""强健的路上"和"切实的路上"。② 国民党上海临时执行部成立后，将上海《民国日报》③改为该部机关报，其副刊《觉悟》也随之表示要引导青年为"民主政治和排斥列强"而"努力奋斗"。④ 国民党中央宣传部于1924年10月接管广州《民国日报》，将它改造成宣传"孙文主义"的重要舆论阵地。在革命宣传过程中，《新青年》季刊主编瞿秋白，《中国青年》编者恽代英、邓中夏等，上海《民国日报》副刊《觉悟》的编辑邵力子及沈泽民等，都纷纷提倡"革命文学"。瞿秋白表示《新青年》今后要"收集革命的文学作品"，以给"中国麻木不仁的社会以悲壮庄严的兴感"。恽代英、邓中夏、萧楚女等《中国青年》编者，呼吁文学青年不应沉醉于无关社会痛痒的"吟风弄月"的文学，而应多创作"表现民族伟大精神"和"描写社会实际生活"的作品。邵力子也呼吁上海戏剧界应摈弃"伶人"意识，应以戏剧"提倡革命精神，辅助革命事业"⑤。其中，沈泽民是一位最为热忱的革命文学倡导者。他担任国民党上海执行部宣传干事后，就不断撰文呼吁建立"革命的文学"，希望文坛上这个新生的"革命军"能够带领民众"向实际生活的革命进行"。⑥他接编《民国日报》副刊《觉悟》后，便在《觉悟》上开辟《文学专

---

① 瞿秋白：《新青年之新宣言》，载《新青年》1923年第1期。

② 《发刊辞》，载《中国青年》1923年第1期。

③ 由国民党员吴荣新等人1923年集资创办，1924年7月被国民党广州市特别党部接管，同年10月被国民党中央党部接管。

④ 邵力子：《民国十三年的新觉悟和新努力》，载《民国日报·觉悟》1924年1月1日。

⑤ 邵力子：《戏剧和革命》，载《民国日报·觉悟》1924年3月16日。

⑥ 沈泽民：《我们需要怎样的文艺》，载《民国日报·觉悟》1924年4月28日。

号》，以图改变新文坛上盛行的"靡靡之音"文学风气。沈泽民的革命文学倡导，不仅在上海地区产生重要社会影响，而且受到广州国民党人的重视，广州《民国日报》就曾转载他的《文学与革命的文学》①一文，希望借此推动广州革命文学运动的兴起。

在这些实际革命运动者的影响下，一些"革命"的文艺青年开始"革命文学"的创作实践，并以"革命文学"相号召组织文学社团。据不完全统计，在1924至1925年间，仅杭州、上海、广州等地就先后出现悟悟社、春雷社、火花剧社、进社文艺研究会、文学周刊社、血花剧社等文艺组织。其中产生较大社会影响的是悟悟社和血花剧社。悟悟社为之江大学学生许金元、蒋铿等人发起成立，该社成立后立刻引起新文学界和革命界的重视，《小说月报》《觉悟》《新浙江报》《学生杂志》《京报》等纷纷刊文介绍，把它视为在"靡靡之音"文学潮流中"别竖旗帜"②的文学社团，是革命青年应该效仿的"一个绝好的榜样"③。血花剧社为黄埔军校学生组织的业余文艺团体，以"艺术革命化"和"革命艺术化"为宗旨，在革命军"东征"和北伐期间随军进行宣传。这些革命文艺社团成员多为革命青年，他们的革命文学实践不仅具有鲜明的政治性而且带有鲜明的党派性。简言之，倾向国民党的文艺青年渴望建立"青天白日"的革命文艺，而倾向共产党的文艺青年则希望建立"无产者"的革命文艺。

在推动和建设革命文学的过程中，革命文艺的倡导者和实践者们都一致把表达"爱"与"美"的文学视为"靡靡之音"进行激烈的批判和拒斥。呈现出重革命轻文学、重革命家轻文学家的倾向。他们或把文学活动描述成"遨游于高山流水之间"和"躺在沙发上，闭着眼睛讴歌爱和美"的行为，劝告青年"离开你诗人之宫，诚心去寻实际运动的路径"，或把从事文学想象为患着"懒惰和浮夸两个病症"的"浅薄而且卑鄙"的"没志气的勾当"，或是以

---

① 该文原载上海《民国日报·觉悟》1924年11月6日。
② 《悟悟创刊号出版》，载《民国日报·杭育》1924年12月30日。
③ 程希生：《"到民间去"与"革命文学"》，载《京报副刊》1925年第117期。

"风流才子""高人逸士""为艺术的艺术家"等为名义的"疯人生活"。①
诚如研究者所指出的，这些批评话语具有历史的合理性和现实的针对性，涉及
"新文学在普及过程中出现的自我消费化、空洞化的现象"②。但是，细致研
究这些批评就会发现，他们是把"专门"追求文学即"为文艺而文艺"的青年
视为批判对象，否定"专业的文学家"所坚信的"好的艺术应看其所表现的情
绪是否真挚、恳切"③的文艺观。这实质上是反对"文学"的革命文学批判，
在20世纪20年代中期造成了"文学"的意识形态分裂及"文学与革命"的对
立，也引起了"文学与革命"的思想论争。

二、王尔德唯美主义与国民革命时代"文学"合法性的想象

"五四"落潮之后，中国文坛盛行着王尔德的唯美主义，都市青年也在
生活中乐于讨论艺术、爱情和美的话题，这越来越成为国民革命宣传的障碍。
作为英国天才作家、19世纪末唯美主义潮流颇负盛名的代表人物，王尔德作
品最早被翻译进入中国的是抒写同情与奉献的童话④，经过陈独秀在《文学革
命论》中的呼吁⑤，创造社作家田汉⑥、郭沫若、郁达夫的翻译和推崇⑦，以及

---

① 楚女：《诗的生活与方程式的生活》，载《中国青年》1923年第11期。
② 姜涛：《革命动员中的文学和青年——从1920年代〈中国青年〉的批判谈
起》，载《中国现代文学研究丛刊》2009年第4期。
③ 参见郑振铎：《卷头语》，载《小说月报》1924年第15卷第2号。
④ 周作人译作《安乐王子》收录于周氏兄弟合译的《域外小说集》第1册中。
⑤ 陈独秀在《文学革命论》中说"予爱培根、达尔文之英吉利，予尤爱狄铿士、
王尔德之英吉利"，呼唤中国有自己的"虞哥、左喇、桂特郝、卜特曼、狄铿士、王
尔德"，冠王尔德以"自然派文学大家"之名加以推崇。
⑥ 田汉所译《莎乐美》发表于《少年中国》1921年第2卷第9期，文后附郭沫若
呈作者、译者诗《"密桑索罗普"之夜歌》，该译本1923年1月由中华书局出版了单行
本，至1930年共印行五次。
⑦ 1922年3月15日，郁达夫《淮尔特著杜莲格莱序文》发表于《创造》创刊号。

沈泽民^①、张闻天^②的介绍，王尔德和他的戏剧、童话、小说甚至不太出名的诗歌都开始为中国人所熟知。1919至1921年间，王尔德已经得到全面集中的介绍。

王尔德唯美主义最鲜明的主张是"艺术高于生活""艺术美化生活"，前者是对艺术的来源和地位的概括，后者却在高扬艺术旗帜的同时无心插柳地昭示了艺术的社会职能。王尔德积极践行"艺术美化生活"，从饮食起居、穿着打扮到言行举止无不奉行这一主张。同时，作为"美的信徒"，王尔德耽于人生享乐，纵情声色，沾染了世纪末的颓废气息，被当作"耽美/颓废派"最著名的代表广受批判。但在社会情境完全不同的中国，这种颓废被理解为对现实的不满、对绝望的反抗。周作人在1923年《新文学的二大潮流》中对颓废派表示了最大限度的同情。他指出，在"非人的生活"面前，"除了思想感情已经变坏的人以外，大抵都抱着一种不满与不快，在这个源头上就发生那两样的水苗（即革命文学和颓废派）"。^③相比革命文学，周作人却更看好颓废派："中国新文学的趋势，将来当分为二大潮流，用现在的熟语来说，便是革命文学与颓废派……据我看来，后者或要占更大的势力。"日本学者伊藤德也也在论文中指出，周作人当初对颓废派的同情，实质是对中国人抵抗严酷现实而挣扎的"求生意志"的同情，他说"这样的'颓废派'跟'革命文学'一样，'现世'到悲伤的地步，有时候比'革命文学'还要现世"。^④另外，中国当时介绍王尔德还有一个特点，即有意无意地淡化和过滤了他颇受争议的同性恋

① 1921年5月10日，《小说月报》第12卷第5号载沈泽民《王尔德评传》，同期开始连载耿式之译王尔德戏剧《一个不重要的妇人》（第5、6、8、12号）。

② 1922年4月3日至18日上海《民国日报·觉悟》发表张闻天、汪馥泉合译的《王尔德介绍》，详细介绍了王尔德的生平、创作，4月20日至5月14日连载了二人合译的王尔德《狱中记》。

③ 周作人：《新文学的二大潮流》，载《燕大周刊》1923年第20期。

④ [日]伊藤德也：《与耽美派相对立的颓废派——1923年的周作人和徐志摩、陈源》，载《现代中文学刊》2013年第3期。

传闻及牢狱生活①，也就是说，王尔德"艺术美化生活"的主张在一些中国人眼中具有了改良人生的积极意义，而他身上那些负面的影响在启蒙时代的中国被理解为一种反抗绝望的悲伤而得到同情和接受。

王尔德"生活模仿艺术更甚于艺术模仿生活"的"惊世之语"，在文学兴盛的时代受到都市青年的追捧。黑暗、动荡的社会环境将大批知识青年抛进生计、婚恋、个人与国家的出路等切身问题的苦闷之中，王尔德纯粹的唯美追求对这些苦闷中的青年极具魅力：一方面天才的艺术在慰藉心灵和摆脱现实上确有奇效，另一方面很多青年也将这种对西方艺术观念的热烈拥抱视为落后中国走向现代化的一种较直接的途径。很多青年十分热衷于讨论婚恋、美酒和艺术，而罔顾现实的革命斗争。此外，在对王尔德的接受中还产生了一批仅"宣泄本能冲动"，却完全没有他那种"雍容冷峭的智慧"的色情文学②。国民革命运动者对青年从事纯文学活动的反感，主要针对的就是这种软弱颓靡的文学。结合他们在《中国青年》上的其他刊文和征稿启事，会发现他们真正提倡青年研究的学问是与实际革命最为切近的"政治社会科学"，恽代英甚至将文学、外语、数学等学问当作对生活无用的"洋八股"统统加以反对③，萧楚女则希望青年通过严谨、自律、刻苦的"方程式的生活"提高自身修养，摈弃自由散漫回避现实的"诗的生活"④；《中国青年》的征稿要求也集中在对农民、工人、妇女、青年、兵士及各社会团体的生活和运动的介绍，体现着该刊作为"切实的青年运动工具"的方针。这些肩负指导青年之责的共产党人反对青年从事整个的文学活动，无论它是"为人生"还是"为艺术"。

---

① 如沈泽民在《王尔德评传》中称王尔德醉后诽谤了昆斯伯里（Queensberry）侯爵，被后者告上法庭，完全与事实相左；张闻天、汪馥泉在合译的《王尔德介绍》中用"因不名誉的事入狱两年"一笔带过；茅盾在《王尔德与〈莎乐美〉》中也仅说他"因不道德犯罪监禁两年"。

② 解志熙：《美的偏至：中国现代唯美——颓废主义文学思潮研究》，上海文艺出版社1997年版。

③ 代英：《八股？》，载《中国青年》1923年第8期。

④ 楚女：《诗的生活与方程式的生活》，载《中国青年》1923年第11期。

这一针对"文学"的批判很快引起当时主要从事政治活动的茅盾和沈泽民的注意。茅盾认为当初《中国青年》这些批判文章，"是针对当时高唱'为艺术而艺术'的创造社痛下针砭"①，于是他写了《"大转变时期"何时来呢》加以声援，明确批判那些以"新浪漫主义"自命者是"全然脱离人生的"中国式"滥调"②，批评那种"吟风弄月""脱离人生"的文学，而对于所谓"真的文学"可能带来的心理能量，则从未忽视怀疑。针对王尔德唯美主义在中国的实际影响，茅盾对恽代英等早期共产党人那种纯粹反对艺术的主张能否有效引起青年的注意产生疑虑。他认为要唤醒青年，比较可行的方式不是反对艺术（文学），而是要建立旨在关怀人生、促进革命的"革命文学"，即便出于现实斗争的需要，也应将革命与艺术追求相关联。

沈泽民在《青年与文艺运动》中希望中国青年能像法国象征派诗人那样对思想和文艺问题保持热烈的兴致："真要把新文艺运动属望于青年，非先使他们和生命接触不可，因为艺术底本质就是生命"③。他还在《我所景慕的批评家》中推崇皮沙雷夫、在《中国青年》发表翻译小说《诗人》《一知半解》等。同样对文学报以很高期望的济川，在《今日中国的文学界》中批评文学研究会和创造社在翻译和创作上都未实现他们标榜的艺术追求，文末提出他认为理想的诗人至少应具备以下四种之一："Block的雄伟，Byron的悲哀，Heine的缠绵，Wilde的俏丽。"④他将王尔德赫然列于理想诗人之列遭到萧楚女的反对，萧楚女针锋相对地将王尔德同刘伶、李白、唐寅一起归入过着"象牙塔的诗的生活"的代表，是怯懦的逃避者。

批判者政治身份的权威性及国民革命的历史正义性，使新文学家、文学青年普遍陷入"文学合法性"的意识焦虑中：革命时代究竟应该从事文学还是从事革命？这种"文学与革命"的焦虑冲突迫使他们思考革命时代"文学"存

---

① 茅盾：《我走过的道路》（上），人民文学出版社1981年版，第234页。
② 雁冰：《"大转变时期"何时来呢》，载《时事新报·文学》1923年第103期。
③ 泽民：《青年与文艺运动：读书随感之一》，载《中国青年》1923年第9期。
④ 济川：《今日中国的文学界》，载《中国青年》1923年第5期。

在的合理性。上海大学学生王秋心写信给《中国青年》编辑部，认为文学是"人类高尚圣洁的情感的产物"，对革命具有价值，应该提倡。悚祥也写信给编辑部，反映《中国青年》杂志内容"枯燥"，建议多刊载些文学作品。[①]这些来自青年的真实反馈使"青年指导者"们调整了态度，邓中夏开始承认，"警醒人们使他们有革命的自觉，和鼓吹人们使他们有革命的勇气，却不能不首先要激动他们的感情"，而在所有激动感情的方法中文学是"最有效的工具"；[②]萧楚女虽在回信中申明不提倡那些"供人欣赏的文艺"，但也会发表一些"革命的文学"来解决刊物内容"枯燥"的问题；他的《艺术与生活》可以看作对这次讨论的总结，文章以唯物主义世界观反对"艺术创造生活"之说，同时指出，那些主张为"艺术而艺术"的人可以用艺术去安慰自己，但反对他们"向别人宣传——传教般地把别人也拉了进去"。[③]可见，以革命动员为目的的《中国青年》编辑，把文学和文学家视为他们"争取青年"的障碍欲以排斥，但通过青年的来信和诉求，文学的价值及能量得到正视。

国民党右派1925年初掌控国民党上海执行部的权力后，上海《民国日报》副刊《觉悟》于同年5月至1926年1月，展开了另一场关于"艺术与革命"问题的讨论，其中多数文章是为文艺表现人生和指导人生的存在价值进行辩护，呈现出向文学"专业化"和"艺术性"的思想回归。上海大学学生郭肇唐在《艺术与革命》中认为，"艺术"兴盛的根源在于"五四"退潮后苦闷的社会心理，艺术可以用"爱与美"改造人生。[④]周敬毅同样以《艺术与革命》为题，认为伟大的艺术都是饱含革命精神的，并提出"艺术总是走在时代之先，终带有革命性，它的影响，绝不下于手枪与炸弹"。[⑤]惠敷的《艺术家与其生活》号召在艺术中表现"真实"的生活，不能因为生活的丑恶太多而放弃艺术，厌

---

① 参见悚祥、楚女：《〈中国青年〉与文学》，载《中国青年》1924年第36期。
② 中夏：《贡献于新诗人之前》，载《中国青年》1923年第10期。
③ 楚女：《艺术与生活》，载《中国青年》1924年第38期。
④ 郭肇唐：《艺术与革命》，载《民国日报·觉悟》1925年5月26日。
⑤ 周敬毅：《艺术与革命》，载《民国日报·觉悟》1925年6月3日。

弃人生。①画家朱应鹏的《艺术与运动——敬告"学校当局"》呼吁学校当局重视艺术，因为生活需要"艺术化"②。马辑熙连续发文讨论文艺问题：《文艺之所以为文艺》（1925-12-14）认为有文艺气质的人应该去从事文艺，艺术家只有真诚表达自己才能做出好的艺术作品；《文艺与人生》（1925-12-19）认为艺术高于人生，艺术的存在使人类摆脱现实的苦闷并得到慰藉；《文艺与革命》（1926-01-22）又从艺术史的角度阐释了文艺产生于人的心理需要，提出"文艺是生命底绝对自由的表现。离开了社会生活，经济生活，劳动生活，政治生活中的善恶利害等一切价值判断，而不受一点压抑作用底，纯真底生命表现"，"它涤净了从'迎合实际生活'生出来的杂念底糊障而入清朗一碧"，③这些肯定文艺超越性价值的观念鲜明地体现着王尔德的"艺术至上"观。

在此期间，持不同意见的两派青年展开了一次争论。1925年12月19日上海学生联合会在给上海艺术大学学生的《一封公开的信》中，号召艺大学生联合起来，从学生利益出发发动有明确目标的学潮，上海学联可以给予援助。不料艺大学生会在22日的回信中声称他们的敌人是"虚伪，是欺诈的阴谋"，而且"看不到有帝国主义"。上海大学学生党员马凌山1925年12月26日发表《艺术与革命——评艺术大学学生会的谬论并告全国青年艺术家》，与艺大学生会的论调针锋相对，反对耽于理想世界不顾现实的"贵族式"的艺术追求，提出真正的艺术是民众的艺术。④

这次关于"文艺与革命"的讨论呈现出与《中国青年》的"革命文学批判"不同的特征，《中国青年》作为共产党的宣传窗口体现出舆论口径的统一

---

① 参见惠敷：《艺术家与其生活》，载《民国日报·觉悟》1925年10月14日。
② 朱应鹏时任晨光美术会执行委员、上海艺术大学的教员，他推崇王尔德倡导的希腊精神和美育观念，影响了上海很多艺术青年。参见应鹏：《艺术与运动——敬告"学校当局"》，载《民国日报·觉悟》1925年10月30日。
③ 马辑熙：《文艺与革命》，载《民国日报·觉悟》1926年1月22日。
④ 马凌山：《艺术与革命——评艺术大学学生会的谬论并告全国青年艺术家》，载《民国日报·觉悟》1925年12月26日。

性，对"革命文学"问题的严正态度体现在编辑对文章思想、言论导向的完全掌控。而《觉悟》副刊则由于刚刚经过编辑权力的转换，对于"艺术与革命"问题的不同观点在此得到呈现，对艺术的宽容态度使讨论更加具体深入，涉及革命与文学的精神内涵，从艺术外围问题进入对艺术史、艺术创作动因和艺术规律的探寻。就发文作者而言，有郭肇唐、马凌山这样来自上海大学的共产党员和学生运动积极分子（其中郭肇唐还在发文四天后参加了震惊全国的"五卅"运动），也有上海艺大教员朱应鹏这样的自由派文人。通过这些讨论文章，我们可以看到国民革命动员期间上海青年的唯美主义文艺倾向甚为浓厚，也可以看到青年们对唯美主义不同的接受方式：以上海艺大为中心的一部分青年醉心于美术、音乐、戏剧等西洋近代的纯艺术（fine art）形式，在艺术的象牙塔里躲避社会现实；而另一部分青年则积极地将革命引入艺术、将艺术引入革命，做出直面现实的选择，他们的思想及行动受到了锐意进取的青年共产党员的参与和引导。

三、王尔德唯美主义与郭沫若"艺术生活"论

早期创造社及其外围作家普遍对王尔德发生兴趣，他们介绍推崇王尔德的作品，文艺思想中蕴含着王尔德唯美主义的汁液，如崇天才，重灵感，"讲求文学的全与美，宣传艺术无目的论，这些表明他们确曾受过艺术至上思潮的影响"[①]。在国民革命运动者反对"为艺术而艺术"的声浪中，郭沫若也开始发生转变，他对王尔德的艺术观进行了特殊的吸收和转化，并最终将其发展为一种革命的文艺观，成功实现了"我们是革命家，同时也是艺术家"的身份重合。

郭沫若早年曾作过一首题赠《莎乐美》著译者的《"密桑索罗普"之夜歌》，可以视作对王尔德的一次礼赞。1920至1925年间，郭沫若自言其"思想

---

① 唐弢主编：《中国现代文学史》（第1册），人民文学出版社1979年版，第54页。

相当混乱，各种各样的见解都沾染了一些，但缺乏有机的统一"①。因此他把《文艺论集》比作坟墓，要埋葬自己过去思想的混乱。如果对他题写于《〈文艺论集〉序》的这则"墓志铭"稍加分析，就可以大致明白那个时期占据他头脑的主要思想：

> 有喜欢和死唇接吻的王姬，/有喜欢鞭打死尸的壮士，/也许会来到我的坟头，/把我的一些腐朽化为神奇。//化腐朽而为神奇，/原来是要靠有真挚的爱情，/或者敌意——/这是宇宙中的一个隐谜，/这是文艺上的一个真谛。②

"死唇接吻的王姬"指的便是王尔德剧本《莎乐美》的主人公莎乐美，这里用来指代王尔德唯美主义的艺术观。这首诗隐晦而肯定地传达了一个讯息：作者1925年意欲"埋葬"的思想中必然包括王尔德，然而却并不是简单的埋葬和告别，而是"化腐朽为神奇"的否定之否定。他在这一过程中对文艺"真谛"的坚持便是否定之否定的内在依据。通过分析《文艺论集》可以发现，王尔德的艺术理论被郭沫若完美地化用在1922至1925年的一系列文艺论文和讲座演讲中，这主要体现在他对艺术与生活、艺术与自然关系的论述。

1922年郭沫若在上海美术专门学校自由讲座的讲演《印象与表现》中提出"艺术的精神决不是在模仿自然"③，并鼓励艺专学生养成"美的灵魂"，为振兴中国的艺术而努力。在同年8月的《论国内的评坛及我对于创作上的态度》中则左右开弓，一面反驳"为××"的功利主义的艺术观，一面反对王尔德"一切艺术完全是无用"，认为艺术"形似无用，然而有大用存焉"。在1923年5月2日上海大学讲演的《文艺之社会的使命》中，郭沫若进一步解释文学的"无用之用"："艺术有两种伟大的使命，统一人类的感情和提高个人

---

① 郭沫若：《〈文艺论集〉前记》，见郭沫若著作编辑出版委员会编：《郭沫若全集·文学编》（第15卷），人民文学出版社1990年版，第144页。

② 郭沫若：《〈文艺论集〉序》，见郭沫若著作编辑出版委员会编：《郭沫若全集·文学编》（第15卷），人民文学出版社1990年版，第147页。

③ 王训昭、卢正言、韶华等编：《郭沫若研究资料》（上），知识产权出版社2010年版，第157页。

的精神，使生活美化。"如果联系到他曾经对托尔斯泰《艺术论》的批评，就会发现，郭沫若在此修正了他之前对艺术功能的认识，而对文艺作家的呼吁则已经与其昔日的论争对手文学研究会达成共识："对于社会的真实的要求，要加以充分的体验，要生一种救国救民的自觉。"[①]1923年9月的《艺术家与革命家》一文似是有针对性地反驳艺术家与革命不能兼于一身的观念，指出"艺术家以他的作品来宣传革命，也就和实行家拿一个炸弹去实行革命是一样，一样对于革命事业有实际的贡献"。[②]郭沫若明确提到"那很有名的王尔德"[③]，源自1925年在上海美术专门学校的演讲《生活的艺术化》，文章借用《庄子·达生》的一则故事道出了艺术的至高境界是忘却功名利害甚至忘却自我，唯此才能成就"惊若鬼神"的伟大艺术，进一步阐释了王尔德"用艺术的精神来美化我们的内在生活"的艺术价值观。此外，在同时期的《自然与艺术》《天才与教育》等文章中，都渗透着王尔德艺术思想的要素，只是郭沫若做了必要的修止以适应中国的文艺现状。

郭沫若与王尔德在艺术观念上的诸多契合，还源于他们对庄子的艺术人生观和古希腊文艺精神的共同的追慕。王尔德在1890年发表的书评《一位中国哲人》中阐释与庄子哲学的强烈共鸣，将他所向往的逍遥"无为"用于社会批评与文艺批评。同时，王尔德对希腊文学情有独钟，他曾以朝圣的心境游历希腊，追慕古希腊的灿烂文明。在接触欧洲文学之前，郭沫若对中国传统的道家思想心领神会，这种影响根深蒂固，成为其艺术思想的汁液。在《论中德文化书——致宗白华兄》一文中，郭沫若辩证地阐释了中国老庄思想"生而不有、为而不恃"的积极精神，把它作为一种"活静"的文化形态来理解，并通过类比来肯定希腊文明的进取精神。

<hr>

① 郭沫若：《文艺之社会的使命》，见郭沫若著作编辑出版委员会编：《郭沫若全集·文学编》（第15卷），人民文学出版社1990年版，第205—206页。

② 郭沫若：《艺术家与革命家》，见郭沫若著作编辑出版委员会编：《郭沫若全集·文学编》（第15卷），人民文学出版社1990年版，第192页。

③ 郭沫若：《生活的艺术化》，见郭沫若著作编辑出版委员会编：《郭沫若全集·文学编》（第15卷），人民文学出版社1990年版，第207页。

1922至1925年，郭沫若至少同时受无政府主义、浪漫主义和马克思主义等思想的多元影响。郭一再强调他的思想挣扎不仅是个人的，同时也是前期创造社和它的同情者们的一种倾向，甚或包含着"五四"时期的一部分文艺工作者的思想痕迹，实乃"管中窥豹，可见一斑"。凌梅1930年在《郭沫若小传》中指出，前期郭沫若"思想上，是一个艺术至上主义者，行动上，完全是一种浪漫主义文艺运动；1926年发表《革命与文学》后，打破了他的艺术至上主张，而始提倡革命文学"[①]。此传概括了郭沫若留给文坛的一般印象，对郭氏"转向"的思想历程缺乏阐解。咸立强曾在积极的意义上理解西方的世纪末颓废派，进而从反抗的热情重新审视创造社同人的文学取向[②]。这种积极的理解同样适用于创造社与王尔德的文学因缘。沈从文曾说，"创造社的基调是稿件压迫与生活压迫"，因此他们"那故意的反抗，那用生活压迫作为反抗基础而起的向上性与破坏性，使我们总不会忘记这是'一个天真的呼喊'，即或有'血'，也有'泪'"。[③]正是这种压迫与抗争、流浪型文人的身份处境及适时接受的马克思主义思想武器，为创造社成员的文学"转向"开辟了广阔道路。

客观地讲，王尔德建立在个人主义立场"艺术改变生活"的主张，聚焦于艺术独立的目标而不是艺术力量的实现，与中国文学整体上强烈地改革社会的诉求有着较大的差距，但这个差距被有意无意地忽略掉了。在第一位全面介绍王尔德的张闻天眼中，王尔德也几乎涤尽了他消极颓废的负面影响，成了一名反抗世俗偏见的斗士："他用了宗教的热情把他底主张和见解完全实行出来、不怕社会底责罚、不怕朋友底陷害、不怕自己底死……我们除了对于他表示充分的同情和敬意之外没有别的话可说了。"[④]王古鲁的介绍也让我们看到一个纯粹的耽美家："上下古今，横观欧美，累世不乏所谓耽美家——唯美

① 凌梅：《郭沫若小传》，见黄人影编：《郭沫若论》，上海书店1988年影印版，第2页。
② 咸立强：《寻找归宿的流浪者——创造社研究》，东方出版中心2006年版。
③ 沈从文：《论郭沫若》，见黄人影编：《郭沫若论》，上海书店1988年影印版，第7页。
④ 闻天、馥泉：《王尔德介绍》（三），载《民国日报·觉悟》1922年4月6日。

主义者——的人们，可是我们公平地评骘起来，总觉较之王尔德稍逊一筹……要在他们里头，求一个始终一贯纯然力行'艺术至上主义'的人，是不可能的。然而王尔德却是一个唯一的'美'的实行者，所以我们能大胆说他是一个唯美主义者的最好的代表人物。"①

　　显然，在20世纪20年代的革命中国，王尔德的形象是多面的，这与他自身的丰富性直接相关，同时深受现代中国各种思潮交叉共生情形的影响。在"文学"与"革命"这两个始终纠缠不休的问题上，我们找到了王尔德唯美主义思想与中国早期"革命文学"结合的内在逻辑，同时它也是王尔德在中国被"非历史化"的途径，这主要体现在以下四个方面：

　　一是对文学与时代关系的辩证。王尔德认为艺术"非但不该成为他的时代的产物，而且通常与时代直接对峙"，"它为我们所保存的唯一历史是它自己的进化史，有时它会回到原来的足迹上，复兴某种古代的艺术……有时它完全领先于它的时代，这个世纪里创造的作品需要另一个世纪才能加以理解、欣赏和接受"。②一部分中国青年接受了这种观点，如学生周敬毅认为"艺术总是走在时代之先，终带有革命性"。他们认为表达人类情感（包括"爱"与"美"）的文学本身就具有提升现实和超越历史的革命性，文学家不仅是革命家而且是社会革命的先觉者和先驱。在普遍存在的文学反映论和文学进化论中，这种对文学与时代关系的理解值得关注。当然他们的认识与王尔德的本意还存在一些差距，王尔德认为：文学脱离于时代，它只按照自己的内在的规律发展进化；文学有时领先于它的时代，有时又回头去复兴过去时代的艺术，但复兴不是倒退，是增加了新质的反观和重构。

　　二是对艺术之"用"的辩证。王尔德认为艺术的目的是艺术本身，它不反映任何现实，他说："唯一美丽的事物就是与我们无关的事物，只要事物对我们有用，是我们所需，或以任何方式对我们有影响……它都不属于艺术的适

---

　　① 王古鲁：《王尔德生活》，世界书局1929年版，第1—2页。

　　② 王尔德：《谎言的衰落——观察评论》，见[英]奥斯卡·王尔德：《谎言的衰落：王尔德艺术批评文选》，萧易译，江苏教育出版社2004年版，第51页。

当范畴。"①同时，作为一个唯美主义的实行派，他又主张用艺术美化生活，并在生活中身体力行，他既有《莎乐美》那样指向纯粹艺术的、具有最高美学价值的悲剧，也有指向现实生活、具有讽刺和娱乐功能的社会喜剧。郭沫若《文艺之社会的使命》《生活的艺术化》及《自然与艺术》等文均化用了王尔德的观点。文章虽强调内部、外部生活之别，却仍然在王尔德的话语框架之内。王尔德以"无用"来确证艺术的独立价值，包含着"无用之用方为大用"的内涵。总之，无论以何种角度理解王尔德的艺术"无用"论，中国现代文学从来就没有一个纯粹意义上的唯美派。

三是艺术天才论使艺术家成为"先觉者"。天才的观念是王尔德艺术思想的基础，王尔德将自己在文学方面的卓越才华发挥到极致，他的恃才傲物和离经叛道都是基于对这份天才的认定。在天才的观念上，郁达夫最接近王尔德，他说"文艺是天才的创造物，不可以规矩来衡量"，并从自我表现的立场提出"天才的作品都是离经叛道的，甚至有非理性的地方，以常人的眼光来看，终究是不能理解的"。②郭沫若虽然一直将天才观念作为其文艺思想的基点，但还是做了些弥合以适应新的文学需求，他更具体地指出天才与常人的区别在于"量"的方面而不在"质"的方面，天才就是那些比常人更敏感、更先觉，感情更丰富、更深厚的人。在有关"天才"的认识上，梁实秋与郭沫若基本类似，他坚持文学的独立品格和文学家的创造精神、肯定"天才"的同时也指出艺术不能脱离人生及人性的普遍性，认为"越抽象的艺术"越要有"实在的东西"表现它。③

四是个人主义的价值。王尔德在《社会主义制度下的人的灵魂》中阐述了他基于尊重"个性"的"个人主义"：是指人的个性不受压制地、充分自由

① 王尔德：《谎言的衰落——观察评论》，见[英]奥斯卡·王尔德：《谎言的衰落：王尔德艺术批评文选》，萧易译，江苏教育出版社2004年版，第15页。

② 郁达夫：《艺文私见》，见吴秀明主编：《郁达夫全集》（第10卷），浙江大学出版社2008年版，第22页。

③ 梁实秋：《王尔德的唯美主义》，见《梁实秋文集》编辑委员会编：《梁实秋文集》（第1卷），鹭江出版社2002年版，第161页。

地发展，因此个人主义的实现仰赖于社会制度的完善。他说："自私指的不是某人按照自己的意愿生活，它指的是要求别人按照自己的意愿生活。"在此基础上他又指出"社会主义是通往个人主义的，这就是它的价值所在"。该文得到博尔赫斯的高度评价，认为它"不仅雄辩，而且是正义的"①。郭沫若也认为完美的个人主义是社会主义制度下的个人主义，这体现在他前期的思想、生活和作风中。但1924年翻译完日本无产阶级理论家河上肇的《社会组织与社会革命》之后，郭沫若的思想开始发生转变，1925年他说："我从前是尊重个性，景仰自由的人，但在最近一两年之内与水平线下的悲惨社会略略有所接触，觉得大多数人完全不由自主地失掉了自由，失掉了个性的时代，有少数的人要来主张个性，主张自由，总不免有几分僭妄。"他进一步解释道："但我这么说时，我也并不是主张一切的人类都可以不要个性，不要自由；不过这个性的发展和自由的生活，在我的良心上，觉得不应该是少数的人独占罢了！"②自由作为一种典型的公共权力，是必须争取才能获取的，这就需要少数先驱者牺牲自己的个人自由以争取社会大多数乃至整体的自由。这里出现的"少数"与"大多数"之辩是社会科学领域里的一个新概念，至今在人类政治和社会生活中发挥着作用。郁达夫曾在《无产阶级专政和无产阶级的文学》中谈革命的最终理想是实现全体中的每一个人的幸福，而且指出所谓"最大多数的最大幸福"③是一种"狡猾的哲学"，不能置少数人的牺牲于不顾。在一浪高过一浪的"无产阶级革命文学"欢呼中，这是一种不同寻常的声音，虽然此文在结尾也非常现实地滑入了谋求"最大多数人的幸福"的激情当中，但那个微弱的声音表明郁达夫比较清醒地保留了他的个人意识。

---

① 转引自陆建德：《王尔德：作为社会主义者的批评家》，见陆建德：《潜行乌贼》，人民文学出版社2008年版，第64页。

② 王训昭、卢正言、邵华等编：《郭沫若研究资料》（上），知识产权出版社2010年版，第171页。

③ 郁达夫：《艺文私见》，载《创造》1922年第1卷第1期。

上海《民国日报·杭育》副刊
与"海涅情诗选译"研究

近年来，"文学翻译"逐渐成为中国现代文学研究的重要对象之一。然而，相对于英、俄、日等国文学的汉译研究而言，德国文学的汉译研究则显得较为薄弱。2004年，上海外语教育出版社出版的卫茂平先生专著《德语文学汉译史考辨：晚清和民国时期》（简称《考辨》），成为近年来德语文学汉译研究领域的一个重要收获。然而它在介绍20世纪20年代海涅诗歌汉译历史状况时不无遗憾地存在一些疏漏，未提及上海《民国日报》副刊《觉悟》和《杭育》刊发的由贾南辉翻译的19首（《觉悟》2首、《杭育》17首）"海涅情诗选译"。事实上在贾南辉译海涅诗发表之前，仅林语堂的海涅汉译篇数超过了他。《民国日报》副刊的这些译作不仅卫茂平先生的《考辨》未曾提及，且至今尚未引起海涅诗歌翻译研究者的注意，这不能不说是海涅汉译研究乃至德语文学汉译研究史上的一个缺失。因此，对这19首海涅译诗的研究，不仅有助于深入认识它们的翻译价值，也有助于全面了解海涅在中国现代文坛上的汉译历程。

一、"五四"时期海涅诗歌的汉译状况与贾南辉的海涅诗歌"选译"

在20世纪上半叶德国文学汉译历程中，海涅诗歌的翻译数量仅次于德国另一伟大诗人歌德。据贾植芳、俞元桂主编的《中国现代文学总书目》中的"翻译文学卷"统计，1882至1949年间国内出版的汉译德国作家作品集，数量最多的是歌德（25部），其次为海涅（14部）①。卫茂平专著《考辨》也指出，"作为诗人，海涅在中国稳坐德国诗人的第二把交椅"②。由此可见，海涅这位被誉为德国古典文学最后一位代表性抒情诗人，在中国现代文坛上所受到的重视程度及其作品汉译研究的重要性和价值。

众所周知，海涅作为德国伟大抒情诗人，其诗歌创作历经了早期（1830年之前）、中期（1830至1848年）和晚期（1848至1856年）三个阶段。他早期的诗作《诗集》、《悲剧附抒情插曲》、《还乡集》、《北海》（1827年）等，多以"爱情"为主题，诗风带有"民歌和民谣中那种单纯、朴素的特点"③。中后期他受欧洲革命运动影响而转向"政治诗歌"创作，表达了对"政治现状的尖锐讽刺、激昂的控诉和极大的愤怒"④。其中以1844年出版的《新诗集》和1851年出版的《罗曼采罗》最为著名。然而，在五四新文学运动时期，海涅是以"抒情诗人"形象唤起新文坛译介热潮的，胡适、鲁迅、应时⑤、文虎⑥、

---

① 此统计未包含不同作家的作品合集。

② 卫茂平：《德语文学汉译史考辨：晚清和民国时期》，上海外语教育出版社2004年版，第121页。

③ ［英］安德鲁·布朗：《德国抒情诗人海涅》，李也菲译，载《文化译丛》1982年第3期。

④ ［德］齐歇尔脱、杜拿特：《海涅评传》，高中甫译，作家出版社1957年版，第103页。

⑤ 应时（字溥泉），浙江吴兴人，1907年从上海南洋公学毕业后赴英国伯明翰大学留学，后因病转去德国疗养，病愈后入德国加鲁高等商业学校进修德文，1911年春归国。1916年以浙江官费生资格再赴德国攻读法律，1922年归国后任浙江法政专门学校教务长。他翻译的一首海涅诗作《兵》（今译为《两个近卫兵》，选自《罗曼采罗》），收入1914年自费出版的《德诗汉译》。

⑥ 文虎（笔名罗章龙），湖南浏阳人，1918年入北京大学哲学系德语预科，1920年初发起组织北京大学马克思学说研究会，后在李大钊指导下参与创建了北京共产主义小组，为中共早期党员及工人运动领袖之一。他翻译的《革命》（译自海涅《时事诗》）发表在《新青年》1923年第2期上。

郭沫若、成仿吾、邓均吾、王光祈、冯至、李之常①、林语堂等都选译过他的早期诗作，选译篇数较多的当数冯至、李之常和林语堂。冯至1924年2月在《文学周刊》上发表了7首海涅译诗；李之常1921年6月至10月翻译了海涅《抒情插曲》②中的12首诗作及其"引词"，发表在郑振铎编辑的《时事新报·文学旬刊》上；林语堂1923年开始选译海涅的诗作，他按德文原版选译的20首译作，都发表在孙伏园主编的《晨报副刊》上。总之，"五四"时期新文学运动参与者和新文学青年多视海涅为"抒情诗人"，他那"清新流畅、充满青春气息"的爱情诗给"五四"新诗坛"带来了新的声调、新的旋律"③。一些研究者指出，郭沫若、汪静之、冯至等人"五四"时期的诗作都不同程度受到海涅诗风的影响。

细致梳理海涅诗歌在"五四"时期的汉译状况时，我们发现，德国文学汉译研究者都忽略了或都未发现贾南辉的海涅诗歌"选译"。事实上，贾南辉从1924年就开始翻译海涅诗歌，其译作以"选译海涅诗"和"海涅情诗选译"为题，分别发表在上海《民国日报》的《觉悟》和《杭育》④副刊上，共计有19首之多。与以前的海涅诗歌汉译者相比，他的选译量属"多者"之列，与李之常、林语堂等同为20世纪20年代中期海涅诗歌的重要译者，在海涅诗歌汉译史上应具有重要的历史地位和研究意义。鉴于这些译文的史料价值及一般研究者难以查找，现将它们整理列目如下：

---

① 李之常（1900—1969），湖北沔阳（今湖北仙桃）人，1922年毕业于北京大学地质系，1923年7月赴美国哥伦比亚大学研究院地质系深造并获硕士学位，1925年归国后先后在东南大学、中山大学任教。1921年文学研究会在北京成立后加入该会，会员登记号为41。

② 该诗集1823年出版，收录海涅1822至1823年创作的66首短歌，被誉为海涅抒情诗歌中的"瑰宝"。

③ 冯至：《冯至教授的贺信》，见张玉书编：《海涅研究——1987年国际海涅学术讨论会》，北京大学出版社1988年版，第11页。

④ 《民国日报·杭育》副刊1924年5月12日创刊，原由茅盾主编，1924年8月后由何味辛接编，"五卅"运动后停刊。

译文篇名	刊载报刊	刊载时间	译文出处
《选译海涅诗》（十七）	《民国日报·觉悟》	1924-09-25	《还乡集》
《选译海涅诗》（二二）	《民国日报·觉悟》	1924-09-25	《还乡集》
《花皆仰向》	《民国日报·杭育》	1925-04-1	《抒情插曲》
《岁月来又往》	《民国日报·杭育》	1925-04-2	《还乡集》
《大海发光》①	《民国日报·杭育》	1925-04-7	《群芳杂咏》
《我登山顶上》	《民国日报·杭育》	1925-05-11	《抒情插曲》
《爱人离别后》	《民国日报·杭育》	1925-05-12	《抒情插曲》
《你像一朵花》	《民国日报·杭育》	1925-05-13	《还乡集》
《问》	《民国日报·杭育》	1925-05-14	《青春的烦恼》
《大海发光》	《民国日报·杭育》	1925-05-15	《还乡集》
《我在梦中泣》	《民国日报·杭育》	1925-05-18	《抒情插曲》
《死是冷淡的夜》	《民国日报·杭育》	1925-05-19	《还乡集》
《月影震颤》	《民国日报·杭育》	1925-05-20	《新春曲》
《金色的星》	《民国日报·杭育》	1925-05-21	《抒情插曲》
《梦里》	《民国日报·杭育》	1925-05-22	《抒情插曲》
《诉苦时》	《民国日报·杭育》	1925-05-25	《还乡集》
《人间美满》	《民国日报·杭育》	1925-05-27	《抒情插曲》
《月儿东升》	《民国日报·杭育》	1925-05-28	《还乡集》
《深夜》	《民国日报·杭育》	1925-05-29	《抒情插曲》

由上述列表可以看出，贾南辉选译的这19首海涅诗歌，译自海涅诗集《抒情插曲》和《还乡集》的各为8首，其余3首分别译自海涅的《青春的烦恼》《新春曲》和《群芳杂咏》，与之前李之常、冯至、林语堂等主要海涅诗歌译者相比，贾南辉的翻译呈现出三个重要特征。

一是避免"复译"。他选译的这19首海涅诗中除《你像一朵花》②外，其余18首均为首次汉译。20世纪20年代初，海涅诗歌"复译"现象较为突出，如海涅《还乡集》第2首先后就有孙大雨、邓均吾、林语堂、杨丙辰等人的汉

---

① 1925年4月7日与5月15日所登两首诗虽然篇名相同，都是《大海发光》，但内容不同，并非同一首诗。

② 少年中国学会的王光祈1924年在其著作《西洋音乐与诗歌》中翻译了海涅的这首诗并谱曲，名曰《卿似一枝花》。

译①；再如李之常翻译海涅《抒情插曲》中的12首"情曲"，与冯至"选译"《抒情插曲》的篇目也多有重复。"复译"现象虽说在"五四"新文学运动时期"相当活跃"②，但当时也有不少论者认为它既造成翻译生产力浪费又导致原文"真实性"的模糊乃至丧失。贾南辉的选译对象虽和以前众多译者一样，多出自海涅早期创作的两个诗集《抒情插曲》和《还乡集》，但他的翻译呈现出努力避免"复译"的意图，拓展了海涅诗歌汉译的范围并丰富了汉译的内容。

二是以"情诗"的角度进行选择，即以海涅短小而深情的"爱情诗"为主要译介对象。"五四"以来，海涅诗歌汉译呈现出两个特征：一是由"名诗"选译向"诗集"选译的发展，李之常、冯至、林语堂等人都以海涅《抒情插曲》《还乡集》等爱情诗集为选译对象，不再如胡适、王光祈、邓均吾等仅选译海涅广为流行的"名诗"。二是以爱情诗为主要译介对象，很少翻译海涅后期的政治诗。"五四"新文学倡导者多把海涅视为浪漫主义"抒情诗人"加以推崇，郁达夫在其《达夫文艺论文集》中评价海涅："海涅虽是歌德以后的最大抒情诗人，他的嬉笑怒骂……都是明珠似的韵语"；周作人认为海涅诗"能以常言，抒其覃思，使字明瑟，而句复温丽雅驯"③；杨丙辰在《亨利海纳评传》中说，海涅文学上最大的贡献在于他的抒情诗，称其为"天籁的音韵"。④这种选择性鲜明的译介，既为适应新文化运动对个性解放、自我觉醒的要求，也是新诗艺术发展的内在需要，加之专事创作爱情诗的"湖畔诗人"出现，以汪静之诗集《蕙的风》的出版和风行为标志，新诗坛也刮起一股竞相翻译、大胆创作情诗的自由之风。贾南辉集中以"海涅情诗"为选译对象，与

① 他们的译诗分别题为《绿泪莱歌》《绿泪莱Lorelei歌》《罗来仙姑》《洛莱神女》，各自发表在《学灯》（1921年10月4日）、《创造日汇刊》（1923年7月27日）、《晨报副刊》（1923年12月31日）、《莽原》（1926年8月10日）。
② 秦弓：《二十世纪中国翻译文学史》（五四时期卷），百花文艺出版社2009年版，第264页。
③ 周作人：《艺文杂话》，载《中华小说界》1914年第2期。
④ 该文刊于《莽原》1926年第1卷第3期。

这个大背景不无关系。

三是以"短诗"为选译标准。贾南辉选译的都是海涅那些短小的抒情诗,结构形式上多为两节八行。这些"短诗"的大量出现,一方面固然是为了适应《杭育》狭小的版面空间①,另一方面当时的新诗坛颇为流行"小诗"。受日本短歌、俳句和泰戈尔《飞鸟集》的影响,短小且富哲理和余韵的"小诗"在1921至1923年间的中国新诗坛兴起,冰心的《繁星》《春水》和宗白华的《流云》都是当时颇受喜爱和追捧的小诗集,一时间大大小小的文学性报章杂志上随处可见这一类创作或翻译的短诗。1924年之后,受革命浪潮的冲击,小诗虽然创作中衰,但依然广受一般青年读者的喜爱,《繁星》和《春水》的不断再版即能说明这一点,到1926年《繁星》已出五版,《春水》在1925年8月也再次出版。贾南辉对这一系列短诗的选译表明"小诗"的影响仍不绝如缕。

二、从比较视野看贾南辉"海涅情诗选译"的文学翻译价值

上文提到,贾南辉选译的19首海涅诗中除了一首《你像一朵花》之外,其余18首都是首次汉译,这是值得特书的。而就这首小诗而言,王光祈1924年的译文《卿似一枝花》有古诗词典雅之美,贾南辉的译文则体现了现代白话的自由活泼,可谓各有千秋:

> 卿似一枝花,温美复无暇;
>
> 举目频视卿,忧思暗地生。
>
> 我欲双手加顶,许否为君祈请,

---

① 1924年5月创刊之初的《杭育》,相较它的前身《社会写真》版幅稍有扩充,占了整版的2/3,但是到1925年又回到1/2的版幅。

欲求上帝相护，常此无暇温美。①（王光祈译）

你像一朵花，这么和蔼美丽而清高；

我见你，悲伤就窜入我心底。

我的心支使我的手，合着放在你头上，祈祷上帝保佑，永远地
清高美丽而和蔼。（贾南辉译）

同样较少被研究者提及的还有林语堂1924年前后发表在《晨报副刊》的20首海涅译诗（原名《海呐选译》）。林语堂作为翻译大家被推崇备至的是他在英文创作和英文翻译上的成就，相形之下，他从德语原文翻译的多篇海涅诗几乎未受关注②，事实上林语堂特有的翻译风格在这20首海涅译诗中已初步显现。比较林语堂和贾南辉翻译的海涅诗，林译的语言风格多样，其大部分出自《春醒集》的译作保留了海涅诗深情、朴素的原始风貌，而其他像《游鼠歌》《哀歌叙言》《哀歌·世态》等诗则"意庄笔谐"、通俗幽默，如《哀歌叙言》有"运气是个跑街婆""晦气婶娘正两样"③等民间化、通俗化的译句。但总体来看，林译都力求合辙押韵、明白晓畅如行云流水。相比之下，贾南辉因为选译比较集中，仅以情诗为对象，语言风格也相对统一，形式上自由活泼、表意上深情隽永。现以贾南辉所译之《还乡集》第14首《大海发光》与海涅研究专家张玉书的今译做比较：

大海遥遥地发光，现于最后的夕阳；

我俩沉默无语地，坐于凄凉幽静的渔夫茅屋旁。

雾起了，潮涨，海鸥飞去又飞远；

泪泉簌簌地，夺出你爱的眼眶。（贾南辉译）

---

① 王光祈：《西洋音乐与诗歌》，上海中华书局1928年版，第22页。
② 如1999年湖北教育出版社出版的由郭著章主编、边立红等撰的《翻译名家研究》在罗列林语堂的译作时对此只字未提，而2013年中国书籍出版社出版的陶丽霞所著《文化观与翻译观——鲁迅、林语堂文化翻译对比研究》仅一笔带过。
③ 林玉堂：《海呐选译·哀歌叙言》，载《晨报副刊》1923年12月5日。

映着夕阳最后一抹余晖/海水泛起金鳞直到天边/在那孤零零的渔家门前/我们默默望着相对无言

夜雾升起海水上涨/海鸥飞去又飞回/你温柔秀丽的明眸/落下纷纷泪珠[①]（张玉书译）

虽然贾译"大海遥遥地发光"不及张译"海水泛起金鳞直到天边"具象，但与"现于最后的夕阳"组合之下意象完整且不失韵味，而"泪泉簌簌地，夺出你爱的眼眶"与"你温柔秀丽的明眸，落下纷纷泪珠"相比，"簌簌"和"夺"传达出急剧、浓烈的情感变化，渲染了爱情中莫名其妙的忧伤或突如其来的感动，自然而真诚，比起张玉书的今译毫不逊色。然而贾南辉毕竟是海涅诗歌的早期译者，其少数译诗在选词和文法上仍稍显稚嫩，以历史的眼光来看，同样的问题在其他译者身上都有体现。

以上通过比较显示：贾南辉对海涅诗歌的翻译，不仅在当时表现出较高的艺术水准，即便是同今译相比也毫不逊色，且翻译篇数较多，其中多数还是首译，因此在海涅诗歌译介史上应当占有一席之地。然而，《杭育》副刊的这一系列海涅译诗，同它们的作者贾南辉都从未被研究者提起，不能不令人遗憾，究其原因大致有三。

首先同《杭育》的副刊定位和印制规模有关，《杭育》由原来的《社会写真》改版而成，除保留了部分《社会写真》的栏目外，还增加了一些增长见闻的小栏目，整体来看更近于小报的时事性和趣味性。尽管在后期发展过程中文学性有所加强，但依然无法媲美上海《民国日报》另一副刊《觉悟》。在专栏设置上，《觉悟》有中外文艺理论的系统介绍，有小说、诗歌、笔记等新文学部类的创作实践，又有针对这些创作实践的评论文章和读者来信，它鲜明的学术性和文学性追求在同期同类副刊中也是出类拔萃的，被誉为"民国四大副刊"之一，一直维持着至少两页的版面。相形之下，《杭育》类于小报的时事趣味性追求，淡化了它的文学性，使后期研究者没有对它给予应有的关注，从

①［德］海涅著，张玉书选编：《海涅文集》（诗歌卷），人民文学出版社2002年版，第137—138页。

中国知网辑录的数据资料来看，对《杭育》副刊的研究几乎处于空白状态。

其次是除几个影响较大的副刊之外，研究者并不重视报纸的文艺副刊，而把更多注意力放在重要的文学性期刊上。比起期刊，报纸副刊作为中国新文学一个非正式的发生场，的确存在很多艺术性欠佳、文笔稚嫩、用语舛误或思想平庸的作品。它们的功能大多正如时任《杭育》主编的茅盾在1924年5月12日发刊小言中所定位的："本栏因为看报的人看了许多新闻很疲倦，也想借新闻最后的这一栏，作点有兴趣文字，如同工人喊杭育效力的一样可以减少看报的疲倦"。然而即便如此，忽视对一些报纸副刊的研究势必会错过一些有可能相当重要的文学史料。何况"杭育"这个名称原本就包含了文学起源的意义在其中，有着深厚文学素养的茅盾显然是对它寄予了期望的。

再次，是译者贾南辉的"无名"状态。笔者经过多方查找，最终也只在《觉悟》刊登贾南辉两首译文结尾处看到几个字的小注："译于苏医大，寄自人全椒。"隐约表明译者可能身处苏联，稿件是由旁人转寄的，此外更无其他收获。历史或许真如黄沙般湮没了这位海涅诗歌早期译者的身份信息，只留下一个署名和这些刚被发现的译作，而这种情形在文学史上并不鲜见。因史料掌握状况所限，任何研究都很难做到搜罗殆尽、无微不至。卫茂平也在《考辨》后记中谦虚、客观地说道："此书的设计是兼具学术性和工具性，故在书后缀有德语文学作品汉译和评论的较详尽的书目。但最起码就报载译文和评论来说，书目远非全璧。"同时也确实存在其他各种客观原因，使得这种疏漏成为事实。

三、从"海涅情诗选译"看《杭育》的文学追求和现实诉求

如上所述，贾南辉"海涅情诗选译"的文学翻译价值和《杭育》副刊的研究价值都未得到应有的关注，显示出现代文学研究在史料发掘上仍存在空

间。因此，通过研究贾南辉的"海涅情诗选译"，《杭育》副刊也应走入我们的视野。

《杭育》在诗歌小专栏这样的醒目位置，连续两个月刊发贾南辉这位"无名"人士翻译的海涅情诗，不能不说明《杭育》编辑对海涅、海涅爱情诗及其译者贾南辉在一定程度上的认可，分析表明时任《杭育》主编的何味辛确与海涅有渊源。海涅诗歌具有鲜明的民间文学的烙印，他在诗中大量引用古希腊神话、民间歌谣和童话来隐喻现实，海涅曾盛赞古老的德国民歌有一种奇异的魅力，并坦言自己很早就受其影响①，对民歌的借鉴使他的诗充满了浪漫质朴的自然气息。这是何味辛所推崇的，他本人1927年10月1日在《泰东月刊》发表的两篇译诗"海涅诗选译"之《小手放在我的胸上》（《梦影集》第8首）和《宣言》（《北海》第6首），都是感伤凄美的爱情诗。作为寓言和儿童文学作家的何味辛，同时又是一位民间文学的热心倡导者，《杭育》在何味辛任主编期间几乎每期都在比较显要的位置刊登各地民间文学。

比起当时在国内很受青睐的歌德情诗，海涅诗里的爱情，多了对情人不忠的怨恨、对纯真爱情在现实利益面前不堪一击的嘲讽，多了对充斥于爱情当中的狡诈善变的不解和愤懑，这都与海涅曲折的爱情经历相关。另外，这种饱含失意的情诗受青年追捧也有其社会历史背景：民国时期女性意识觉醒，男女社交风气初开，大量婚恋事件由女方弃前夫或男友与他人相恋引起，一些民国人物的回忆录更印证了这一问题，因此这样的爱情诗颇能引起国内青年的情感共鸣。在贾南辉的海涅译诗发表期间，《杭育》刊登了像极海涅诗歌的几篇模仿之作：署名"张锦"的《我那能忘记》和《枕上》（1925-04-03）、《爱人赠我底碧桃花》和《白桃花》（1925-04-27），写爱情的甜蜜与痴狂；署名"广胜"的《梦中》（1925-05-03），写诗人梦中与情人相会的幸福和梦醒时分的寥落等，都是带着创伤的爱情诗。通过分析《杭育》副刊上的诗歌翻译和小诗创作，能够清晰看到文学与社会、文学译介与文学创作之间的互文效应。

---

① [德]海涅著，张玉书选编：《海涅文集》（游记卷），人民文学出版社2002年版，第123—125页。

同时，作为国民党机关报纸的副刊，《杭育》积极倡导青年投身"社会改造"。为引发广泛关注，在贾南辉"海涅情诗选译"发表的同时，《杭育》开辟了《社会问题讨论》专栏，引发读者讨论，营造"众声喧哗"的热烈场面。拟定的议题有："如果你许久找不到合意的爱人，那末对于旧式介绍的婚姻，你肯埋埋虎虎迁就否？"（1925-05-08）；"在宛转匍伏于帝国主义和军阀二重压迫下的今日中国，你对于'只有革命可以自拔于被压迫的地位'之说，以为然否？抑另有别途可以救国？"（1925-05-18）；"有人主张读成了书，再革命；有人主张革了命再读书，更有人主张一面革命，一面读书。你对于此三种主张的意见怎样？"（1925-05-26）。对于第一个事关爱情婚姻的议题，读者不仅发言踊跃，且一度呈现"一发不可收拾"的态势：5月10日至19日，《杭育》连续9天刊登讨论文章，其中17日启用了全部版面，21日又刊出《一封血和泪的信》，控诉无爱婚姻，依然事关婚恋主题①，相比之下第二个议题有点"隔膜"，未能引起热烈反响，21日至25日仅4篇文章响应，且论述粗疏而空泛。第三个论题迎合了当时蓬勃开展的学潮运动，读者参与度较高，认识也比较统一，即在"国事日叕"的时刻，安心读书已不可能，赞成一面读书一面革命，讨论持续到2日，即"五卅"前夜。

此次大规模的海涅诗歌翻译和社会问题讨论势头良好却未能持续恰是由于"五卅"惨案的发生。5月31日《杭育》即刻刊发了《南京路的血》和《流血琐闻》，6月1日《杭育》发表编者志哀："今日本为社会问题讨论会第四次开始之日，乃国民不幸，前日上海青年学生因举行演讲竟惨遭枪击，凡属同胞，俱深悲痛，爰停止讨论一星期以志哀！"②之后，惨案引发的民族激愤继续发酵，形成了更大规模的反帝爱国运动，不仅刊发贾南辉"海涅情诗选译"的小专栏消失，《杭育》副刊也从上海《民国日报》中消失了，见闻、杂感、

---

① 1925年5月18日《杭育》文前附编者按："昨天是第一次讨论会结束之期，但还有几篇有味的文章，因为地位小的缘故，没有挨进，今天仍为登出，以后来的则只能割爱了。"

② 《志哀》，载《民国日报·杭育》1925年6月1日。

抒情、趣味性的文学追求立即让位于激烈的大革命宣传。

从原来的"社会写真"到"杭育",副刊名称的变化透露出《杭育》从新闻性追求向文学性追求过渡的意图,而从栏目的变动和文章内容的变化来看,《杭育》后期的风格也较前期更注重文艺性:社会珍闻逐渐减少,游记散文和时评杂感间或出现,诗歌创作和小说连载则从未间断,也不乏较好的译介作品。结合海涅爱情诗歌的翻译,可以看到,在《杭育》小小的版面上,文艺作品同青年的爱情/婚姻、读书/革命、如何救国等话题,形成了一种彼此呼应、相得益彰的效果。《杭育》这份历时一年的文学副刊,在努力追求文学性的同时,对社会问题和青年精神世界的关注,体现出深刻的时代烙印。

论《苦闷的象征》对钱杏邨30年代
文学批评的影响

人们已指出钱杏邨30年代革命文学批评与日本藏原惟人的无产阶级现实主义的关系，并深入分析了他的"新写实主义的特征及本质"。"钱杏邨所接受的'新写实主义'，在集中了藏原的'无产阶级现实主义'的两个命题的内容时，着重点是放在'第一命题'（或者说实际上只是'第一命题'）上的，而'第二命题'却被架空了实质来加以接受、提倡。"①但人们往往不提钱杏邨接受"新写实主义"之前及其之后的文学批评跟日本、苏联文学的关系，即使偶尔论及也语焉不详。众所周知，在《太阳月刊》1928年7月停刊号发表《到新写实主义之路》之前，钱杏邨已在《小说月报》《太阳月刊》等刊物上发表了多篇评论文章，并以《死去了的阿Q时代》"名震当时"；而在1932年左右，钱杏邨开始"批评了自己在文艺批评中的'观念论的倾向'、'机械论'和'右倾'"②。为全面揭示钱杏邨跟外国文学的关系，进一步考察他的批评在外来影响下的嬗变，那么，研究钱杏邨在接受"新写实主义"之前、之后两个阶段受到的文学影响就很有必要，也不容回避。本部分仅试图分析厨川白村《苦闷的象征》对钱杏邨接受新写实主义之前的影响。事实上，斯洛伐克汉学家高利克先生已注意到钱杏邨早期"力的文艺"与《苦闷的象征》之间的近似："钱杏邨认为，惟有社会现实才最适于文学，而文学是力的象征的表现。

---

① ［日］伊藤虎丸、刘柏青、金训敏合编：《日本学者研究中国现代文学论文选粹》，吉林大学出版社1987年版，第285页。

② ［日］伊藤虎丸、刘柏青、金训敏合编：《日本学者研究中国现代文学论文选粹》，吉林大学出版社1987年版，第290页。

这是一种对抗性矛盾达到了紧张的高潮，革命的飞跃业已成熟的现实。我们在此又不免想起了厨川白村的《苦闷的象征》一书。"①但令人遗憾的是，他并没有认真、深入思考这个问题。

一、《苦闷的象征》与钱杏邨早期的文学评论

《苦闷的象征》是日本厨川的一部文艺专论，鲁迅先生1924年9月将它译成中文，"该书曾在二三十年代的思想文化界产生过较大反响"。可能因资料的局限，我至今没有读到钱杏邨谈论自己受《苦闷的象征》影响的文字。但敢肯定的是，钱杏邨一定读过这本书并十分熟悉它，且在早期写作的时候，他手头还有这本书并时常运用。在写《达夫代表作后序》时，他开篇就说："为说明达夫的创作的时代的背景，在未入本文之前，我们觉得有征引厨川白村的几句话的必要。"②接着，他不仅引用鲁迅译本《苦闷的象征》中论文艺的一段话，而且还引用罗迪先翻译厨川《近代人生活》中的一节文字。在《艺术与经济》中，当论及经济对艺术的巨大影响时，他又对厨川"文艺是苦闷的象征"的观念持有异议，"厨川白村这种论调的错误和他的文艺是苦闷的象征一样。艺术不仅是苦闷的象征，也不是自己表现"③。不仅如此，钱杏邨可能对厨川的其他文章也十分熟悉，至少他读过鲁迅翻译的另一本厨川的著作《出了象牙之塔》，《织工》就是有感于该著里的一篇文章而作："高斯华绥的争斗所代表的是那一种思想，在我的高斯华绥与劳动问题篇里，已经有过详细的说明。最近，无意中看到厨川一篇关于争斗的话，他所见到的完全和我的相

---

① [斯洛伐克]玛利安·高利克：《中国现代文学批评发生史（1917—1930）》，陈圣生、华利荣、张林杰等译，社会科学文献出版社1997年版，第182页。

② 钱杏邨：《郁达夫》，见上海文艺出版社编：《中国新文学大系（1927—1937）·文学理论集一》，上海文艺出版社1987年版，第629页。

③ 钱杏邨：《艺术与经济》，载《太阳月刊》1928年6月号。

反。"①种种事实表明，钱杏邨未接受新写实主义之前，厨川是他比较熟悉的一位日本文艺理论家，尽管他们的文艺观念不完全相同。

认为钱杏邨早期受到《苦闷的象征》影响还基于这样一些理由。大革命失败后，钱杏邨来到上海从事革命文学活动，开始主要写作如《俄罗斯文学漫评》等"漫评"外国文学的文章，它们都发表在《小说月报》上，并于1929年3月以《力的文艺》为题结集出版，该书收录1927至1928年间他所写的14篇外国文学评论。在这些文章中，钱杏邨表达了他对"力的崇拜"和对"强盗"的喜爱，因为只有在他们身上才能看到人间未泯灭的健全的人性："只有做强盗可以劫富救贫，可以锄奸伐暴，可以替被压迫的民众打一点抱不平，泄泄自己心头的愤怒。"②钱杏邨把这样勇于抗争的行为视为生命健全的力。我们发现，钱杏邨早期特别喜欢使用"力"这个词，据不完全统计，仅《力的文艺》里就不少于四十次。而这种表示压迫/反抗的生命力与厨川的"苦闷的力"十分近似——"有如铁和石相击的地方就迸出火花，奔流给磐石挡住了的地方那飞沫就现出虹采一样，两种的力一冲突，于是美丽的绚烂的人生的万花镜，生活的种种相就展开来了"，"生命力愈旺盛，这冲突这纠葛就该愈激烈。一面要积极底地前进，别一面又消极底地要将这阻住，压下。并且要知道，这想要前进的力，和想要阻止的力，就是同一的东西。尤其是倘若压抑强，则爆发性突进性即与强度为比例，也更加强烈，加添了炽热的度数"。③两人都视反抗压抑生命力的力为生命强健的表现，是健全的人性。难怪高利克先生阅读钱杏邨《力的文艺》时会情不自禁地联想到厨川的《苦闷的象征》。也许事实是这样的情景，即钱杏邨对《苦闷的象征》曾有过情感共鸣，而他从事的无产阶级革命事业又为理解这本书提供了具体语境。《苦闷的象征》影响了《力的文艺》的写作还表现在其他方面。比如，钱杏邨也喜欢频繁使用"象征""健

<hr/>

① 钱杏邨：《"织工"》，载《小说月报》1928年第19卷第12号。
② 钱杏邨：《俄罗斯文学漫评》，载《小说月报》1928年第19卷第1号。
③ [日]厨川白村：《苦闷的象征》，鲁迅译，百花文艺出版社2000年版，第3、9—10页。

全"及"苦闷"等词语,而这些词语都是厨川《苦闷的象征》中的关键词;钱杏邨也喜欢从心理冲突的角度"漫评"他阅读过的外国文学作品,尤其爱读阿志巴绥夫的小说,"小有产者的女性,到了阿志巴绥夫的笔下,马上就会灵活起来,朝影里的理莎的游疑心理的表现,可算是有力的证明"①。总之,《苦闷的象征》不仅影响了《力的文艺》,而且还影响到钱杏邨《现代中国文学作家》(第1卷)的写作。即是说,厨川的文学观念渗透进钱杏邨早期的绝大部分文学批评中,并且在钱杏邨接受新写实主义之后的一段时间内,这种影响还没有完全消失,还通过他的《女作家论》等隐约地反映出来。

二、影响与接受

在《苦闷的象征》"创作论"里,厨川从发生学角度提出"生命力受了压抑而生的苦闷懊恼乃是文艺的根柢,而其表现法乃是广义的象征主义"②。他认为人生的苦闷源于"两种力的冲突",即"创造生活的欲求"与"强制压抑之力"的冲突,后者由"外部/社会"和"内部/生命自己"两部分组成。"我们为要在称为'社会'的这一个大的有机体中,作为一分子而生活着,便只好必然地服从那强大的机制。使我们在从自己的内面迫来的个性的要求,即创造创作的欲望之上,总不能不甘受一些什么迫压和强制","即使不被外来的法则和因袭所束缚,然而却想用自己的道德,来抑制管束自己的要求的是人类。我们有兽性和恶魔性,但一起也有着神性;有利己主义的欲求,但一起也有着爱他主义的欲求"。③如果说在现实中生命始终处在"两种力的冲突"的苦闷和患难的情境内,那么,在厨川看来,文艺是人类自由表达与满

---

① 钱杏邨:《"血痕"——阿志巴绥夫的短篇小说评》,载《小说月报》1928年第19卷第11号。

② [日]厨川白村:《苦闷的象征》,鲁迅译,百花文艺出版社2000年版,第16页。

③ [日]厨川白村:《苦闷的象征》,鲁迅译,百花文艺出版社2000年版,第6、9页。

足生命愿望的象征世界形式："文艺是纯然的生命的表现；是能够全然离了外界的压抑和强制，站在绝对自由的心境上，表现出个性来的唯一的世界。"①但厨川强调文艺为"人间苦的象征"有两个特征：一是必须"忘却名利，除去奴隶根性，从一切羁绊束缚解放下来，这才能成文艺上的创作。必须进到那与留心着报章上的批评，算计着稿费之类的全然两样的心境，这才能成真的文艺作品"②。二是象征的世界应是"改装"、像梦的方式一样生产的"具象化"的世界，"人生的大苦患大苦恼，正如在梦中，欲望便打扮改装着出来似的，在文艺作品上，则身上裹了自然和人生的各种事象而出现"③。除文艺是苦闷的象征这个主要观念外，厨川还认为文艺者"为预言者的诗人"，"总暗示者伟大的未来"。"因为自过去以至现在继续不断的生命之流，惟独在文艺作品上，能施展在别处得不到的自由的飞跃，所以能够比人类的别样活动——这都从周围受着各种的压抑——更其突出向前，至十步，至二十步，而行所谓'精神底冒险'。超越了常识和物质，法则，因袭，形式的拘束，在这里常有新的世界被发现，被创造。在政治上经济上社会上还未出现的事，文艺上的作品里却早经暗示着，启示着的缘由，即全在于此。"④而大文艺家也是"文化的先驱者"，因为"既然文艺是尽量地个性的表现，而其个性的别的半面，又有带着普遍性的普遍的生命，这生命即遍在于同时代或同社会或同民族的一切的人们，则诗人自己来作为先驱者而表现出来的东西，可以见一代民心的归趣，暗示时代精神的所在"⑤。这种暗示表现出来的时代精神，厨川说"决不是固定了凝结了的思想，也不是概念；自然更不是可称为什么主义之类的性质的东西"，"只是茫漠地不可捉摸的生命力"，"也就是思潮的流，时代精神的变迁"。⑥厨川的这些观念都不同程度地影响了钱杏邨。

---

① [日]厨川白村：《苦闷的象征》，鲁迅译，百花文艺出版社2000年版，第11页。
② [日]厨川白村：《苦闷的象征》，鲁迅译，百花文艺出版社2000年版，第11页。
③ [日]厨川白村：《苦闷的象征》，鲁迅译，百花文艺出版社2000年版，第27页。
④ [日]厨川白村：《苦闷的象征》，鲁迅译，百花文艺出版社2000年版，第58—59页。
⑤ [日]厨川白村：《苦闷的象征》，鲁迅译，百花文艺出版社2000年版，第59页。
⑥ [日]厨川白村：《苦闷的象征》，鲁迅译，百花文艺出版社2000年版，第60页。

首先，生命处于苦闷情境即"两种力的冲突"的观念影响了钱杏邨早期的评论。前文曾指出，钱杏邨喜爱从心理冲突的视角评论文学作品的意义与价值，以此评论作者的文学成就。在外国作家中，钱杏邨比较钟爱的可能是阿志巴绥夫，因为阿志巴绥夫擅长表现女性的游移不定的心理；在中国作家里，他较推崇郁达夫、茅盾的心理描写才能："达夫是一个很健全的时代病的表现者。"①茅盾的《幻灭》《动摇》也"把整个的小资产阶级的病态心理写得淋漓尽致，而且叙述得很细致"②。钱杏邨也欣赏丁玲在《在黑暗中》表现出来的才华，因为她把莎菲们的心理冲突刻画出来了："她们的生活完全是包含在灵与肉，生与死，理智与感情，幸福与空虚，自由与束缚，以及其他一切这样的现象的挣扎冲突之中"。③虽然如此，钱杏邨却不满意他们的创作，因为他们仅描写了不健全的苦闷心理，只"富有病态心理表现的天才"，而缺少健全的心理即"力的表现"。钱杏邨认为，只沉浸于"两种力的冲突"里的生命是不健全、病态的，而健全的生命应是当压抑力增强时反抗压抑的力就更强烈，只有健全的生命才能把人类的生命力表现出来。表现健全的生命力即"力的文艺"成为钱杏邨早期批评最首要的价值标准。以这种标准来看，在进入无产阶级爆发出勇敢反抗压迫的健全的生命时代，具有时代和文学双重意义的创作，就不是阿志巴绥夫、郁达夫与茅盾、鲁迅等表现病态人生的作品，而是以郭沫若、蒋光慈（蒋光赤）等"代表上进一派的"的创作，只有他们的作品才"确实的表现了一毫无间断的伟大的反抗的力"，"一以贯之的反抗精神的表演"。④所以，钱杏邨明确指出"新兴文学"应该克服"阿志巴绥夫倾向"，希望郁达夫、茅盾等"在今后的创制

① 钱杏邨：《郁达夫》，见上海文艺出版社编：《中国新文学大系（1927—1937）·文学理论集一》，上海文艺出版社1987年版，第630页。
② 钱杏邨：《"幻灭"》，载《太阳月刊》1928年3月号。
③ 钱杏邨：《"在黑暗中"——关于丁玲创作的考察》，载《海风周报》1929年第1期。
④ 钱杏邨：《郭沫若及其创作》，见黄人影编：《郭沫若论》，上海书店1988年影印版，第18—19页。

中，在技巧方面表现出伟大的力量！要震动！要咆哮！要颤抖！要热烈！要伟大的冲决一切，破坏一切，表现出狂风暴雨时代的精神的力量！"①这里呈现出钱杏邨与厨川文艺观念的一致性及差异性。厨川认为只要"将伏藏在潜在意识的海的底里的苦闷即精神底伤害"象征化即是"大艺术"；钱杏邨要求作者表现"生命的力"，也即厨川意义上的"创造生活的欲求"："永是不愿意凝固和停滞，避去妥协和降伏，只寻求着自由和解放的生命的力"，"离开了道德和法则的轨道，几乎胡乱地只是突进，只想跳跃的生命力"。②而不同之处在于，钱杏邨接受的不是苦闷心理的象征而是生命力的象征。"自然，不能说文艺不是苦闷的象征。但艺术的效率仅止于此，艺术就有根本毁灭的必要。艺术不仅要表现人间苦，现代艺术的重大使命，是否定资本主义的社会，要开未来的光明世界的先路。"③导致这种影响——接受视野差异的根本原因，可能是接受者的接受心理需求造成的，即钱杏邨是以革命者的心理接受《苦闷的象征》的。

其次，《苦闷的象征》影响了钱杏邨的批评观念。我们知道，钱杏邨在批评鲁迅、郁达夫等中国现代作家与写作外国文学漫评时，常常批评小资产阶级作家及其文学不能够表现时代和暗示一条伟大的光明的出路。"鲁迅的著作何如呢？自然，他没有超越时代；不但不曾超越时代，而且没有抓住时代；不但没有抓住时代，而且不曾追随时代"，"只满口的喊着苦闷，而不去找一条出路"。④因为他认为，"无论从哪一国的文学来看，真正的时代的作家，他的著作没有不顾及时代的，没有不代表时代的"⑤。"一个真正的代表着时代的作家，他是应该做'大勇者，真正革命者'的代言人……他们是必然的代表

---

① 钱杏邨：《郁达夫》，见上海文艺出版社编：《中国新文学大系（1927—1937）·文学理论集一》，上海文艺出版社1987年版，第648页。

② [日]厨川白村：《苦闷的象征》，鲁迅译，百花文艺出版社2000年版，第4、5页。

③ 钱杏邨：《艺术与经济》，载《太阳月刊》1928年6月号。

④ 钱杏邨：《死去了的阿Q时代》，载《太阳月刊》1928年3月号。

⑤ 钱杏邨：《死去了的阿Q时代》，载《太阳月刊》1928年3月号。

着时代的进展，必然的是代表着有着前途，有着希望的向上的人类。"①钱杏邨的这种批评观念也蕴含着《苦闷的象征》的影响。正如前文所示，厨川认为真正的"大艺术"不仅表现着作者自己的苦闷也代表着人类/民族的一面，同时因为它象征着伟大的生命力，而伟大的生命力总蕴含着创造的欲望，所以真正的艺术反映着时代精神、暗示着生命前进的方向。钱杏邨以接近厨川的文艺立场，批判鲁迅的《呐喊》《彷徨》等没有表现/代表时代，批判茅盾的《幻灭》《动摇》等虽反映了时代的一面但没有表现出时代的生命力，即创造未来、向前发展的时代精神。以前，人们常把钱杏邨的"时代观念"归于蒋光慈的影响，"在钱杏邨之前，他的老师和朋友蒋光慈在通晓了布洛克的作品后就这样断言：'革命就是艺术'，钱的话很可能只是蒋的信念的一种变形"。②或认为是中共早期革命"左倾"思潮的体现，或来源于后来的藏原惟人的无产阶级现实主义"于其全体性，于其发展中去观察现实"的观念。但人们大都忽略了钱杏邨与厨川之间的精神联系。事实上，钱杏邨的观念即真正伟大的作家代表着时代、暗示着前进方向的思想，跟接受《苦闷的象征》的影响有着较深的关系。

最后，《苦闷的象征》还影响到钱杏邨的文本观。厨川受弗洛伊德心理分析学说的影响，相信文学作品是作者苦闷心理的象征，且这种"移情作用"的方式跟"梦的方式"一样。钱杏邨接受了文艺是"苦闷的象征"这种文本观，但压抑了厨川更强调的文本生产方式即"梦的方式"："或一抽象底的思想和观念，决不成为艺术。文艺的最大要件，是在具象性。即或一思想内容，经了具象底的人物，事件，风景之类的活的东西而被表现的时候；换了话说，就是和梦的潜在内容改装打扮了而出现时，走着同一的径路的东西，才是艺术。而赋与这具象性者，就称为象征。"③结果形成了钱杏邨的文本观，即文

① 钱杏邨：《茅盾与现实——读了他的"野蔷薇"以后》，载《新流月报》1929年第4期。

② [斯洛伐克]玛利安·高利克：《中国现代文学批评发生史（1917—1930）》，陈圣生、华利荣、张林杰等译，社会科学文献出版社1997年版，第181页。

③ [日]厨川白村：《苦闷的象征》，鲁迅译，百花文艺出版社2000年版，第25页。

本仅是作者思想的直接反映，而不顾文本与作者间的"改装""反讽"距离。这影响了他的批评风格。在《达夫代表作后序》里，他就把郁达夫小说人物的病态心理与病态生活视为作者自己病态生活的表现："病态生活的表现，当然是由于作家生活的不健全；不过单靠不健全的病态生活，依旧不能完成不健全的表现，其间还有一种最重大的要素，就是心理的不健全。心理的和生理的互为影响，相因而成为不健全的'现代人'，这理由是很明显的。达夫的病态的成因也是如此。"①《死去了的阿Q时代》也如此："他所看到的何如呢？在《野草》里也就很明白的说过，所谓将来就是坟墓！因为他感到的前途只有坟墓。"②虽然文本的世界与作者的世界一定有无法割裂的关系，但却不能说文本就是作者的世界。厨川坚持艺术与作者间需要"改装打扮"即"象征化"，茅盾当时也反感这类批评把文学与现实中的作者不加区分的倾向："他们对于描写小资产阶级生活的小说往往不问内容很武断地斥为'落伍'。自然，描写小资产阶级生活的小说中间一定很有些'落伍'人物，但这是书中人物的'落伍'，而不是该著作的'落伍'。如果把书中人物的'落伍'就认作是著作的'落伍'，或竟是作者的'落伍'，那么，描写强盗的小说作家就是强盗了么？"③钱杏邨的"象征-文本"观应该是误读厨川"文本-象征化"的结果吧。

总之，厨川《苦闷的象征》从"力的冲突"、时代的预言者、象征等方面影响了钱杏邨早期的文学批评，而作为拥有自我接受条件的钱杏邨在接受影响时又做了某种程度的自我选择或误读。这种接受又与来自蒋光慈等方面的影响及其自身的文学资源相互渗透、混杂在一起，不仅形成了钱杏邨早期文学批评观念的驳杂，而且导致他与《苦闷的象征》的冲突。

---

① 钱杏邨：《郁达夫》，见上海文艺出版社编：《中国新文学大系（1927—1937）·文学理论集一》，上海文艺出版社1987年版，第630页。

② 钱杏邨：《死去了的阿Q时代》，载《太阳月刊》1928年3月号。

③ 中国现代文学馆编：《茅盾》（下），华夏出版社1997年版，第316页。

三、与《苦闷的象征》的文艺观念冲突

"蒋光慈及其追随者是无产阶级文学领域中种种倾向总合而成的一种文学现象。"①钱杏邨早期批评虽渗入《苦闷的象征》的影响,但更根本的是他接受了革命文学的规范,这导致两种文艺观念间的冲突,及他对厨川《苦闷的象征》的批评。在《艺术与经济》《"织工"》等文章里,钱杏邨都鲜明地批评了厨川"文艺是苦闷的象征"——即"站在绝对自由的心境上,表现出个性来的唯一的世界"的观念,认为这是"一种普遍的错误"。钱杏邨从革命文学规范的角度指出,在资本主义的经济制度下,艺术无论从社会,还是作家等方面讲都"脱不了现代的经济背景",厨川的艺术是自我个性的表现,"虽然想把艺术脱掉经济,结果仍旧是没有挣脱掉"。②即是说,文艺不能脱离社会,它是社会/现实的一部分,厨川的观点只不过反映了小资产阶级"虚无主义"的思想。再者,厨川认为艺术只要将内心的苦闷象征化即是"大艺术":"或者从算盘上,或者从感情,或者从道理,红了眼喧嚷着的劳动问题,从大的人生批评家看来,那里也就有滑稽,有人情,须髯如戟的男子怒吼着的背后,则可以看见荏弱的女性的笑和泪,在冰冷的温情主义的隔壁,却发出有热的纪理论的叫声(原文如此):在那里,是有着这些种种的矛盾的。文艺的作品,就如明镜的照影一般,显明地各式各样的,将这些示给我们。那些想在文艺中,搜求当面的问题解决者,毕竟不过是俗人俗见罢了。"③这在钱杏邨看来也有错误,"艺术的重要不在苦闷的象征的这一点"。钱杏邨认为现代艺术应该负有否定资本主义制度、开辟未来光明世界的"重大使命":"我们相信文艺是有Propaganda的作用的,真正伟大的作品,里面不仅有问题,而且有问题的解决,或者是出发于无产者的群众归结于无产者的群众的。我

---

① [斯洛伐克]玛利安·高利克:《中国现代文学批评发生史(1917—1930)》,陈圣生、华利荣、张林杰等译,社会科学文献出版社1997年版,第157页。
② 钱杏邨:《艺术与经济》,载《太阳月刊》1928年6月号。
③ 钱杏邨:《"织工"》,载《小说月报》1928年第19卷第12号。

们的态度，正是他所鄙弃的——‘俗人俗见！’”①而随着他的革命文学或曰无产阶级观念越来越明晰，特别是接受新写实主义之后，钱杏邨对厨川文艺仅是“自我表现”的批评也越自觉、越严厉。换句话说，“文学是批判的武器”的革命文学观念导致钱杏邨跟厨川文艺观念的冲突，并驱使他欲摆脱、走出《苦闷的象征》的影响。这样，钱杏邨的革命文学批评也由一种复杂的“历史存在”走向一种单纯的“理念存在”，即由多元的影响走向了“新写实主义”。

---

① 钱杏邨：《“织工”》，载《小说月报》1928年第19卷第12号。

论钱杏邨30年代的革命文学批评

　　"这《孩儿塔》的出世并非要和现在一般的诗人争一日之长，是有别一种意义在。这是东方的微光，是林中的响箭，是冬末的萌芽，是进军的第一步，是对于前驱者的爱的大纛，也是对于摧残者的憎的丰碑。一切所谓圆熟简练，静穆悠远之作，都无须来作比方，因为这诗人属于别一世界。"①鲁迅对殷夫革命诗歌的评论也可视为钱杏邨30年代文学批评的价值追求，他曾这样认识与看待自己从事的革命文学批评："中国文坛已经走到了一个新的阶段。过去十年的努力，只算建设了这新时代的奠基石，在奠基时代，我们也曾有过不少的艰苦奋斗的历史，也曾有过不少勇猛向前的斗士。……可是当日的斗士，有的固然还是在迈步向前，有的却因着抓不住时代而开始反动。这里，就想以这时代的眼把他们分别的研究一回，替过去的时代结一次总账，于一般的读者不是无利的。不过，力量究竟薄弱得很；然而，在谁都不愿来负这责任的时候，也只得勉力的忘却讪笑的负起。"②不必讳言，钱杏邨开始革命文学批评时并没有像创造社成员那样拥有无产阶级的革命文学理论，他仅以　位革命者的热情和历史使命感，凭借着自己有限的文学经验来负起革命文学批评的责任，旨在于大革命失败后普遍的幻灭、动摇的时代情绪氛围中，以无产阶级革命的时代眼光批判过去的时代，呼唤与宣传革命的、健全的情绪即无产阶级的

---

①　鲁迅：《且介亭杂文末编》，人民文学出版社1973年版，第24页。
②　钱杏邨：《〈现代中国文学作家〉自序》，见《阿英文集》，生活·读书·新知三联书店1981年版，第56页。

革命意识，为无产阶级革命"招魂"："可怜的巴莎死了，然而他永远在人们的心里，在全俄罗斯的心里活着。我们中国的巴莎呢？啊！我们中国的巴莎呢？中国现在需要的正是这样果敢的，超个人主义的革命家，我现在想起巴莎，我又不得不为中国的巴莎招魂了。归来哟，巴莎。归来哟，中国魂！"①这是钱杏邨30年代革命文学的批评贯穿始终的目的，并成为他批评的一种元话语。

一、"新批评"的观念与批评策略

发表在《太阳月刊》1928年5月号上的《批评的建设》，集中、全面地表现了钱杏邨30年代文学批评的观念与批评策略，也是他这个时期文学批评实践的理论概括及批评原则。在这篇文章中，钱杏邨用"新批评"指称刚刚开始的无产阶级革命文学批评，以区别过去的"五四"文学时期的批评，而不是指20世纪初在英美兴起的那种"新批评"。但"新批评"不仅仅是一个时间概念，它还隐含着语义方面的巨大差别。即是说，过去的批评仅是"抄书的批评，趣味的批评，或者是寻章摘句，捧场谩骂，或者是抹杀客观的事实，只有技巧的批判"②，是没有系统的文艺理论和科学方法的主观、随意的批评；而新的批评应是"一种不可缺少的科学"，"目的是促进社会的进步"③，因此，"新批评"是要"用科学的方法，具体的梳理全书的中心思想，别以阐明或批驳。现代文艺批评，应该注意思想的综合与分析"④。钱杏邨的"新批评"观念，不仅强调批评的独立性与重要作用，而且强调批评的科学性，这就要求批评家"应该站在时代前面"，"一面要了解时代思潮，时代的社会生活，一面要了

---

① 钱杏邨：《俄罗斯文学漫评：阿志巴绥夫的"朝影"》，载《小说月报》1928年第19卷第1号。
② 钱杏邨：《批评的建设》，载《太阳月刊》1928年5月号。
③ 钱杏邨：《批评的建设》，载《太阳月刊》1928年5月号。
④ 钱杏邨：《批评的建设》，载《太阳月刊》1928年5月号。

解整个的世界文坛的现状和趋势"。①换句话说，钱杏邨认为"新批评"应是注重思想的批评而不是技巧的批评，应是以无产阶级革命意识即科学性"对作家读者加以亲切的说明与指导"，就是以无产阶级革命的时代意识为标准的批评；在他看来，这种批评才具有科学性与真理性，才能避免以前批评的错误即缺少系统的文艺批评原理和科学的方法。这样，"文艺批评家的职任就是一个革命家的职任，批评家的任务就是促进革命的进展与成功"。②

钱杏邨为"新批评"确立的批评逻辑明显不同于创造社的革命文学批评逻辑，后者强调在意识形态中进行话语斗争的重要性，强调无产阶级意识的产生可通过意识形态的辩证法即"否定之否定"达到。钱杏邨却要求革命文学批评家用无产阶级意识去阐明或批驳作品的思想及其作者的意识形态立场，达到促进社会进步、创造生活的革命文学的目的，而不重视如何才能获得无产阶级意识这个元问题，或者说他并没有细致、深入思考这个问题。他在《批评的建设》这篇文章中仅仅要求批评家了解时代思潮，"阶级的分野要看得分明"，这种在鲁迅眼里显得有些"朦胧"的话语非常容易产生分歧。导致钱杏邨这种意识形态盲视的原因可能是多方面的：首先，钱杏邨强调文本批评而反对创造社的超文本、超经验的理论话语斗争；其次，钱杏邨自己就是一位革命战士，在他看来时代思潮就是无产阶级革命的潮流；最后，这可能还跟他的理论资源欠缺有关，他没有像蒋光慈或冯乃超、李初梨那样留过学。此外，钱杏邨的批评逻辑也容易产生以固定的、先验的思想意识批评一切文学作品，结果导致批评的模式化与观念化，这也是当时一些人不满钱杏邨批评的主要原因，他后来在《一九三一年中国文坛的回顾》中也做了自我批评："从他的新刊的《安特列夫评传》《现代中国女作家》和在《文艺新闻》上发表的批评文字看去，他的观念论的倾向依旧存在。他不能很好的运用辩证法的方法来检查作品，往往是观念的写出他检查作品的结论，机械的向作家提出意见"③。

---

① 钱杏邨：《关于"评短裤党"》，载《太阳月刊》1928年2月号。
② 钱杏邨：《批评的建设》，载《太阳月刊》1928年5月号。
③ 钱杏邨：《一九三一年中国文坛的回顾》，载《北斗》1932年第2卷第1期。

如果说钱杏邨的新批评理论有些含混、还没有充分合理化，那么他为革命文学选择的批评策略却十分具体、明确。他认为1928年后的现代文坛"每一种文艺的组织以及文艺的刊物，旗帜都是很明显的"，"我们可以看到三种不同的倾向，一种是反动的资产阶级文艺的运动，一种是代表小资产阶级转换方向的劳动阶级文艺运动，一种是直接的走上劳动阶级的劳动阶级革命文艺运动"。①对这三种不同的文艺倾向，钱杏邨认为应采取不同的批评态度即无产阶级批评策略。首先，他要求"批评家应该担负起他们的对于这种反革命文艺运动的责任，对于资产阶级文艺的不断的加以抨击，根本上消灭的他们的力量"，并要"在文艺上肃清资产阶级文艺的残余的毒焰"。②因为钱杏邨认为，全世界的资本主义已经达到高涨及其崩溃的阶段，而反映它的意识形态的文艺即个人主义的文学也被革命的浪潮掘断，被压迫阶级劳动文艺取而代之。钱杏邨的这种认识逻辑既有那个时代的无产阶级思想——认为资本主义已反动、已走向灭亡，也含有"五四"时代的进化观念即新兴的无产阶级代表着进步、科学与真理；而反映着无产阶级意识的文艺抨击它，也并非仅仅是文艺的进步与反动、真理与谬误的斗争，也是"在政治上肃清残余封建势力的反映的排演。政治上肃清残余封建势力，完全是为着革命的前途，为着民众"，"批评家的反资产阶级文艺运动也是如此"，③就像革命党人在街头唤醒民众一样，唤醒"迷途的他们的读者"，以促进革命势力的发展。其次，钱杏邨觉得批评"态度不审慎，往往是容易引起极坏的影响的"④。因为这个阶级处于"被压迫与不被压迫"之间，政治上是可革命可不革命的，如果"批评家批评的恰如其分，可以引导他们向上，否则很容易把他们逼到反革命的路上去"。⑤钱杏邨认为这种文艺运动确定的批评逻辑是："要完全用理智的，极诚恳的，以及友谊的态度出之。对于他们的错误的指摘只能轻描淡写，不能严

① 钱杏邨：《批评的建设》，载《太阳月刊》1928年5月号。
② 钱杏邨：《批评的建设》，载《太阳月刊》1928年5月号。
③ 钱杏邨：《批评的建设》，载《太阳月刊》1928年5月号。
④ 钱杏邨：《批评的建设》，载《太阳月刊》1928年5月号。
⑤ 钱杏邨：《批评的建设》，载《太阳月刊》1928年5月号。

重"，"设法鼓励他们的革命情绪的高涨，把他们好好的引到革命的战线里来"。①对于第三种文艺即劳动阶级的革命文艺，钱杏邨指出批评家应该"严格的加以指责"，"督促他们做修养的工夫，政治理论的探讨，政治策略的应用，劳动阶级革命文艺原理的研究，劳动阶级革命文艺创作的比较论断，理论行动的揉杂与表现"，②因为他们负有无产阶级革命的政治与时代使命——创造刺激、影响读者的文学任务。批评这种文艺，批评家"首先要明了他们的创作的时间背景与政治环境，与他们对于政治的时代的使命"，也"要使他们不仅注意于狭隘的主观的表现，应该从事于广泛的多方面的表现"，"只要作品表现的目的是帮助革命"；③更要对他们的表现技巧加以批评指导，因为他们刚刚从事文学创作，技巧还没有达到成熟。总之，钱杏邨的批评策略带有明显的政治倾向，或者说他站在无产阶级革命的政治利益立场上，为革命文学批评确立了上述批评原则和标准，但同时也就把文学及其批评政治化了，而这既是他革命热情与意识的体现，也是他为革命"招魂"的具体途径。他的《现代中国文学作家》《力的文艺》及《现代中国女作家》等批评论著，就鲜明地再现了这种批评逻辑和批评策略。

二、为革命"招魂"与跟过去结账

"招魂"是我国一种古老但又有迷信色彩的风俗，招魂的人相信通过亲人的召唤逝去的亡灵就可以归来，但具有意味的是，这种古老的风俗却被现代作家所记忆并作为民族新生的一种手段。鲁迅在《摩罗诗力说》中认为，现代中国"文事式微，则种人之运命亦尽，群生辍响，荣华收光"④，而通过"别

---

① 钱杏邨：《批评的建设》，载《太阳月刊》1928年5月号。
② 钱杏邨：《批评的建设》，载《太阳月刊》1928年5月号。
③ 钱杏邨：《批评的建设》，载《太阳月刊》1928年5月号。
④ 《鲁迅全集》（第1卷），人民文学出版社1981年版，第63页。

求新生于异邦"就能找回已失去的"精神界之战士"。如果说鲁迅感到"古源尽"只好另求于西方，那么，郭沫若则相信创造现代中国与现代自我就得唤起周代的雅伯、楚国的骚豪、唐世的诗宗与元室的词曹。钱杏邨也希望通过写作这种现代的"招魂"形式，找回像阿志巴绥夫小说《朝影》的主人公巴莎那样的革命者："活泼、勇敢、毅力、愤慨和思想"，"有一种非常的力"；他认为在大革命失败后幻灭、动摇的情绪笼罩着时代的时候，必须召唤渐逝的真正革命者与反抗统治者的粗暴的力，以推动革命的发展。像鲁迅一样，钱杏邨也首先把他的呼唤投向了"异邦"，即外国的反映无产阶级反抗压迫的小说。

钱杏邨把他1928年写作的一些漫评外国小说的文章题为《力与争斗》，后为方便出版更名为《力的文艺》。在《俄罗斯文学漫评》《德国文学漫评》与《英国文学漫评》等文中，钱杏邨十分明确地表示对"强盗"这种人物形象的热爱。"不知道是我的心理的不健全的表现，抑是一般青年心理都是这样：我爱和粗暴的人们在一起，我爱读关于强盗的书。自然我现在还没有做强盗的心思，然而为饥寒交迫驱到无可奈何的地步，将来可就难说了。"[1]因为在他看来，无论古今中外，只有做强盗才"可以劫富济贫，可以锄奸伐暴，可以替被压迫的民众打一点抱不平，泄泄自己心头的愤怒"，只有强盗身上才"表现人间尚没有死尽的人性"，[2]代表着人间的光明；此外，"强盗的侠义固然使我的中心震慑，他们的勇敢，毅力，大无畏的精神也是值得我们永久的崇拜。所以对于刚毅不屈，对社会不妥协，不怕阻碍而勇往直前的壮士如项羽者流，也是我所爱讴歌的"[3]。钱杏邨对强盗和壮士的热爱一方面受蒋光慈"游侠"思想的影响，一方面也是大革命时代他对统治者、背叛革命者的愤恨心理的流泻。在杜伯洛夫斯基（普希金《情盗》）、摩尔（席勒《强盗》）与克丽希儿

---

[1] 钱杏邨：《德国文学漫评："强盗"及"尼拔龙琪歌"》，载《小说月报》1928年第19卷第3号。

[2] 钱杏邨：《俄罗斯文学漫评：普希金的"情盗"》，载《小说月报》1928年第19卷第1号。

[3] 钱杏邨：《德国文学漫评："强盗"及"尼拔龙琪歌"》，载《小说月报》1928年第19卷第3号。

（《尼拔龙琪歌》）这些抛却个人情感、伦理，执意反抗、复仇的行为中，钱杏邨发现了无产阶级革命所必要的东西，即不顾自我的一切去为他者献身的大无畏精神，就像德国米伦女士童话里的小麻雀一样为全族的幸福而献身："他要去冒险，他感到麻雀的全族因为冬季的气候严寒，冻饿交加，他想渡过大洋，找一块和暖的地方使全族在冬季可以迁徙。他要做个冒险者，他要破麻雀史的记录；以微弱的身躯去谋全族的利益。"[①]而这些革命时代必具的情绪与品质，正是1928年大革命失败后中国社会缺失的。钱杏邨希望以自己的这些漫评，介绍表现"强盗"精神的小说，唤回中国社会自己的壮士："中国现在需要的正是这样果敢的，超个人主义的革命家，我现在想起巴莎，我又不得不为中国的巴莎招魂了。归来呦，巴莎。归来呦，中国魂！"[②]

正是因为如此，钱杏邨才不满意高斯化绥的《争斗》、阿志巴绥夫的《宁娜》。前者表现了改良主义的思想，把劳、资争斗的最后胜利归于"改良主义的工会的领袖哈刺司"；后者写俄罗斯的民众反抗官府时"结果，民众是失败了"，"这样虚无的结束，就足以证明作者并不曾洞察到民众的最后的力量"。[③]钱杏邨在中国现代作家的小说中也发觉了这样"在思想上根本失败"的作品，尤其是鲁迅、茅盾的一些作品。鲁迅的小说、散文根本没有表现劳农革命的时代，"没有现代的意味"；茅盾的《幻灭》《动摇》等尽管表现了大革命的时代气氛，但不是"健全"的表现而是"病态"的表现，即是说，茅盾从大革命时代中仅看到了幻灭、动摇的方面，却没有看到无产阶级革命情绪不断高涨的方面。在钱杏邨眼里，这些都不利于无产阶级革命的发展，他不得不以"时代的眼"跟他们"结账"，指出他们作品思想上的错误，以唤回健全的革命情绪与革命所需的敢于反抗的力。在《死去了的阿Q时代》中，钱杏邨以

① 钱杏邨：《德国文学漫评："劳动儿童故事"》，载《小说月报》1928年第19卷第3号。

② 钱杏邨：《俄罗斯文学漫评：阿志巴绥夫的"朝影"》，载《小说月报》1928年第19卷第1号。

③ 钱杏邨：《"血痕"——阿志巴绥夫的短篇小说评》，载《小说月报》1928年第19卷第11号。

文学表现、适应时代作为元话语，批评了鲁迅的《呐喊》《彷徨》与《野草》都没有"现代意味"，即"他的创作的时代决不是'五四'运动以后的，确确实实的只能代表新民丛报时代的思潮，确确实实的只能代表清末以及庚子义和团暴动时代的思想，真能代表'五四'时代的创作实在不多"，"他没有超越时代；不但不曾超越时代，而且没有抓住时代；不但没有抓住时代，而且不曾追随时代"。①"五四"及其以后的时代，是个人主义精神死亡而阶级意识觉醒、劳农阶级"向着压迫他们的资产阶级抗争"的时代。相反，鲁迅在他的创作里却表现出小资产阶级思想："只满口的喊着苦闷，而不去找一条出路"②；这说明了他的"思想浅薄"，他没有看到"苦闷有来源总归是有出路，光明的大道是现在自己的眼前"，"他是一个怀疑现实而没有革命的勇气的人生诅咒者而已"。③钱杏邨认为鲁迅的这种意识容易"引着青年走向死灭的道上"；"鲁迅所看到的人生是如此，所以展开野草一书便觉得冷气逼人，阴森森如入古道，不是苦闷的人生，就是灰暗的命运；不是残忍的杀戮，就是社会的敌意；不是希望的死亡，就是人生的毁灭；不是精神的杀戮，就是梦的崇拜；不是诅咒人类应该同归于尽，就是说明人类的恶鬼与野兽化……一切一切，都是引着青年走向死灭的道上，为跟着他走的青年们掘了无数无数的坟墓"。④后来，钱杏邨又写了《死去了的鲁迅》与《"朦胧"以后——三论鲁迅》两篇文章，批评鲁迅对革命文学的"冷讥热讽"，指出他对革命及革命文学的认识仍然"朦胧"，仍然暴露着"小资产阶级知识分子特有的坏脾气"，即他还没有拥有无产阶级的集体主义的革命意识："他的出发点，不是集体，而是个人，他的反抗，只是为他个人的反抗。虽然有时也为着别人说几句话，我们若果细细的考察起来，究竟是抛不开'我'的成分的。他始终是一个个人

---

① 钱杏邨：《死去了的阿Q时代》，载《太阳月刊》1928年3月号。
② 钱杏邨：《死去了的阿Q时代》，载《太阳月刊》1928年3月号。
③ 钱杏邨：《死去了的阿Q时代》，载《太阳月刊》1928年3月号。
④ 钱杏邨：《死去了的阿Q时代》，载《太阳月刊》1928年3月号。

主义者。"①总之，钱杏邨对鲁迅及其作品的批评，既是对小资产阶级意识传统的批判，想要消除它在读者中的影响以树立劳农阶级的观念，为无产阶级的革命宣传，也是希望鲁迅"在这狂风暴雨的时代"能"抛弃了他的死去了的阿Q时代，来参加革命文艺的战线，我们对他依旧表示热烈的欢迎"。②

与鲁迅相比，茅盾的《幻灭》《动摇》等小说都"把整个的时代色彩表现了出来"。"幻灭是一部描写在大革命时代及革命以前的小资产阶级女子的游移不定的心情，及对于革命的幻灭，同时又描写青年的恋爱狂的一部有时代色彩的小说。"③"动摇写的比幻灭进步……不仅作者笔下的革命人物很生动，一九二七的社会和政治的情状，也有了很鲜明的轮廓。"④钱杏邨欣喜之情溢于言表，认为这是"在最近的中国文坛上有一种可喜的现象"，但也感到小说"没有暗示革命人物一条出路"，即"作者采用的完全是旧写实主义的方法"，而"表现这个时代，新写实主义的方法，我们觉得是有采用的必要"。⑤《太阳月刊》1928年7月的停刊号，发表了藏原惟人著、林伯修译的《到新写实主义之路》，介绍了苏联的无产阶级现实主义即新写实主义，它要求作者"第一，用着普罗列塔利亚前卫的眼光去观察世界；第二，用着严正的写实主义者的态度去描写他——这就是唯一的到普罗列塔利亚写实主义之路"。⑥以新写实主义为标准，钱杏邨在《从东京回到武汉》《茅盾与现实——读了他的〈野蔷薇〉以后》与《中国新兴文学中的几个具体的问题》等

① 钱杏邨：《"朦胧"以后——三论鲁迅》，见中国社会科学院文学研究所现代文学研究室编：《"革命文学"论争资料选编》（上），人民文学出版社1981年版，第448页。

② 钱杏邨：《"朦胧"以后——三论鲁迅》，见中国社会科学院文学研究所现代文学研究室编：《"革命文学"论争资料选编》（上），人民文学出版社1981年版，第460页。

③ 钱杏邨：《"幻灭"》，载《太阳月刊》1928年3月号。

④ 钱杏邨：《"动摇"》，载《太阳月刊》1928年停刊号。

⑤ 钱杏邨：《"动摇"》，载《太阳月刊》1928年停刊号。

⑥ [日]藏原惟人：《到新写实主义之路》，林伯修译，载《太阳月刊》1928年停刊号。

文中，批评了茅盾的"现实"观和他的"创作的哲学"。"在一年来茅盾陆续发表的'从牯岭到东京'，'读倪焕之'，'写在"野蔷薇"的前面'三篇文章，我们看到他有一种一贯的意见，那就是所谓'现实'的问题。他否认许多描写英勇的革命的战斗的创作的事件不是事实，他把这些比作纸上的勇敢；他只承认他自己所写的幻灭，动摇的事件是现实，是很忠实的描写。"①在钱杏邨看来，茅盾所描写认识的只是革命时代的现实，但不是时代"必要的，必然的东西"，后者才是无产阶级前卫意识中的真正"现实"。"在中国，自一九二七年七月以后，各地的反抗也是和当时的俄罗斯一样的爆发，接着又有了十二月等等的英勇的不断的战斗，在在的都表示了中国革命的前途，然而，茅盾是始终的不肯正面这些现实，反把这些现实当作非现实"②。茅盾的"现实"观遮蔽了他对时代的真正认识，也导致了他"创作的哲学"的错误，"仅止于'凝视现实，分析现实，揭破现实'……从他自作品中丝毫不能'体认出将来的必然'来"③。这表明，茅盾还没有获得无产阶级革命文学的立场与观念，"所以，对于茅盾的创作，无论是在内容方面，抑形式方面，我们都应该和他战斗下去。他的创作，给予了对革命的信任不坚决的小布尔乔亚一个很大的危机"④。

从为革命"招魂"到批评以鲁迅、茅盾为代表的小资产阶级意识及文学观念，钱杏邨的批评经历了由感性的宣泄到理性的升华，或者说他在藏原惟人的《到新写实主义之路》里找到了自己情感的理论依据，藏原惟人的"现实"观暗合了钱杏邨原先的感性的"出路"论。以此，钱杏邨进行了对资产阶级与

① 钱杏邨：《茅盾与现实——读了他的"野蔷薇"以后》，载《新流月报》1929年第4期。

② 钱杏邨：《茅盾与现实——读了他的"野蔷薇"以后》，载《新流月报》1929年第4期。

③ 钱杏邨：《茅盾与现实——读了他的"野蔷薇"以后》，载《新流月报》1929年第4期。

④ 钱杏邨：《中国新兴文学中的几个具体的问题》，见中国社会科学院文学研究所现代文学研究室编：《"革命文学"论争资料选编》（下），人民文学出版社1981年版，第946页。

小资产阶级的文学批评，希望能消除它们在读者中的影响，同时也是为无产阶级革命进行宣传。他的批评实现了他"批评家的职任就是一个革命家的职任"的期望。

三、意识形态的错误与兼性

杰姆逊认为二项对立是意识形态的主要形式："只要出现一个二项对立式的东西，就出现了意识形态"[1]。钱杏邨的批评体现或者说创造了无产阶级的意识形态，他选择了无产阶级/小资产阶级、进步/落后、正确/错误、暗示出路/揭露现实、反抗/游移等这样几组二项对立，并站在前者的位置上批判、否定后者，实践着肯定自我否定他者的意识形态功能。但这种意识形态模式也含有一种"错误的意识"，即"表现为阶级性错误。所谓阶级性错误就是说人们对真理、对事物的认识受到阶级地位的影响"，它"带来的是对事物的扭曲和变形，是对人的认识的局限"。[2]这在钱杏邨的批评里表现得非常明显，也受到了他人的反对和批评。他的《死去了的阿Q时代》发表不久，有人就写文章反对说"阿Q时代没有死"："在北方——东三省，直，鲁，豫，……的农民，不但幼稚而且可以说没有严密的组织，对于政治还待认识；也不了解'革命'，更没有'革命性'。智识呢，只有那祖传的一点。"[3]昌派的《写给死了的阿Q》也以调侃的笔调讽刺了钱杏邨的批评，"钱先生提出要革掉你的农民代表资格，不久的工夫，天津有一位青见先生不赞成，他说北方的农民你可以代表，至少可以多代表几年；广东又有一位修善先生附和说，南方的你也可

---

① ［美］杰姆逊：《后现代主义与文化理论》（精校本），唐小兵译，北京大学出版社1997年版，第27页。

② ［美］杰姆逊：《后现代主义与文化理论》（精校本），唐小兵译，北京大学出版社1997年版，第66页。

③ 青见：《阿Q时代没有死》，见中国社会科学院文学研究所现代文学研究室编：《"革命文学"论争资料选编》（上），人民文学出版社1981年版，第494页。

以代表。观此，你底代表资格一时还不至于动摇，你大可安心了吧"①。钱杏邨之所以出现这样的错误，是由于革命的意识形态扭曲、遮蔽了他的视角，即革命时代需要具有革命意识的劳农而不是像阿Q那样落后的农民，结果导致他对现实盲视。意识形态错误也在批评茅盾时反映出来。茅盾坚决认为自己的《幻灭》《动摇》是纯客观的描写，即反映了大革命时代的真实，但钱杏邨却批评他没有表现它的另一面即代表时代趋向的革命现实，茅盾与钱杏邨关于"现实"的论争，实质上是两种意识形态的论争，茅盾代表的现实就是真实的资产阶级意识，而钱杏邨代表的现实并不意味着真实的无产阶级意识，因为无产阶级只有承认现实不是真实的才能达到否定现实的革命目的；但因为钱杏邨用无产阶级意识审视茅盾，他就无法理解茅盾意识中的现实，而他的现实观念也难以令茅盾信服。钱杏邨批评外国文学时也流露出这种错误，他说资产阶级的生活毫无意义，资产阶级的女性的美只是衣裳和化妆品的美，都明显带着意识形态的偏见和错误。钱杏邨正确/错误的意识形态是一种"错误意识"的意识形态模式，这种模式含有两个局限：第一，它从认识论的角度强调个人的主体的视角；第二，它相信政治变革和进步只是个理性的说服问题。但由于主体的阶级背景及立场不同，主体的视角就存在差异，而难以用理性去说服他者，相反却导致意识形态的盲视与错误。

　　阅读钱杏邨批评所隐含的意识形态，给我们印象最深的还有另外一个方面，即他的无产阶级意识中还兼有资产阶级的意识形态成分，或者说钱杏邨并没有完全摆脱资产阶级意识的影响。在批评郁达夫、茅盾、丁玲等作家的时候，钱杏邨都被他们的心理描写成就所感动，认为他们对人物心理的描写非常真实。"就《幻灭》与《动摇》两书而论，作者很长于恋爱心理的表现，比表现革命来得深刻。把方罗兰的恋爱心理表现得真是精细入微。也恰合于他的性格。"②在外国作家中，钱杏邨明显表现出对阿志巴绥夫的偏爱，因为阿

---

　　① 昌派：《写给死了的阿Q》，见中国社会科学院文学研究所现代文学研究室编：《"革命文学"论争资料选编》（下），人民文学出版社1981年版，第611页。

　　② 钱杏邨：《"动摇"》，载《太阳月刊》1928年停刊号。

志巴绥夫擅长表现小资产阶级年轻女性的心理："作者是很会表现小有产者的女性的。在这一篇里，他把宁娜表现得怎样的生动？他把天真未凿似的宁娜，用'无论什么时候，总是说她要过怎样的奇怪的生活，享受怎样好的幸福'的一句话说尽了她对于社会的一切的隔膜，然后表现她初期无畏，已而疑惧，终而愤慨，恐慌，终而悔恨，自慰，最后而抗拒，呼喊，一切一切，从借烛以前到被奸的过程中的心理变化，真是缜密到极点。"①虽然我们不能说心理描写仅是资产阶级文学的"专利"，但钱杏邨对它的深爱无疑导致他意识形态的分裂；因为钱杏邨一方面强调文学中应表现无产阶级的革命生活，另一方面他又喜欢文学中这种对小资产阶级的心理描写，这使我们难以判断钱杏邨的意识形态立场，或者说钱杏邨对它的喜爱模糊了他的立场与意图。事实上，钱杏邨的批评给我们的感觉是这样一种印象：他表面上为革命文学呐喊，但情感经验上却钟爱资产阶级的文学传统。钱杏邨意识形态的分裂即兼性还表现在对文学技巧的批评上。他一方面张扬革命文学的表现技巧即粗暴的力的表现，批评资产阶级文学的表现技巧已落后即不适合表现革命的时代；另一方面也赞赏后者技巧的娴熟。造成钱杏邨意识形态兼性的原因是多方面的，最根本的还是文化传统及发展的连续性导致的，正如列宁所言："无产阶级文化并不是从天上掉下来的"，"应当是人类在资本主义、地主社会和官僚社会压迫下创造出来的全部知识合乎规律的发展"。②

总之，在由资产阶级文学向无产阶级文学转型的革命文学语境内，钱杏邨充满情感色彩的文学批评，以其鲜明的时代意识与无产阶级革命的使命感，驱散了文学"混沌时代"的混沌氛围，不仅催生了无产阶级革命文学，而且助澜了无产阶级的革命情绪，同时担负了文学批评家应尽的时代与文学的双重责任。他为无产阶级文学确立的批评策略及对"过去时代"文学的批评，尽管难

---

① 钱杏邨：《"血痕"——阿志巴绥夫的短篇小说评》，载《小说月报》1928年第19卷第11号。

② 纪怀民、陆贵山、周忠厚等编著：《马克思主义文艺论著选讲》，中国人民大学出版社1982年版，第483页。

免有着意识形态偏见和文学批评政治化之嫌，但在历史与文学都处于转折的大革命时期却产生了很大的影响。正是这种语境背景呈现出钱杏邨文学批评如今仍然具有的重要价值及意义。

第二编 现代革命文学的叙事逻辑

20世纪20年代革命小说的叙事类型及逻辑形态

　　20世纪20年代革命小说的叙事内容非常丰富，形成反抗叙事、成长叙事、焦虑叙事、英雄传奇叙事等四种结构类型。反抗叙事以劳动者所受的剥削与压迫表现有产者的罪恶，构成善/恶冲突的语义结构。成长叙事以受压迫的青年成长为革命者的精神变化，构成寻找/革命的语义结构。焦虑叙事以革命者个人与革命的心理冲突，构成焦虑/克服的语义结构。英雄传奇叙事以革命英雄斗争及流亡的过程，构成革命/禁止的语义结构。它们分别属于价值（善、恶），真假（可能、不可能），认识（知识、信仰）与义务（责任、禁止）的逻辑形态，呈现了20年代革命小说叙事的意识形态想象方式，实践着宣传革命、推动革命情绪高涨的革命文学责任。

一

　　劳动者受压迫的反抗叙事是革命小说最典型的叙事类型。它以乡村农民与城市工人所受的压迫，呈现有产者与劳动者之间的贫富差异与社会对立，劳动者"要把最低限度的薪资，稍微增加一点都不可能"①。这种结构对立形成善与恶冲突的语义结构，属于"价值"（善、恶）性质的逻辑形态，隐喻20世纪20年代中国历史中反资本主义、反封建主义的革命情绪。

---

　　① 段可情：《一个绑票匪的供状》，载《创造月刊》1929年第2卷第6期。

劳动者主要为城市工人和乡村雇农。城市工人遭遇的压迫常是被机器轧伤，工厂工头不救治反而殴打受伤者，工人稍有不满就可能被解雇。无论是小普罗（《一只手》）右手被机器切断，还是翠姐（《手指》）一双手被沸水泡烂，都表现了工人的不幸处境与命运。城市女工常常遭到工头调戏甚至强占，"稍微有点姿色的女工都要忍受他们的侮辱"[1]。这种叙事想象有着现实指涉性，象征20世纪20年代城市无产者的现实处境。在二三十年代上海的工厂中，帮会、工头等控制工厂的组织与管理，他们常"采取压低工资和延长工作时间的办法加强使用劳动力"[2]，而那些从乡下来到城市谋生的女工不仅要忍受工头调戏与侮辱，而且常常"面临被诱拐和被强奸的厄运"[3]。与城市工人难堪的处境不同，乡村贫民身受的痛苦多为生活的贫困，他们无力偿还租债时常遭到地主殴打，有时妻女被地主掠去抵债。这种叙事想象反映了20世纪20年代末乡村农民的现实状况。20世纪20年代末的中国农村连续遭受涝、旱、蝗等自然灾害，地主对农民的剥削日益加重和残酷，军阀混战和土匪横行有增无减，造成农村社会的"不景气"与败落。

与劳动者处于矛盾对立的是有产者，主要有工厂工头与乡村地主。他们肆意殴打劳动者，侮辱、奸淫劳动者的妻女。当工人受伤不能工作或贫农交不起租税时，即是说，劳动者与有产者的劳动与财富的契约关系受到威胁时，有产者就以残忍的暴力强行维护这种关系。叙事者突出契约关系的毁坏并非劳动者的过错或恶意，而是天灾、兵匪、工伤等外在偶然事故造成的。在这种情况下，有产者不同情劳动者反而残忍惩罚劳动者，其反人道与反人性的恶就呈现出来，"真不知有这般兽性的人，莫有一点同情心，在他们的心中发生"[4]。有产者的恶也表现在肉欲的放纵上，他们有汽车、洋房、鲜衣、美食、娇妻、

---

① 蒋光慈：《往事》，载《太阳月刊》1928年2月号。

② [美]费正清编：《剑桥中华民国史》（上），杨品泉、张言、孙开远等译，中国社会科学出版社1994年版，第74页。

③ [美]费正清、[美]费维恺编：《剑桥中华民国史》（下），刘敬坤、叶宗敩、曾景忠等译，中国社会科学出版社1998年版，第55页。

④ 段可情：《一个绑票匪的供状》，载《创造月刊》1929年第2卷第6期。

艳妾、淫妓供其享乐，而劳动者只能生活在卑屋陋室、粗衣恶食中，他们要求稍微增加一点薪水都不可能。总之，财富与女性的占有欲让有产者丧失了人类天然的良心，成为肉体欲望罪恶道德的象征。

劳动者与有产者的冲突中，财富与女性成为二者相互争夺的欲望对象与价值客体。它们使反抗叙事带有鲜明的民间性质，换句话说，反抗叙事以民间下层社会的生存困苦表现无产阶级历史革命的合法性。价值客体的民间性质，遮蔽、异化了无产阶级革命意义在叙事中的显现，把无产阶级历史革命想象为民间的道义行为，把无产阶级历史革命的对象（资本主义制度）叙述成有产者的个人道德品质。20世纪20年代，茅盾等人批评这种叙事想象使革命丧失高尚价值，主旨不过是替民众诉苦或是"升官发财"意识的再现。尽管如此，反抗叙事成为革命小说最主要、最典型的叙事形式，是"五四"以后日益高涨的马克思主义文化的象征。"五四"以后，以李大钊、陈独秀为首的现代知识分子转向马克思主义，激烈批判资本主义造成的贫富不均、战争及道德颓败，决意"打破以个人主义为中心的社会制度，而创造一个比较光明的，平等的，以集体为中心的社会制度"①。

有产者与劳动者的对立构成恶、善冲突的语义结构，劳动者象征恪守社会法则的善，有产者代表肉体欲望的恶，它的反人道、反人性的残暴让劳动者产生"不反抗便一定要被蹂躏"②的抗争意识。这种语义结构是"价值"性质的逻辑形态，把劳动者的反抗视为惩恶扬善的道义行为。革命文学家认为，这种叙事表现了"人间尚没有死尽的人性"③，展现了劳动者谋求生活出路的途径与希望，"可以看出无产者一代一代的希望是怎样实现出来"④。善、恶冲突的叙事结构形成两种叙事主题。劳动者的反抗如果实现复仇欲望，叙事就形成"恶受到惩处"的语义内容；劳动者的反抗如果被有产者镇压，叙事就形成

---

① 蒋光慈：《关于革命文学》，载《太阳月刊》1928年2月号。
② 戴平万：《陆阿六》，载《拓荒者》1930年第1卷第1期。
③ 钱杏邨：《俄罗斯文学漫评：普希金的"情盗"》，载《小说月报》1928年第19卷第1号。
④ 《编辑后记》，载《创造月刊》1928年第2卷第4期。

"公理失败"的语义内容。前者隐喻"善恶有报"的民间道德传统，后者象征20世纪20年代末工农革命失败的历史情状。

反抗叙事反映着革命文学"粗暴"与"力"①的艺术追求，善、恶对立的叙事结构导致人物形象的脸谱化，产生出劳动者与有产者、英雄与坏人等几组语义对立。这种"价值"逻辑的结构形态，赋予劳动者反抗以正义性与合理性，将无产阶级历史革命想象为"惩恶扬善"的民间道义行为，具有很强的文学暴露与鼓动作用，但却使"读者不能得到正确的对于革命者的认识和理解"②。

二

建设现代国家是所有非西方国家革命的基本主题，成长叙事隐喻无产阶级历史革命与民间反抗的历史关系。它叙述受压迫的青年将个人复仇欲望升华成为人类自由平等而革命的精神发展过程，以主人公的成长经历隐喻现代国家的存在。成长叙事构成寻找/革命的语义结构，属于"真假"（可能、不可能）性质的逻辑形态，隐喻民间反抗欲望升华为无产阶级革命力量的可能性，即在于它能否接受无产阶级革命思想的洗礼，或者说，无产阶级革命是对民间反抗欲望的肯定与否定③。

成长叙事的主人公多为小资产阶级知识青年，他们走向革命多是受时代影响或是因为爱情挫折。在《平姑娘》《冲出云围的月亮》《意识的进化》等

---

① 太阳社和创造社都倡导"力的文艺"。蒋光慈鼓动革命作家将"现社会的缺点、罪恶、黑暗……痛痛快快地写将出来"，"高喊着人们来向这缺点、罪恶、黑暗奋斗"。李初梨教导革命作家要讽刺、暴露、鼓动，"把一切有产者的黑幕揭开，把它一切的欺骗、虚伪、真相，赤裸裸地呈现于大众面前"，"向着一个目标，组织大众的行动"。钱杏邨把自己的评论集定名为《力的文艺》，并深情地说："我是一个力的崇拜者，力的讴歌者。"

② 中国现代文学馆编：《茅盾》（下），华夏出版社1997年版，第322页。

③ 列宁主义认为，无产阶级是阶级革命的先锋队，而具有天然革命性质的工人、农民等无产者，只有输入无产阶级意识后才可能成为无产阶级。

小说中，主人公开始过着名流雅士般的优雅生活，时代激烈的斗争使主人公幻想"带着英勇的战士的队伍，将中国从黑暗的压迫下拯救出来"①。家庭包办婚姻是小资产阶级知识青年走向革命的另一动因。叶余梅（《小小十年》）暗恋女同学的时候，祖父和母亲却为他订下妻子；李初燕（《转变》）与女革命者相爱的时候，父亲却逼他回家跟一个不相识的村女结婚。不自由的婚姻使他们萌生推翻这种害人制度的革命冲动，"我们都将用全力来改造这个'自相矛盾'的社会"②。这些以小资产阶级青年为主人公的成长叙事，不仅展现他们成为革命者的心理动因与意识变化，而且叙述他们革命失败后的命运与苦闷，有意识表现富有革命性的小资产阶级知识分子受到时代影响的人生历程。

劳动阶级出身的青年也是成长叙事的主要对象，他们决定做"暴徒"的原因是为摆脱有产者的压迫。在《少年漂泊者》《劫场的洗礼》等小说中，主人公父母被"地主老财"害死，"为父报仇"成为主人公走向革命的最初欲望。在《陆阿六》《一个茶房的女儿》等小说中，主人公遭受有产者残酷的压迫与剥削，"不是被蹂躏便是反抗"③的冲动使他们向往革命。像反抗叙事一样，劳动阶级青年的这些自然反抗欲望缺乏阶级革命的性质，他们由个人复仇欲望向阶级革命意识的升华，即组织起来斗争才会产生效果，需要革命启蒙者的教导和帮助。劳动阶级青年的成长叙事，隐喻无产阶级革命与民间下层反抗的相互欲望关系，即受压迫的劳动者希望借助阶级革命暴力摆脱自我现实的苦难，阶级革命则期望劳动者的自发反抗转化成阶级革命力量以实现重建合理国家的革命愿望。

小资产阶级青年与劳动者的成长叙事，呈现出成长者思想升华的自然性，即自我受的压迫使他们天然萌生反抗与革命的欲望。以资产阶级青年为主人公的成长叙事，则表现他们背叛家庭与阶级而成为无产阶级革命者的精神断裂性，他们的精神成长有着反血缘伦理与世俗传统的非法性。苏华英（《爱与

---

① 《蒋光慈文集》（第2卷），上海文艺出版社1983年版，第18页。
② 叶永蓁：《小小十年》，人民文学出版社1998年版，第46页。
③ 蒋光慈：《关于革命文学》，载《太阳月刊》1928年2月号。

仇》）、槐瑚（《意识的进化》）、遮司基（《祖国》）等有产阶级的子女，一开始都仇恨劳动阶级的革命，"将来必定要把你们杀尽，要把你们烧光，才足以泻我胸中之恨！"①在真切感受到被压迫者的痛苦后，他们逐渐认识到劳动者反抗的正义性，摈弃"仇恨"意识而接受无产阶级革命思想。资产阶级青年由有产阶级思想转变为无产阶级思想的成长历程，产生了背叛血缘伦理与世俗传统的巨大精神裂变，如苏华英与杀父仇人（革命者）结为革命夫妻，槐瑚为阶级革命而背叛父亲，杀死丈夫。这种裂变显示出新的无产阶级革命思想与旧有的传统伦理、世俗观念的剧烈冲突，小说主人公精神的撕裂。

成长主人公在叙事结束时都拥有了无产阶级革命意识，由个人反抗的痛苦世界走进一个崇高与值得献身的意义世界，"我是为人类的自由平等而参加革命，我是为被压迫的过着牛马生活的人类而参加革命"②。他们革命意识的拥有是革命启蒙者施与的。启蒙者象征阶级革命主体，与成长者构成主体传递/客体接受的叙事结构。他教导成长者应该组织起来斗争，引导他们参加革命工作。这种启蒙结构隐喻阶级革命对民间反抗力量的强烈渴望，希望将民间反抗转变为颠覆不合理社会制度的革命力量。这种启蒙欲望反映在成长主人公对启蒙者的崇敬与爱慕上。成长主人公情不自禁对启蒙者产生好感并接受教导，"你说的都是我的；我要跟着你说的走"③，女性成长主人公对启蒙者产生爱恋，有的甚至与他结为夫妻。施与和接受的启蒙结构表现了革命文学"向着一个目标，组织大众的行动"④的叙事动机及目的，也完成了叙事欲望与价值客体的转换，即阶级革命观念替代了成长者个人的反抗欲望。

成长者的意识升华实质是对生命自然本质的压抑与割舍，因此遭到自然本质力量的强烈反对。骂儿子因革命而耽误种田的老陆（《陆阿六》），劝导人单势弱的汪中不要反抗刘家老财的热心乡邻（《少年漂泊者》），与成长者

---

① 林堡：《爱与仇》，载《拓荒者》1930年第1卷第1期。
② 林枝女士：《一个茶房的女儿》，载《现代小说》1930年第5、6期合刊。
③ 甘永柏：《劫场的洗礼》，载《拓荒者》1930年第4、5期合刊。
④ 李初梨：《怎样地建设革命文学》，载《文化批判》1928年第2号。

- 081

断绝家庭关系的苏华英的母亲（《爱与仇》）等，都是生命自然本质存在的象征。他们作为生命血缘与世俗传统的自然本质，与成长者超越的革命意识构成冲突，形成大胆与懦弱、反抗与隐忍、觉悟与守旧等语义对立。这种结构冲突隐喻阶级革命蕴含的另一个历史难题，即它遭受血缘伦理与世俗传统等自然本质的抗拒，改造甚至颠覆它们成为无产阶级革命一个艰难的历史任务。叙事中，这些反对力量无法阻止成长者参加革命工作，平姑娘以工作积极和热情被誉为"夜佼佼"，陆阿六忙于革命而耽误自己的家事，它把成长主人公拖入两难的心理困境中，展现了"背着传统，又为世界思潮所激荡的一部分的青年的心"①。

成长叙事真正成为阶级革命的历史宏大叙事，阶级革命成为主人公寻找与追求的价值客体，形成寻找/革命的语义模式，展现了主人公由自然反抗向阶级意识升华的过程。这种语义模式是"真假"性质的逻辑形态，隐喻民间反抗压迫的欲望成为阶级革命力量的可能性。它赋予无产阶级革命历史合法性，把阶级革命视为民间苦难与社会痛苦的拯救者，成长叙事所蕴含的意识复杂性与现实性在于，成长者的革命意识升华以及革命的超越追求必然与当时的伦理世俗传统产生冲突，造成成长者个人身份与精神的巨大撕裂与矛盾。

三

焦虑叙事的叙述焦点是革命者"个人与革命"的心理冲突。这种被视为"革命浪漫蒂克"的小说，展现了革命者的爱情与革命无法统一的心理矛盾，以及革命者割舍爱情而投身革命工作的思想抉择。它描绘了在爱情生活与革命义务之间游移彷徨的革命者形象，象征革命小说由"力的艺术"向"心理描写"的叙事转型。这类叙事形成焦虑/克服的语义模式，属于"认识"（知识、信仰）性质的逻辑形态，隐喻焦虑者革命认识的思想觉悟过程与程度。

---

① 《鲁迅全集》（第4卷），人民文学出版社1981年版，第147页。

陷入这种心理冲突的焦虑者主要有两种类型。一类以美琳（《一九三〇年春上海（之一）》）、玉青（《两个女性》）、素裳（《到莫斯科去》）等"左"倾女性青年为代表，她们不满丈夫追求生活的享受而整日沉醉在酒精与情欲中，视这种生活为生命的无聊和意志的颓废，热切盼望过一种有意义的生活。"左"倾女性与其丈夫思想不一致的矛盾冲突，形成高尚/庸俗、进步/堕落等语义对立，隐喻20年代进步青年的精神品格，他们把民族国家当成自己人生的效忠对象，把自我衣食无忧的生活视为无意义的道德堕落。韦护（《韦护》）、陈季侠（《野祭》）、望微（《一九三〇年春上海（之二）》）等是另一种焦虑者。他们作为一个革命者，但也渴望爱情的幸福，结果爱情生活影响了革命工作，韦护与女友同居后觉得对革命信仰犯了不可宽恕的过错，陈季侠追求女性外表的漂亮而精神上觉得受到严厉的处罚。这种焦虑表现的是个体欲望与革命工作的矛盾，形成个人欲求与革命要求的语义对立，隐喻20年代末左翼知识分子转型再生[1]的心理焦虑，即克服小资产阶级劣根性而成为无产阶级的历史渴望。

情欲和生活的舒适成为焦虑者心理冲突的主要原因。过着优裕生活的"左"倾女青年"不特生活得很好，还常常去看电影，吃冰果了，买很贵的糖，而且有时更浪费的花钱"[2]，这跟劳动者贫困的生活相差悬殊，也脱离了时代热烈的革命斗争生活，与她们关怀社会、渴望进步的愿望不相适宜，不能给她们的人生带来真正的愉快。因此，她们厌恶这种近似资产阶级的生命享乐，不愿继续过着充满酒肉气味的幸福生活。如果说意义匮乏的舒适生活成为左倾女性焦虑的对象，那么，情欲就成为革命者心理焦虑的主要原因。韦护、陈季侠等革命者都被女性漂亮而妩媚的外表所打动，或者说，他们在恋爱中追求的仅是女性的美丽容貌而非"人格的合抱"[3]，他们爱恋的美丽女子是天生"只宜于过一种快乐生活，都只宜于营养在好的食品中，呼吸在刚刚适合的空

---

[1] 参见王一川：《二十世纪中国卡理斯玛典型阐释》，云南人民出版社1994年版。

[2] 丁玲：《一九三〇年春上海（之一）》，见张炯主编：《丁玲全集》（第3卷），河北人民出版社2001年版，第268页。

[3] 钱杏邨：《野祭》，载《太阳月刊》1928年2月号。

气中"①。从女性主义观念看，这种美丽女性是颠覆男权并被社会秩序排斥、压抑的"祸水"，她们作为革命者的情欲象征，是革命者既向往又恐惧的欲望之物，成为革命者焦虑与压抑的危险之物。

焦虑者把这些生命快感性质的欲求视为道德堕落，视为威胁、背离革命精神与原则的危险欲望。"左"倾女青年认为，功成名就的丈夫变成"企求一刹那的快感的享乐主义者"②，她们憎恶这种淫逸的生活并感到可耻；焦虑的革命者认为，容貌美丽的女性仅追求生命快乐而缺乏革命信仰，为满足她们的愿望而自己"怠惰了，逸乐了"，对革命"有了不可饶恕的不忠实"。③将生命的快乐欲望视为罪恶是一种悠久的道德传统④，但它是推动人类前进的建设性能量，也已成为现代人类的生命原则与追求。焦虑者"可耻"与"堕落"的道德意识蕴含复杂的意识形态内容。首先，它作为道德性质的意识形态，把生命快乐欲望视为德性沦丧，焦虑实质成为对生命快感欲望的审判与净化，"俨然是一个裁判者在铁面无情的审讯她庭下的可怜的囚徒"⑤。其次，它成为无产阶级的一种意识形态，把生命的快乐欲望视为资产阶级意识而加以鞭挞、唾弃。最后，它作为男权的意识形态，把女性的美丽与情欲视为"祸水"，视为革命者需要压抑与排斥的欲望之物。优裕的日常生活与生命的情欲被意识形态化，成为焦虑者焦虑与最终所否定、摈弃的对象。

焦虑者个人与革命的冲突构成焦虑/克服的语义模式。叙事结束时，"左"倾女性离开堕落的丈夫而参加革命，焦虑的革命者割舍那些"美的、爱情的、温柔的梦幻与希望、享受"⑥，有意义的革命工作取代了使焦虑者苦闷

---

① 《丁玲文集》，燕山出版社1998年版，第127页。
② 《阳翰笙选集》（第1卷），四川人民出版社1982年版，第251页。
③ 《丁玲文集》，燕山出版社1998年版，第246页。
④ 苏格拉底开始把道德伦理和人的本性联系在一起，他认为人被快乐支配实际上是被无知支配。柏拉图进一步在人类灵魂中寻找邪恶的基础，认为人类的罪过来源于快乐和欲望、激情与无知。参见张映伟：《普罗提诺论恶——〈九章集〉一卷八章解释》，华东师范大学出版社2006年版。
⑤ 《阳翰笙选集》（第1卷），四川人民出版社1982年版，第235页。
⑥ 《丁玲文集》，燕山出版社1998年版，第249页。

的自我欲求。这种主人公心灵情致冲突及其克服的革命叙事，不仅是时代生活的产物①，而且把爱欲与日常生活意识形态化了。钱杏邨认为，这种叙事的立足点就是，"爱情确实是有阶级性在里面，各个人的阶级不同，他们的经济背景和生活状况当然也是不同，以两个经济背景不同的人合在一起，他们的思想行动，事实上是没有方法协调的"②。这种意识形态有其历史合理性，因为革命时代需要在革命与个人幸福间进行人生抉择，但也实践着意识形态的否定作用，把生命的快感欲望视为德性堕落与资产阶级性质而排斥。这种语义模式属于认识性质的逻辑形态，展现的是焦虑者对个人爱欲与革命义务的思索，以及自我思想的觉悟与人生的进步抉择。

焦虑叙事因"革命加恋爱"的模式而受到众多批评，被认为是"定型的观念的虚伪的题材"③。它象征着革命小说由"力的艺术"向"心理描写"的叙事转型，革命的善、恶冲突转向主人公的自我冲突，紧张、曲折的革命情节转向主人公的心理矛盾剖析。如果说现代小说是存在的勘探者，反映的是生命存在尤其是心灵世界隐蔽的各种可能性，那么，焦虑叙事首次触及了革命者心灵中一个具有普遍性、思想性的问题，即个人与革命的二元欲求造成的思想困惑及其意识形态化方式。尽管如此，焦虑叙事并没有完全走向客观化，人物形象仍有"脸谱化"倾向，美丽的女性与整日沉醉于酒精与情欲的"丈夫"被叙述成单纯的享乐主义者，导致焦虑叙事显得半是生活半是意念。

四

英雄传奇叙事叙述的是革命者"革命的故事"。它以大革命运动为故事

---

① 参见赵园：《艰难的选择》，上海文艺出版社1986年版；赵遐秋、曾庆瑞：《中国现代小说史》（下册），中国人民大学出版社1985年版。

② 钱杏邨：《野祭》，载《太阳月刊》1928年2月号。

③ 《冯雪峰论文集》（上），人民文学出版社1981年版，第64页。

背景，表现革命者率领工农"打土豪"的英雄壮举，及革命失败后流亡的命运和坚贞不屈的精神。它以传奇情调塑造令人难以忘怀的英雄形象，形成革命/禁止的语义结构。这种叙事结构属于"义务"（责任、禁止）性质的逻辑形态，呈现着革命者与现代革命的历史关系，即沉重而黑暗的社会现实让他们自觉肩负起拯救历史的革命责任。

英雄的革命者主要有三种类型。一是以马林英（《马林英》）、沈之菲（《流亡》）、赵琴绮（《女囚》）为代表，他们是普通的革命知识青年，在革命失败后的流亡和意志的考验中，表现出英勇、崇高的英雄气质。二是以汪森（《暗夜》）、李杰（《咆哮了的土地》）、祝先生（《盐场》）等知识分子为代表，他们出身有产阶级家庭，"背叛了自己出身的地主阶级，跟农民站在一起反过来向封建阶级进行斗争"[1]，从城市来到乡村发动、领导农民"斗田主"。三是以张进德（《咆哮了的土地》）、魏阿荣（《村中的早晨》）等为代表，他们是受剥削的劳动阶级青年，受革命思想影响后而成为农村革命的积极追求者。这些革命者不仅有坚决的意志和英勇的品质，而且有伟大、高尚的革命情怀，为革命不惜牺牲自我的幸福与生命，像李杰下令烧掉自己家园时所说，只要于事业有益一切痛苦他都可以忍受。革命者的革命故事与英雄气质具有传奇情调[2]，反映着作者热烈的叙事激情与鲜明的主观追求[3]。

激起英雄革命欲望的是土豪劣绅的压迫与剥削。土豪劣绅作为财富的拥有者，他们"凶年不减租，天灾也不减租"[4]的残忍剥削，造成劳动者痛不欲生、走投无路，激起革命者决意改造这种不合理社会现象的革命欲望。革命英

---

① 严家炎：《中国现代小说流派史》（增订本），长江文艺出版社2009年版，第113页。

② 传奇的本质是主观的，它关心愿望的满足，因此常采用英雄史诗、田园诗、异国情调、神秘事物、梦幻、童年和满怀激情的爱等叙述形式。参见[美]吉利恩·比尔：《传奇》，肖遥、邹孜彦译，昆仑出版社1993年版。

③ 阳翰笙说，他写作《马林英》就是力图塑造大革命时代涌现的具有传奇性的革命女性。蒋光慈在《短裤党》前言中说，他写这篇小说的时候为"一股热情所鼓动着，几乎忘记了自己是在做小说"。

④ 《阳翰笙选集》（第1卷），四川人民出版社1982年版，第340页。

雄来到乡村发动农民成立农民协会的革命活动，引起土豪劣绅的警觉与惊慌，他们密谋企图铲除英雄及其组织的革命势力。英雄与土豪劣绅的冲突构成善与恶的较量，形成英雄传奇叙事的故事中心与情节高潮。英雄轻而易举取得激烈斗争的胜利，于明亮阳光中凯旋的兴奋，手中驳壳枪闪烁着的钢铁光芒，以及欢快、热烈、激昂的群情，构成叙事的"不自然地燃烧的激情"①，赋予英雄革命浓郁的传奇色彩。在英雄革命胜利的欢庆中，失败的土豪劣绅则逃到城里隐藏起来，他们在反革命潮流到来之际又气势汹汹重返家乡，疯狂报复英雄及其领导的革命力量，恢复自己被颠覆的统治权力与统治秩序。因此，英雄与土豪劣绅的冲突常形成英雄胜利但最终失败的语义内容。

　　和"革命英雄"处于真正结构对立位置的是反革命右倾势力，它以合法性权力禁止与镇压英雄的革命行为，形成革命/反革命的语义冲突。反英雄的右倾势力多以"省里""县里""军队"等叙述话语形式出现，如《咆哮了的土地》（后改名为《田野的风》）所描述的那样，"从省城里传来了政变的消息。原有的县城里的军队开拔走了。县知事也更换了。开来一排新的军队"。这种模糊的叙述话语象征大革命时代的反动潮流，它在革命如火如荼的时候突然背叛革命、镇压革命力量，导致英雄领导的革命斗争最终失败，英雄或牺牲，或被迫流亡。马林英——这位不凡的女革命者被政府就地正法，成和（《盐场》）离开家乡而流落到城市，李杰被迫带领自卫队去金刚山入伙。反英雄的暴力成为革命英雄无法战胜的对象，决定着革命英雄的命运和叙事的真正结束，形成英雄革命/禁止的语义结构。这种语义结构隐喻英雄革命的历史合法性悖论，代表社会正义的英雄无法拥有变革历史的权力，只能作为历史恶的暴力而为社会权威所禁止。它还呈现出革命小说再现大革命历史命运的叙事企图，及写实主义叙事成规的风格追求。

　　英雄革命遭到土豪劣绅的抵抗与右倾势力的禁止，然而，获得了劳动者的响应与积极支持。罗大（《暗夜》）、王贵才（《咆哮了的土地》）、成

---

① ［美］吉利恩·比尔：《传奇》，肖遥、邹孜彦译，昆仑出版社1993年版，第22页。

和（《盐场》）等年轻农民有着无畏的反抗精神，英雄的革命宣传像兴奋剂一样点燃他们的热情，他们立刻成为英雄的追随者与革命帮手，与英雄构成发动/响应的结构关系，成为小说中的次英雄形象。王荣发（《咆哮了的土地》）、老定（《盐场》）、老魏（《村中的早晨》）等父辈农民，不堪承受土豪劣绅的剥削与敲诈，但恪守"田地是东家的，佃户应当守着纳租的本分"①的天理，禁止自己的子女跟革命者来往及与"田主"作对，但他们看到社会与"天道"的革命巨变后，思想与精神发生转变而成为英雄革命的拥护者。英雄的高尚品质还获得女性的爱慕，何月素（《咆哮了的土地》）、黄曼曼（《流亡》）、岳锦成（《女囚》）等女青年以情人的心理迎合英雄的革命，但她们的爱情叙事"只据了一个极不重要的地位，而且没有结束"②，仅成为英雄崇拜的象征符号。

英雄的革命形成禁止与响应两个截然对立的势力世界，常以英雄领导的革命势力被镇压而结束。叙事中，英雄追寻的价值客体不是个人的生命欲望而是合理社会秩序的重建，具有悲剧意义的是，这种追求及斗争因缺乏现实力量而常遭禁止与失败。这种叙事结构属于"义务"性质的逻辑形态，隐喻革命者对自我"天职"与社会责任的积极担当，及为建立"新天道"、新社会而献身的精神品格。因为敬仰英雄的革命精神与品格，叙事者多运用主观、强烈的叙述话语描绘英雄的行为，小说叙事带有浓郁的"传奇"情调与特征，因而，左翼人士批评它是"高尚化的'欺骗'"，是革命斗争"最肤浅的最浮面的描写"。③

革命小说的叙事类型及逻辑形态，构成了20年代革命叙事的想象空间，呈现着革命作家探索革命小说叙事形式的创造热情。值得注意和深思的是，20年代革命小说形成的叙事结构及逻辑形态，在左翼文学、解放区文学与共和国文

---

① 《蒋光慈文集》（第2卷），上海文艺出版社1983年版，第172页。
② 《书评："田野的风"》，载《现代杂志》1932年第1卷第4期。
③ 瞿秋白：《革命的浪漫谛克——〈地泉〉序》，见上海文艺出版社编：《中国新文学大系（1927—1937）·文学理论集一》，上海文艺出版社1987年版，第864、865页。

学的叙事系统中不断再现。在不同的社会与政治语境中，这种叙事结构的不断重现究竟意味着什么？他们之间存在着文学的影响关系，还是拥有一套相同的叙事结构与文化法则？如果是前者，则表明20年代革命小说开创的叙事形式具有强大的文学生命力，它被左翼文学与解放区文学所继承、所运用；如果为后者，则表明20年代中国革命文学具有相同的文化结构，这种文化结构跟中国传统的官逼民反、除暴安良等道德传统有着紧密的精神联系。无论如何，20年代革命小说所呈现的叙事结构及逻辑形态非常值得进一步探究。

20年代革命小说叙事成规的探寻与运用

结构主义认为叙事必须成规化，成规虽然造成叙事类型化，但读者并不会为成规所困扰，而且常对叙事"偏离成规感到不满"[①]。20年代革命小说素来被视为"标语口号文学"或"浪漫蒂克"文学，这种批评话语揭示了革命小说叙事存在成规化现象。事实上，20年代革命文学家进行过革命小说叙事成规的探寻，钱杏邨"力的文艺"和藏原惟人的"新写实主义"当时产生较大影响。

一

在《力的文艺》这部文学评论集中，钱杏邨十分倾倒于普希金的《情盗》、席勒的《强盗》和德国英雄史诗《尼拔龙琪歌》，热爱这些作品中的英雄、壮士和强盗。在他看来，这些绿林气质的人物富有刚毅不屈的精神和锄奸伐暴的侠义情怀，"代表着所有的反抗形式，代表着所有为某种道德、社会或政治原则进行的斗争"[②]。他把他们视为人类不死的精神、健全的人性，认为这是革命历史转折时刻最"急切需要的食料"[③]，并渴望中国革命文学不久能

[①] [美]华莱士·马丁：《当代叙事学》，伍晓明译，北京大学出版社1990年版，第59页。

[②] [斯洛伐克]玛利安·高利克：《中国现代文学批评发生史（1917—1930）》，陈圣生、华利荣、张林杰等译，社会科学文献出版社1997年版，第181页。

[③] 钱杏邨：《德国文学漫评："强盗"及"尼拔龙琪歌"》，载《小说月报》1928年第19卷第3号。

有这样伟大的作品出现。在这种意义上，他果敢宣布阿Q时代已经死去，希望郁达夫今后的创作要表现出狂风暴雨时代的力量，称赞郭沫若始终表现出"毫无间断的伟大的反抗的力"①。

钱杏邨认为革命文学表现的这种力，象征着人性不屈服的抗争精神，蕴含着旧势力灭亡和创造未来的希望。他说普希金的《情盗》表现了俄罗斯帝国两种对抗的力，大地主的穷凶极恶与农奴们不屈服的抗争，农奴们的抗争尽管失败但却隐含着俄罗斯的一线生机。在评论席勒《强盗》的文章中，他说自己是个"强盗"的崇拜者，指出强盗的侠义情怀、勇敢无畏、刚毅不屈值得讴歌。钱杏邨从这些不屈服的英雄中，看到了被压迫者获得自由与幸福的出路与希望，发现了创造合理社会和国家的途径，并要求革命文学要表现这种人间最伟大的"力"。

钱杏邨要求革命文学的表现技巧也应是力的技巧。他认为《阿Q正传》的技巧已经死去，"我们若以小资产阶级的文艺的规律去看，它当然有不少的相当的好处，有不少的值得我们称赞的地方，然而也已死去了，也已死去了！"②他称赞《女神》既表现了勇猛、反抗、狂暴的精神，又拥有与这种精神对称的"狂暴"技巧。钱杏邨要求的"力的技巧"，很可能是指文学篇章结构、描写方法和人物塑造等叙述风格。马克思主义认为文学形式由其反映的"内容"决定，并随着内容变化而"经历变化、改造、毁坏和革命"③，钱杏邨"力的技巧"很难说是马克思主义的文学观念，但它代表着革命文学家的共同欲望，蒋光慈以"粗暴"的文学家自居，创造社宣扬革命文学要"Simple and Strong"④。

钱杏邨"力的文艺"叙事观念跟茅盾的写实主义产生冲突，后来又遭到胡秋原的"清算"。茅盾反对这种以"历史的必然当作自身幸福的预约券，且

① 钱杏邨：《郭沫若及其创作》，见黄人影编：《郭沫若论》，上海书店1988年影印版，第19页。

② 钱杏邨：《死去了的阿Q时代》，载《太阳月刊》1928年3月号。

③ ［英］特里·伊格尔顿：《马克思主义与文学批评》，文宝译，人民文学出版社1980年版，第26页。

④ 《〈流沙〉前言》，载《流沙》1928年第1期。

又将这预约券无限止地发卖"①的叙事法则，胡秋原指责钱杏邨的文学观念是主观主义与"左"倾幼稚病的空谈。但是，钱杏邨"力的文艺"倡导有其"社会的和政治的背景"和"对所寻求的传统的共鸣"②，也跟厨川白村的文艺思想影响有关。众所周知，在1927年国民党残酷清洗共产党人后，共产党选择了武装起义以对抗国民党的残害，革命文学家也因此倡导表现激烈反抗精神的文学，以呈现革命不屈的意志并驱除幻灭、动摇的革命情绪。钱杏邨"力的文艺"显然是为革命"招魂"，它发展了蒋光慈崇尚侠义精神的思想，也受到厨川白村《苦闷的象征》的深刻影响。厨川白村认为文艺家是历史的预言者，暗示着伟大的未来，"在政治上经济上社会上还未出现的事，文艺上的作品里却早经暗示着"③。因此，钱杏邨认为"力的文艺"是生命健全情绪的象征，寄寓着生命的活力与社会、历史的前途。

二

　　"力的文艺"叙事成规造成了革命文学的叙事危机，人们批评说"写这种文章不如写标语有效力，看这种文章也不如看传单起劲！"④。为解决这种叙事技巧上的幼稚或拙劣，太阳社与创造社开始倡导"新写实主义"，并把它视为革命文学以后发展的一个主潮。《太阳月刊》停刊号刊发了藏原惟人的《到新写实主义之路》，旨在推动革命文学叙事的阶级意识及技巧的完善。

　　藏原惟人认为，文学流派的交替象征着阶级命运的兴衰，资产阶级、小资产阶级的写实主义不能"全体性"描写社会，无产阶级写实主义要舍弃那

---

① 《写在〈野蔷薇〉的前面》，见《茅盾选集》（第5卷），四川文艺出版社1985年版，第146页。
② [斯洛伐克]玛利安·高利克：《中国现代文学批评发生史（1917—1930）》，陈圣生、华利荣、张林杰等译，社会科学文献出版社1997年版，第177页。
③ [日]厨川白村：《苦闷的象征》，鲁迅译，百花文艺出版社2000年版，第58页。
④ 少仙：《一个读者对于无产文学家的要求》，载《语丝》1928年第4卷第23期。

些无用、偶然的东西，客观地在全体中、历史中去反映所描写的对象，这便是"唯一的到普罗列塔利亚写实主义之路"①。藏原惟人的"新写实主义"在1929年被广泛传播。钱杏邨"原封不动地抄译"②了藏原惟人的理论，认为新写实主义是无产阶级解放的战斗艺术，要运用"整体"的描写方法将那些不必要的、非本质的东西抛弃。李初梨认为革命文学初期多表现英雄的行为与劳动者的自然反抗性，指出现在读者已不满足于空疏的几声呐喊而是求深刻的社会认识，已不满足于认识社会问题的解决途径而希望获得社会问题的证明，因此革命文学今后应该采取无产阶级写实主义方法，而藏原惟人的"新写实主义"尤其值得借鉴。林伯修把新写实主义建设视作1929年革命文学急待解决的一个重要问题，并把藏原惟人的新写实主义视为革命文学建设的理论指南，要求革命作家要拥有明确的"阶级观点"和"客观态度"。

由于藏原惟人"是针对着《文艺战线》大量残留着的自然主义的方法和从旧'普罗艺'中带到'纳普'中来的'进军的喇叭'、'武器的艺术'的理论"③，所以，他把无产阶级观察世界"前卫的眼光"放在新写实主义的首位，认为这是无产阶级写实主义不同于资产阶级写实主义的地方。他在《再论新写实主义》一文中说："普罗列塔利亚写实主义和像这样表面底的琐屑底的写实主义根本底地不同着。它是拿着观察现实的方法。所谓这方法是唯物辩证法。唯物辩证法是把这社会向怎样的方向前进，认识在这社会上什么是本质的，什么是偶然的这事教导我们。普罗列塔利亚写实主义依据这方法，看出从这复杂无穷的社会现象中本质的东西，而从它必然地进行着的那方向的观点来描写着它。换句话说，普罗列塔利亚写实主义是握着在进行中的这社会，把它必然地向普罗列塔利亚的胜利方面前进的这事用艺术的地，就是形象的

---

① [日]藏原惟人：《到新写实主义之路》，林伯修译，载《太阳月刊》1928年停刊号。
② [日]伊藤虎丸、刘柏青、金训敏合编：《日本学者研究中国现代文学论文选粹》，吉林大学出版社1987年版，第280页。
③ [日]伊藤虎丸、刘柏青、金训敏合编：《日本学者研究中国现代文学论文选粹》，吉林大学出版社1987年版，第285页。

话描写出来以外没有别的。"①受其影响，革命文学家把社会现象背后的"必然""本质"视为革命文学的叙事对象。钱杏邨指出，"普罗列塔利亚作家所应描写的'现实'，毫无疑义的是普罗列塔利亚写实主义纲领下的'现实'，是一种推动社会向前的'现实'"②，这注定了无产阶级写实主义描写的中心"必然是代表着时代的尖端的姿态，与阶级斗争有关的必要的题材"③。茅盾1929年后也接受了这种叙事理论，摈弃了自己以前坚持的自然主义观念，认为文学表现的时代性不仅是时代给予人们怎样的影响，而且是人们的集团的活力怎样将时代推进了新方向。因此，新写实主义叙事成规的倡导，标志着由初期"混沌"性质的革命文学向无产阶级文学的飞跃。

但是，新写实主义叙事成规的建设仅是"一个空泛的口号"，革命文学叙事中并没有出现"真正朝这个方向的创作实践"④。换句话说，革命文学家尽管期望革命文学走向新写实主义，但"力的文艺"叙事成规在革命文学叙事中并未得到扭转。尽管如此，新写实主义给革命文学家注入了无产阶级文学观念，使革命文学叙事获得了"阶级意识"，为左翼文学提供了叙事理论上的启示及资源。

三

20年代革命小说形成了劳动者的反抗叙事、"左"倾青年的焦虑叙事、现代革命者的成长叙事、革命英雄的传奇叙事、革命青年的幻灭叙事等叙事类型，它们经常运用的叙事成规主要有以下四个。

---

① [日]藏原惟人：《再论新写实主义》，之本译，载《拓荒者》1930年第1卷第1期。

② 钱杏邨：《中国新兴文学中的几个具体的问题》，载《拓荒者》1930年第1卷第1期。

③ 钱杏邨：《安特列夫与阿志巴绥夫倾向的克服》，载《拓荒者》1930年第4、5期合刊。

④ 温儒敏：《新文学现实主义的流变》，北京大学出版社1988年版，第119页。

第一，暴露有产者的"罪恶"。革命小说描绘的有产者主要是乡村地主与工厂工头，他们"不事生产，坐想幸福，并且把那从劳苦人们的血汗中所得的金钱，毫不经意地挥霍"①。叙事者把他们想象为反人道、反人性的"恶"。当工人受伤或贫农交不起租税时，即是说，在劳动与财富的契约关系受到威胁时，他们就残忍殴打劳动者、强行维护契约关系。叙事者突出契约关系的毁坏并非劳动者的过错或恶意，而是天灾、兵匪、伤亡等意外事故造成的。在这种情况下，有产者不同情劳动者反而残忍惩罚劳动者，其反人道、反人性的道德上的恶就呈现出来。有产者的恶还表现为肉欲的放纵，他们有汽车、洋房、鲜衣、美食、娇妻、艳妾、淫妓供其享乐，还常调戏、奸淫劳动者的妻女，"稍微有点姿色的女工都要忍受他们的侮辱"②。这个成规也把劳动者反抗有产者的暴力道义化了，即它不再是无道的暴乱而是铲除"恶"的正义举为。值得深思的是，左翼文学、解放区文学与十七年文学、"文革"文学中都大量运用它，以有产者的罪恶彰显"孤儿寡母的苦大冤深以及共产党解放军的救苦救难"③。

这种成规象征着"力的文艺"叙事规范，被认为是革命文学最根本、最典型的叙事成规。革命文学家认为，革命文学叙事的旨意就是"把一切有产者的黑幕揭开"，将其"赤裸裸地呈现于大众面前"④。但它却遭到众多的批评与反对。人们认为它容易使人们产生误解，以为革命仅是打倒罪恶的资本家而不是推翻资本主义，或者说，革命的对象仅是有产者的个人品德而不是资本主义制度。茅盾认为它扭曲并阻碍了人们对现实复杂性的认识和思考，也使革命失却了高尚的感人的价值。有意味的是，这些批评并没有削弱它在革命文学叙事中的位置，因为它以有产者反人道的恶肯定劳动者反抗的道义性，使革命小说成为善、恶冲突的道德故事，这在民间社会具有强大的意识形态功能。

第二，展现劳动者的悲惨处境并暗示一条出路。革命文学家把劳动者视

---

① 段可情：《一个绑票匪的供状》，载《创造月刊》1929年第2卷第6期。

② 蒋光慈：《往事》，载《太阳月刊》1928年2月号。

③ 孟悦：《〈白毛女〉演变的启示》，见王晓明主编：《二十世纪中国文学史论》（第3卷），东方出版中心1997年版，第192页。

④ 李初梨：《怎样地建设革命文学》，载《文化批判》1928年第2号。

为被欺凌的善，同情他们在"卑屋陋室"与"粗衣恶食"中生存的命运，以及为生存而不得不忍受有产者剥削的无奈。这个成规呈现了劳动者"不得食"的不平社会景况，也具有鲜明的社会现实指涉性，真实展现了20年代城乡劳动者的不幸生活处境。在20至30年代上海的工厂中，由于帮会、工头等控制工厂的组织及管理，他们常"采用压低工资和延长工作时间的办法加强使用劳动力"[①]，而那些从乡下来到城市谋生的女工常要忍受工头的调戏与侮辱。在20年代末的中国农村，由于连续几年遭受涝、旱、蝗等自然灾害，地主对农民的剥削日益沉重和残酷，导致了农村社会的"不景气"与衰败。

革命文学家认为，革命文学既要表现劳动者的悲惨，又要给他们"指示出一条改造社会的新路径"[②]。这使革命文学叙事或叙述劳动者的复仇与反抗，或表现劳动者对革命的向往，或表达劳动者因反抗被镇压而产生的悲愤。革命文学家把劳动者的"抗争"视为生活的出路主要基于两种认识，一是认为它是创造"未来的光明"的手段，二是认为它能够"向着一个目标，组织大众的行动"[③]。这种叙事成规使革命小说成为"标语口号"文学，左联批评它是有意识、高尚化的欺骗，国民政府也因此对它进行严厉查禁。但是，它也成为20世纪中国革命文学的一个重要成规，左翼文学、解放区文学与共和国文学仍然以它来表现无产者的悲惨处境与复仇怒火。

第三，对自我人生与革命逻辑的模仿。20年代革命小说的一个鲜明叙事特征，是对"身边琐事"和对革命兴起/失败历史逻辑的再现。蒋光慈开创的"革命加恋爱"叙事模式，主要再现了叙事者在革命潮流中的自我生活情状，以及叙事者对待革命与爱情的真实心理活动。革命文学对叙事者自我心灵世界的表现，使革命文学叙事变成了革命作家自我的个人叙事，暴露了20年代革命文学家阶级意识的淡薄。对革命历史逻辑的模仿，也成为20年代革命小说的一

<hr>

① ［美］费正清编：《剑桥中华民国史》（上），杨品泉、张言、孙开远等译，中国社会科学出版社1994年版，第74页。

② 蒋光慈：《关于革命文学》，载《太阳月刊》1928年2月号。

③ 李初梨：《怎样地建设革命文学》，载《文化批判》1928年第2号。

个叙事方式，《短裤党》《尘影》《流亡》《咆哮了的土地》《地泉》等小说，都决意要为热烈的中国革命留下历史证据，这些文本不仅再现了大革命由兴起到失败的历史转折，而且以"传奇"情调叙述工农革命的轻易成功，构成了激越的革命狂欢场景。

这个叙事成规给革命文学造成两个叙事缺陷。首先，它遮蔽了无产阶级文学叙事的"立场"，使一些革命小说成为革命幻灭、动摇的代言人。茅盾的三部曲《蚀》就蕴含这种倾向，它虽是"忠实"于时代的叙事却遮掩了无产阶级立场的表达，由此引起了革命文学家对茅盾的批评斗争。其次，它使革命成为游离人物命运之外的偶然力量，使革命者的人生命运好似在"一张彩色的布景前移动"[①]。总之，这种叙事成规冲淡了前两种成规带来的革命小说意识形态化色彩，造成了革命叙事的阶级意识模糊和叙事空间的分裂。因此，它在左翼小说、解放区文学与共和国文学叙事系统中遭到压抑，被视为"小资产阶级意识"的叙事而遭到批判，并终被无产阶级文学叙事成规所取代。

第四，"超常规"情节的运用。革命文学家喜欢运用死亡、奸淫、殴打等故事建构小说情节，以制造激动人心的场景及叙事激情。死亡是革命小说中出现频率最高的情节功能，它或者表现为劳动者被工头、地主打死，或者表现为革命者被有产阶级杀害，或者表现为作恶多端的工头被工人谋杀。死亡在叙事中成为劳动者复仇或革命的情节动因，或是成为小说情节封闭与叙事结束的力量。有产阶级奸淫女性或侮辱女俘，也是革命文学经常使用的超常性情节，它指涉着20年代城市女工的处境与女革命者的遭遇，并以它刺激读者潜意识中的性焦虑，将它升华为仇恨或反抗有产阶级的革命力量。因为性欲是最强大的本能力量，将它升华为革命力量是革命叙事的一种策略。工头、地主残酷殴打劳动者也属于"爆炸性"事件，它不仅吸引众人围观而且令观者惨不忍睹，并激起围观者的义愤及反抗。它表现了有产者丧失人性，制造了情节紧张与冲突，并推动情节发展或走向高潮。这些超常性的故事情节给革命小说带来痛

---

① 茅盾：《读"倪焕之"》，载《文学周报》1929年第8卷第20期。

苦、紧张与刺激的情绪，成为革命小说感染读者、宣传革命的主要表现方式。

革命作家喜欢运用这个成规主要有三个原因。一是革命文学叙事观念造成的。革命文学家认为革命文学反映的不应是平凡的日常生活，而是那些"伟大的，有趣的，具有罗曼性的东西"①。二是革命作家的叙事激情造成的。革命作家为表达对黑暗社会的愤恨，对革命者英雄行为的崇敬，也为在动摇、幻灭的革命情境中鼓动革命情绪，便以这些爆炸性的故事震动读者心灵。三是革命作家缺乏生活经验、艺术技巧造成的。革命文学家大多是知识青年，既缺乏革命或战场上的实际经验，又缺乏对劳动者生活的亲切体验，只能以这些主观的想象替代现实经验的摹写。这个成规使革命文学丧失了叙事的自然性与现实性，却制造了小说情节的震撼力和感染力，以至左翼小说、解放区小说与共和国文学都继续使用它，以表达革命作家"对革命事业的强烈的政治使命感"②。

以上四个叙事成规造成革命小说"标语口号"化与浪漫化，也赋予革命小说鲜明的写实性与现实性，形成20年代革命小说"既现实，又理想，半是生活，半是意念"③的叙事风格。这表明20年代革命文学家还未获得明确的无产阶级意识，20年代革命小说还是一种"混沌"性质的文学叙事。因此，它们在30年代受到左翼文学家的严厉批评，被认为是脸谱主义、公式化与概念化等非抛弃不可的叙事方式。需要深思的是，无论是左翼激烈的批评还是"延安讲话"以后对革命作家的思想改造，20年代革命文学创造的这些叙事成规并没有被取代，左翼文学、解放区文学与共和国文学都不同程度地继续运用它们。

---

① 《蒋光慈文集》（第4卷），上海文艺出版社1988年版，第68页。
② [美]费正清、[美]费维恺编：《剑桥中华民国史》（下），刘敬坤、叶宗敫、曾景忠等译，中国社会科学出版社1998年版，第515页。
③ 赵园：《艰难的选择》，上海文艺出版社1986年版，第87页。

20年代文化语境对革命诗歌的影响

20年代是白话新诗产生、兴旺并走向危机的历史阶段。其间，以"胡适体"为发端的初期白话诗，被《女神》肇始的浪漫抒情诗风取代，并走向"大喊乱叫"的难堪境地；初期象征诗歌与新格律派的兴起，成为扭转、克服新诗危机的一线生机。20年代白话新诗的这种历史情状，已为人们所熟知，这里无须赘述。但是，现在让我们感到不安的是，现代诗歌研究者在探究20年代新诗发展进程的时候，似乎遗忘或有意忽略了20年代新诗的另一端流脉，即革命诗歌的萌生与发展。这个诗歌潮流虽然早被现代文学史所提及[①]，也曾被个别新诗研究者所注意，但至今没有得到认真、深入的研究。20年代革命诗歌的产生及发展，它所呈现的主题与艺术特征，以及它与白话新诗潮流、20年代社会的关系等问题，现代仍然缺乏必要的论述。探讨革命诗歌的产生与20年代文化语境的影响关系，不仅可以引起人们对20年代革命诗歌的研究兴趣，而且能够弥补20年代新诗研究的不足与缺陷。

[①] 王瑶在所著《中国新文学史稿》里叙述20年代新诗创作时，就论及瞿秋白、刘一声、蒋光慈等人创作的革命诗歌；郭志刚、孙中田主编的《中国现代文学史》（高等教育出版社1989年版），在"初期革命文学倡导"一节中也论及《民国日报·觉悟》与之江大学学生社团悟悟社发表的革命诗歌。但钱理群等人的《中国现代文学三十年》及其修订本，则忽视这些史实而只论及蒋光慈的诗歌创作。

一

　　在20年代，《新青年》《中国青年》《民国日报》《文学周报》等几个革命意识比较鲜明的刊物，都发表过不少表现"革命情绪"、呼唤革命的新诗作品，并涌现出瞿秋白、蒋光慈、刘一声、王秋心等革命诗人，形成与初期白话诗、《女神》诗风、湖畔诗社及小诗不同的诗歌潮流。

　　最先发表革命诗歌作品的杂志是《新青年》杂志。1923年1月，瞿秋白从苏联归国后，开始《新青年》季刊的编辑工作，并进入革命文学创作的尝试和高潮期，先后在《新青年》《时事新报·文学》和《中国青年》等刊物发表15篇作品。在1923年6月15日《新青年》改为季刊的第1期，瞿秋白发表了翻译的《国际歌》、创作的《赤潮曲》，表达了对"远东古国"革命的向往："捶碎这帝国主义万恶丛……解放我殖民世界之劳工。"他还在《时事新报·文学》发表革命诗作《铁花》，表达了对民众革命热潮的敬仰："我吹着铁炉里的劳工之怒/我幻想，幻想着大同/引吭高歌的……醉着了呀，群众！/锻炼着我的铁花，火涌。"瞿秋白的诗歌充满革命激情，节奏简劲而明快，但他没有专心从事创作而主要偏向革命理论宣传。由于瞿秋白的支持，《新青年》此后发表了不少革命诗歌，蒋光慈即是其中的一位诗人。

　　《中国青年》是中国共产主义青年团的机关刊物，1923年10月20日在上海创刊，其宗旨是引导青年到"活动的路上""强健的路上"和"切实的路上"，由恽代英、邓中夏、萧楚女等共产党人编辑。因为他们都是青年运动和工人运动的领导人物，注重实际的社会问题和革命工作，对革命没有多少帮助的文学不太关心，但他们"决不反对文艺"，而希望有"能激励国民的文艺作品"。[①]因此，呼唤富有刺激性和反抗性的革命文学，就成为《中国青年》及其编者的心愿。《中国青年》共发表刘一声、朱自清、绍吾、吴雨铭、日光等创作或翻译的诗歌19首。

---

　　① 《编者的话》，载《中国青年》1923年第10期。

在这些革命诗歌作者中间，刘一声是最主要、最重要的一位，他的创作数量最多，还翻译了不少外国的革命诗歌。但遗憾的是，我们目前还不十分了解这位诗人的情况，仅知道他原是复旦大学学生，思想趋向进步并喜欢文艺①，大革命期间在广州从事革命工作，国共合作破裂后叛党而去了国外。从1926年4月到12月，他仅在《中国青年》就发表7首革命诗歌，并翻译5篇外国革命诗歌。刘一声的诗风热烈、明快、雄健，完全摆脱了20年代诗坛"吟风颂月"的习气和低沉的格调。《奴隶们的誓言》《革命进行曲》《誓诗》《我们的誓词》等诗作，以短促、明快的节奏抒发为改变命运、世界而革命的坚决意志和激情，如《革命进行曲》开首一节："为救我们自己/走上革命的路/为杀我们的敌人/执起钢刀在手/为未来世界的光明/啊，高举火焰般的红旗狂舞！"这些革命诗作有战鼓般的激扬，虽诗意浅显、直露并欠缺心灵深刻的感受与表现，但他较有自觉的诗歌艺术意识，喜爱并擅长运用排比、对比等修辞手段创造慷慨和热烈的抒情效果；此外，他还能自如运用不同节奏形式创作不同的诗歌格调，都使用缓舒的诗歌节奏，写出集抒情和叙事于一体的"颂歌"，显得非常真挚、深情。

从1924年下半年开始，《民国日报》的《觉悟》《杭育》两个文学副刊积极倡导革命文学，刊发了不少革命诗歌作品，把革命诗歌创作推向了初步繁荣的阶段。

《杭育》副刊于1924年5月12日发刊，原由茅盾主编，后由何味辛接编。1924年10月14日，《杭育》开始发表壮侯的革命诗歌选集《血花》，18日起又推出《红的花》栏目，选发、转载当时"报章杂志上"含有革命精神的诗歌。从1924年10月14日至1925年1月5日止，《杭育》选发的革命诗歌近30首。这些革命诗歌作品的主题内容主要有两类，一是呼唤工农阶级起来革命、解放自

己，如《血花》《红的花》《火之洗礼》《国际歌》等，二是鼓动青年要勇敢、坚决从事革命，如《自由颂》《告青年》《勉青年》《青年的口号》等。不论前者还是后者，这些革命诗歌都有着浪漫主义诗歌的特征，诗风朴素、热烈和明朗。和《中国青年》上的革命诗歌相比，这些诗歌在艺术上不如前者，多带有"命题作文"的气息，如《红的花》《努力》《勉青年》《杭育歌》等都有勉强的痕迹。为什么会出现这种现象呢？笔者认为，这至少跟两个因素有关。一是《杭育》副刊《红的花》《血花》栏目设置造成的，出现了按照编辑要求进行创作的弊端；二是实际的革命运动对革命诗歌创作产生的影响，从《杭育》刊发革命诗歌的时间可以看出，革命诗歌创作在1924年10月至1925年1月为高潮期，而这期间正是上海社会革命情绪高涨的历史阶段。《杭育》上的革命诗歌多出自革命青年之手，其中上海大学的学生占将近一半，王秋心、孟超、霹雳、王一夫、汪吉信、陈德圻、曹笠公等都是上海大学学生，他们把自己在实际革命活动中的激昂、愤慨情绪化为诗歌，表达了勇敢、奋进的革命精神。总之，《杭育》副刊革命诗歌栏目的开设和革命斗争的日趋高涨，促使革命诗歌创作在1925年前后进入一个短暂的高潮时期。

须提及的一个现象是，《杭育》副刊《红的花》栏目发表了几首悼念黄仁的诗作。黄仁是上海大学社会学系学生，1924年10月10日他和同学出席上海国民大会，被国民党右派雇用的流氓打伤致死。黄仁牺牲后，上海大学四川同学会出版追悼黄仁的特刊，同乡、同学何秉彝写了《哭黄仁烈士》4首长诗，发表在中共中央的机关报《向导》周报上；《民国日报·觉悟》也出版《黄仁纪念号》特刊，发表革命诗人蒋光慈的诗歌《追悼死者》。《杭育》发表上海大学学生孟超、职员楼建南悼念烈士的作品，表达对帝国主义、军阀的强烈憎恨和继续革命的决心："黄仁同志啊/死，死是光荣/赤光缭绕的火星，而今沉堕/把一切睡的虫儿惊醒！"①这些悼念诗作充分表明，国共合作的革命运动已推动革命诗歌创作走向宽广的社会空间，使革命诗歌创作愈趋向表现实际的革

---

① 孟超：《悼黄仁同志》，载《民国日报·杭育》1924年11月12日。

命生活。

《杭育》副刊的诗歌作者多为上海大学学生，而在《觉悟》上发表诗作的主要是春雷社成员，尤其是以"革命诗人"著称的蒋光慈。他的创作受到沈泽民、瞿秋白等人的推崇，也受到上海大学学生王秋心、孟超等的喜爱。蒋光慈在苏联留学的时候就开始诗歌创作，记录、表现自己在苏联学习期间的心灵感触，既有对革命及未来理想的歌颂，也有对自己心灵感受的深情倾诉。归国之前，他把这些诗作结集交给上海书店出版，作为自己留苏的成绩和对过去生活的纪念。从这些诗作和他青春时期志向不断变化的情况来看，蒋光慈是一个性格豪爽但内心感受非常敏锐、丰富的人，这使他常为自我的漂泊、迷失而苦恼，又使他因无法摆脱外界社会的刺激而痛苦。这位多情的诗人回到国内后，就表示要做东方革命的"歌手"，并被党组织安排到上海大学。在上海大学这所革命性质的学校里，他结识了沈泽民、王秋心、孟超等文学朋友，常和他们一起谈论文学创作。由于沈泽民的推荐，《觉悟》时常发表蒋光慈的诗作，这使他在新文坛上获得了较高的声誉。从1924年6月首次发表《怀拜轮》到1925年4月去北京，蒋光慈共在《觉悟》上发表了20首诗作。

这些诗歌从不同方面表现了诗人对革命的同情和赞颂，打破了当时革命诗歌仅止于表达鼓动革命情绪的狭窄局面，扩大了革命诗歌的想象空间。《怀拜轮》《哭列宁》《我的心灵》等表达了对伟大人物的景仰，隐喻诗人的人生抱负："我们同为被压迫者的朋友/我们同为爱公道正谊的人们/当年在尊严的贵族院中/你挺身保障捣毁机器的工人/今日在红色的劳农国里/我高歌全世界无产阶级的革命。"①《西来意》《送玄庐归国》等诗作，以热情勉励同辈的革命意志，表达肩负"取经使命"的光荣和历史自觉。《莫斯科吟》《怀都娘》《听鞑靼女儿唱歌》等作品，表现了诗人在苏联求学时的生活和对革命、爱情的向往，为革命诗歌潮流送来了一股新异的清风。《哀中国》《罢工》《我们是些无产者》等诗歌，都是鼓动人们革命情绪的热烈作品。总之，蒋光

① 《蒋光慈文集》（第3卷），上海文艺出版社1985年版，第363页。

慈的诗歌把作者自我心灵的感受表达出来，使革命诗歌由表达革命生活转向了革命者内在世界的抒情；但是蒋光慈的这些诗歌表现形式却显得平凡，缺乏把情感转化为鲜明诗歌意象的艺术技巧，致使诗歌主题浅露和结构散漫。蒋光慈有着一颗诗人的敏感心灵，但他缺少诗歌操纵的艺术才能，这许是他后来转向革命小说写作的一个原因。

总之，在《新青年》《中国青年》《民国日报》《时事新报》等刊物的推动下，革命诗歌在"五卅"前后掀起一股创作热潮，彻底改变了新诗坛"吟风弄月"的习气。但由于国内政治气候与革命形势的变化，由于《中国青年》《民国日报》等刊物的停刊或调整，这股革命诗歌创作热潮在1927年以后就逐渐沉寂，被大革命失败后兴起的普罗小说创作潮流取代。

还须提及的是，20年代初期热情倡导革命诗歌创作的，还有一个革命文学社团悟悟社。悟悟社是现代文学史上最早出现的革命文学社团，1924年5月左右成立，由许金元、蒋铿等杭州之江大学学生发起。悟悟社1924年底创办了《悟悟月刊》，该刊由共产党经营的上海书店出版，还征集、编辑了革命诗歌选集。但遗憾的是，笔者目前还未发现、找到《悟悟月刊》及其编辑的《革命诗歌选》等刊物，无法了解它发表、编辑出版革命诗歌的情况，但可以肯定的是，悟悟社是率先呼应《中国青年》编者的"希望"并对革命诗歌创作产生了一定的推动作用。

二

在中国20世纪的历史中，20年代是一个革命意识非常广泛、浓厚、激烈的年代。由五四运动与"五卅"运动掀起的反帝爱国的民族主义情绪空前高涨，由国共两党合作带来的打倒军阀、重建国家政治秩序的政治革命异常激烈，带来了20年代社会到处弥漫的革命意识和革命情绪。这场革命"所反映的历史主流是在中国建立其对外自主自立的、对内具备有效权力和权威体系的统一的现代民族国家"，它的"革命的社会动员程度和民众参政积极性"都是空前的。^①为了推动革命发展，国共两党出版了大量的革命刊物与印刷品^②；为了培养革命人才和干部，它们创办上海大学、黄埔军校并改组了广东大学，形成南有"黄埔"北有"上大"的革命人才"基地"。革命意识与革命情绪的不断高扬，打破了由"五四"新文化运动所创造的"启蒙文化"氛围，由此，20年代的现代文化热潮从"个性解放"转向"革命学说"，文化中心相应由北京转移到广州、上海，去"上大读书"和去"黄埔参加革命"成为时代青年的历史选择与人生追求。

20年代的革命热潮期间，和马列学说、三民主义"革命纲领"一块盛行的还有无政府主义。五四运动之后，无政府主义运动进入兴盛时期，先后出版过《进化》《奋斗》《劳动》《民钟》《自由》《学汇》《互助》等杂志，据统计，当时中国无政府主义的团体有90多个、刊物有70多种^③。虽然"五卅"时期，无政府主义的影响力已减弱，但其主张的无尊卑、无贵贱、人人劳动、平等自由的"革命思想"仍然激荡着革命青年的心灵，成为青年向往革命并走向革命的一个精神导向、动力，瞿秋白、蒋光慈、王独清、钱杏邨等许多革命作家都曾是其信徒，而且其意识情绪中仍呈现着无政府主义的精神气质。总之，国共两党联合推动的大革命，无政府主义者在青年中间鼓吹的革命思想，共同造就了20年代革命的社会文化氛围，成为革命诗歌产生并走向初步兴盛的历史基础。

在这种文化语境中，革命诗歌在20年代形成一股创作潮流，就不仅仅是革命家呼唤的结果^④，而是应对时代潮流与革命意识、情绪的时代反映，同时是

---

① 许纪霖、陈达凯主编：《中国现代化史》（第1卷），生活·读书·新知上海三联书店1995年版，第402—403页。

② 仅共产党的宣传刊物就有《新青年》《中国青年》《向导》《前锋》《中国工人》《政治周报》等。

③ 参见汤庭芬：《中国无政府主义研究》，法律出版社1991年版。

④ 现代文学研究者在论述革命文学兴起的历史原因时，多认为这是邓中夏、沈泽民、萧楚女等共产党人对"新诗人的棒喝"的结果，而忽视了对时代、革命运动等社会影响的考察与重视。

革命知识青年人生抒情的自我表现，正像《红的花》所歌唱的："红的花开在何方？红的花开在诗人的心房。红的花开在那里？红的花开在诗人的胸间。红的花何时开放？当那雷电交下，雨猛风狂"。由此可见，20年代白话新诗研究对革命诗歌潮流的忽略，就可能导致两个必然的结果，一是无视新诗发展与时代潮流间的影响关系，仅把新诗当作诗人自我抒情、外国诗歌影响的表现；二是肢解了20年代诗歌发展的真实历史轨迹，片面构织了白话新诗产生"危机"而走向格律、象征的叙事逻辑①。

如果说20年代的革命运动与文化热潮成为革命诗歌产生的历史土壤，那么，20年代盛行的浪漫主义诗风则赋予革命诗歌"浪漫主义"的抒情形式。20年代是白话新诗的产生期，也是新诗浪漫主义诗风盛行的年代，从新潮社的康白情到创造社的郭沫若、王独清，从"湖畔诗人"到"小诗"派，从闻一多、徐志摩到"清华文学社"诗人群，"自然流露"的浪漫诗风都成为新诗人自觉或无意识的追求。革命诗歌诞生于这样的新诗语境与潮流中，也自然染上这种诗歌的"时代色彩"或特征。无论是瞿秋白的《赤潮曲》《铁花》，还是刘一声、蒋光慈、王秋心等诗人的作品，都具有浓厚的浪漫主义风格。这些诗作情调激昂、明快，节奏铿锵、有力，改变了20年代前期新诗染有的浪漫"感伤"基调。

总之，在革命情绪与浪漫主义诗风盛行的20年代文化语境里，革命诗歌形成了自己鲜明的诗歌品格，即以新兴的时代潮流为对象并以表达热烈的革命情绪为己任，扭转了"五四"白话新诗日趋"浅薄无聊"的趋势，开启了现代诗歌表现时代、历史等"宏大"抒情对象的先河，并在诗歌风格上带有浓厚的浪漫主义色彩。这样，20年代革命诗歌潮流的形成，就不仅是历史必然的产物，而且是20年代白话新诗陷入危机时的一种拯救力量。

---

① 20世纪80年代以来出版的"新诗研究"专著，都没有把革命诗歌纳入20年代新诗历史语境中去考察。

现代革命的叙事逻辑及意识形态焦虑

——论蒋光慈的革命小说

在20世纪90年代的语境内，阅读蒋光慈是我许久以来的愿望。如果说，近年来崛起的女性主义话语给90年代展现了一个崭新并有广阔前景的话语空间，那么阅读蒋光慈的革命小说对笔者而言，就是发现了避免与权力保持再生关系的一种话语方式，使笔者在某种意义上能够真实地言说自己。

一、向语言世界的逃逸与批评话语的暧昧

黑格尔曾指出，在历史深处存在着异化的力量，"即人们自以为做什么，而实际上却只是在为另一种东西服务的工具"①。这使我们无法掌握历史的规律。蒋光慈的人生道路及命运仿佛具有黑格尔意义上的"历史的诡计"味道。据叙述，蒋光慈在五四运动高潮中就以学生领袖的身份，在安徽芜湖地区揭开了安徽学运的序幕，因此与陈独秀、恽代英等无产阶级革命家结下深厚友谊。经陈独秀等人的介绍，蒋光慈在上海加入社会主义青年团，1921年5月被共产党派往苏联莫斯科劳动大学学习，1922年转为中共正式党员。蒋光慈在"五四"期间的表现及共产党领袖对他的殷望，都预见了他此后的政治家、革命家的生涯，如果没有什么变故。但蒋光慈在苏留学的成绩却是："我

---

① ［美］杰姆逊：《后现代主义与文化理论》（精校本），唐小兵译，北京大学出版社1997年版，第91页。

愿勉力为东亚革命的歌者！""我说：用你的全身，全心，全意识——高歌革命啊！"①这成为他归国之后的唯一梦想与追求，"他决定'震动'现代文学"②。蒋光慈抛却革命家的前程，向文学语言世界梦幻般地逃逸，对此，至今没有足够的资料与研究说明这个令人费解又客观存在的历史事实。

斯洛伐克汉学家高利克先生认为，原因首先在于"蒋光慈生性非常腼腆，他回避任何较大社交活动"③。其次，蒋光慈对自己的文学天赋极为自负，"把自己的心理描写方法比作是陀思妥耶夫斯基的心理描写方法。他还在别处写道：中国或许已经有了自己的陀思妥耶夫斯基。我们可以有把握地推断，这里他意指的就是他自己"④。此外，蒋光慈的文学家梦想很可能受《三侠五义》中的北侠欧阳春"清廉无私""既不接受官衔又不接受俸禄"的性格影响。我们还需补充的是，对文学语言世界的迷恋是20世纪意识形态最为鲜明的特征。伊格尔顿说过，20世纪西方意识形态变化最深刻的是文学替代了传统的没落的宗教，"文学就是现代的道德意识形态"⑤。"通过艺术，异化的世界可以在其全部的丰富多样性中交还给我们。"⑥在20世纪的中国亦是如此："欲新一国之民，不可不先新一国之小说。"⑦文学成了启蒙与救亡的双重利器。蒋光慈对文学的迷恋无疑沾染了这种世纪病——对文学语言世界的幻觉与错觉。但蒋光慈的价值与意义独特性在于，他在自己建构的语言世界中发现了

---

① 《蒋光慈文集》（第3卷），上海文艺出版社1985年版，第256页。

② [斯洛伐克]玛利安·高利克：《中国现代文学批评发生史（1917—1930）》，陈圣生、华利荣、张林杰等译，社会科学文献出版社1997年版，第145页。

③ [斯洛伐克]玛利安·高利克：《中国现代文学批评发生史（1917—1930）》，陈圣生、华利荣、张林杰等译，社会科学文献出版社1997年版，第136—137页。

④ [斯洛伐克]玛利安·高利克：《中国现代文学批评发生史（1917—1930）》，陈圣生、华利荣、张林杰等译，社会科学文献出版社1997年版，第138—139页。

⑤ [英]特雷·伊格尔顿：《二十世纪西方文学理论》，伍晓明译，陕西师范大学出版社1986年版，第31页。

⑥ [英]特雷·伊格尔顿：《二十世纪西方文学理论》，伍晓明译，陕西师范大学出版社1986年版，第52页。

⑦ 陈平原、夏晓虹编：《二十世纪中国小说理论资料》（第1卷），北京大学出版社1989年版，第33页。

一个无产阶级革命的新世界，一个受压迫、受剥削的中国劳苦阶级砸碎旧社会枷锁的热烈世界。无产阶级这份革命的强大力量令蒋光慈激动不已，这也正是他曾经验与体验过的，也是他始终梦想与眷念的。正是在这种意义上，蒋光慈成为革命文学的代表作家。玛利安·高利克客观地写道："假如我们只考虑其本身，或许可以说他是一个并不重要的人物。但是，如果我们也赞同圣伯甫的这一观点：评价一个批评家之伟大，要视其学生所产生的影响，如果我们在现代中国文学整个系统结构现实的框架里考虑他的活动，我们就不能忽视蒋光慈在中国现代文学批评史上的作用。"①

但令人遗憾的是，现代文学研究一直忽略这样一位重要的作家，"他的生平迄今尚未得到充分的考证，能够更清楚地显示其理论及创作态度的有关特征尚未得到揭示"②。现代文学研究的盲视，实质上隐喻着当代文学批评家指出过的现代文学研究中"跨元批评"现象的尴尬困境。即是说人们一直是用"五四"文学观念，实质上是站在鲁迅、茅盾两人的批评立场上批评不同文学范型的蒋光慈的革命小说，结果导致了批评话语的暧昧与难以深入。"由于强调对重大历史事件做及时反映，蒋光慈的作品就具有了强烈的宣扬鼓动性，并特具一种历史沸腾时期昂扬的激情与艺术追求力，但由于缺乏对生活从容的观察思索与充分的形象化，而流于浮面。"③这种烂熟的批评话语模式，肯定/否定的价值难定，既不能否定蒋光慈革命小说的价值又无法否定"五四"文学观念：形象化与真实化，只能是异元冲突间的彼此弥合及价值暧昧。现代文学研究中跨元批评的困境，深刻揭示了始终存在于20世纪文学语境中的文化冲突，即受西方文化影响的知识分子心中幻想的绝对自由主义与现实之间的矛盾。

---

① [斯洛伐克]玛利安·高利克：《中国现代文学批评发生史（1917—1930）》，陈圣生、华利荣、张林杰等译，社会科学文献出版社1997年版，第157—158页。
② [斯洛伐克]玛利安·高利克：《中国现代文学批评发生史（1917—1930）》，陈圣生、华利荣、张林杰等译，社会科学文献出版社1997年版，第140—141页。
③ 钱理群、温儒敏、吴福辉：《现代文学三十年》（修订本），北京大学出版社1998年版，第296页。

二、现代革命的叙事逻辑

1928年，太阳社、创造社在上海引爆了关于革命文学的论争。其间，鲁迅先生在一篇文章中深情地写道："我以为根本问题是在作者可是一个'革命人'，倘是的，则无论写的是什么事件，用的是什么材料，即都是'革命文学'。从喷泉里出来的都是水，从血管里出来的都是血。"①从现代的理论来看，鲁迅先生当时的这句话对革命及革命者的认识是不够全面的。直言之，"从血管里出来的都是血"这个换喻没有区别出中国传统的革命与现代革命的语义差别。传统革命不论是自上而下的"政治改良"还是自下而上的"官逼民反"，都是中国社会传统内部矛盾冲突所致；但现代革命的发生根源却并非如此，它实质上是受西方现代革命的影响所致，或者说是中国政治激进分子输入西方革命意识的结果。在陈独秀《文学革命论》这篇文章中，我们能够发现现代革命的这种知识谱系："今日庄严灿烂之欧洲，乃革命之赐也。……单独政治革命所以于吾之社会，不生若何变化，不收若何效果也，推其总因，乃在吾人疾视革命，不知其为开发文明之利器故。"②陈独秀的话语暗示中国现代革命源于对西方的模仿，但这种再生产的西方现代革命却因它并非中国社会传统土生土长的需求而被拒斥。因此，现代革命不得不进行叙事，叙述自己存在的合理性，这样才能把中国社会传统的革命欲望组织起来。蒋光慈的革命小说隐喻着现代革命的这种逻辑性，在其中总能发现"现代革命符码"与"现代革命者"间的这种结构关系。请看下面分类表：

小说文本	革命符码	革命者
《少年漂泊者》	维嘉先生	汪中
《短裤党》	华月鹃	邢翠英/陈阿兰
《野祭》	陈季侠	章淑君

---

① 鲁迅：《革命文学》，见上海文艺出版社编：《中国新文学大系（1927—1937）·文学理论集二》，上海文艺出版社1987年版，第15页。

② 党秀臣编：《中国现代文学参考资料选》（上），高等教育出版社1987年版，第10页。

小说文本	革命符码	革命者
《菊芬》	江霞	菊芬
《最后的微笑》	沈玉芳	阿贵
《冲出云围的月亮》	李尚志	王曼英
《咆哮了的土地》	李杰/张进德	毛姑/何月素等

需要说明的是，蒋光慈小说文本内的这些现代革命符码具有超验的神秘性、创造性，是一种"奇理斯玛"（charisma）式的人物。"奇理斯玛"这个词语来自早期基督教，意指有神助的人物，后来，韦伯在界定权威的形态时，用来指称一种原创能力的特殊资质。席尔斯进一步用它意指与最神圣泉源相接触的行为、角色、制度、符号与实际物体。"'奇理斯玛'权威的最重要关键是它能够产生秩序——它能够赋予心灵的与社会的秩序。"①正是由于这些超验的"奇理斯玛"式革命符码的存在及叙事，汪中、阿贵等才由劳苦阶级的儿子成长为一个现代革命者，毛姑、刑翠英与陈阿兰这些社会卜层的女性具有了反抗意识走向现代革命队伍，章淑君、菊芬与何月素这些出身社会中产阶层的知识女性才能背叛自己的出身、家庭成为现代革命女性；同样，李杰、张进德才能把传统的乡村社会潜在的革命欲望组织起来，为摧毁乡村社会的政治及意识形态统治力量而斗争。不仅如此，蒋光慈小说文本还突出了现代革命符码与革命者间的相互欲望关系：汪中写信给不曾相识的维嘉先生向他述说自己的成长历程，章淑君、菊芬等女性都对现代革命符码怀有深深的爱恋。更能表现这种欲望关系的是革命者王曼英与革命符码李尚志的结构关系。李尚志对王曼英的欲望自始至终贯穿小说全文，而工曼英对李尚志的欲望则被与柳遇秋的爱情、在上海时用性复仇社会的冲动再三悬置与延搁；在小说叙事近结束时，王曼英才找到自己真实的、对李尚志的欲望，成长为一位真正的革命者。"曼英望着他的背影，心中暗自想道：'他们都有伟大的特性'"，"她的自尊心因为

---

① 林毓生：《中国传统的创造性转化》，生活·读书·新知三联书店1988年版，第83页。

得着了李尚志的援助，又更加强烈起来了。难道她曼英不是一个有作为的女子吗？不是一个意志很坚强，思想很彻底的女子吗？"①

叙事学者普罗普认为，西方民间故事的基本形式是追寻，主人公总是在寻找一件物，这是民间故事的基本结构。王曼英对李尚志的欲望被延搁，也暗示着王曼英对现代革命符码的区分与寻找。如果用格雷马斯的"符号的矩形"来表示这种区分与寻找，就是：

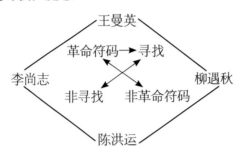

小说开始时，首先表现的是王曼英对柳遇秋的寻找，王曼英由家里到H镇寻找军校学生柳遇秋。革命失败后，王曼英被陈洪运骗至陈家里，小说突出了她对非革命符码也非寻找的陈洪运的鄙弃。只有在她与李尚志的关系里，王曼英的寻找才结束。《少年漂泊者》这篇小说，也表现了汪中对现代革命符码的努力寻找。在父母被地主逼迫而死后，汪中决心寻找帮助他复仇的力量，但汪中的寻找之物不断被入匪、做学徒、当工人这些虚假之物所替换、所延搁，直到汪中参加工运、结识了革命符码，汪中的欲求之物才终于找到：入黄埔军校并在战争中献身。黄埔军校及汪中的死亡都具有象征意义，前者象征着汪中实现复仇的真正力量，后者意味着汪中只有完全贡献自己才能实现目的。

革命符码的超验性及"奇理斯玛"性，革命符码及革命者间的相互欲望，都表明它的非实在性。正是由于它在中国社会传统中缺席，小说文本的叙述者/作者才能随心所欲地在缺席的空洞位置上填充自己的欲望之物。蒋光慈等革命小说作者正是意识到叙述话语的权威性、超验性，才能热情地在小说文

---

① 《蒋光慈文集》（第2卷），上海文艺出版社1983年版，第119、121页。

本里叙述革命符码的神圣性。而且，现代革命符码的这种逻辑性，我们还能在《白毛女》《太阳照在桑干河上》《暴风骤雨》《红旗谱》《青春之歌》等一大批叙事文本里发现。现代革命叙事逻辑的再三重复，表明中国现代语境内的受西方影响的政治焦虑仍没有消解与缓解。

三、现代革命叙事的双重文本

现代革命在中国社会传统中的缺席迫使它不得不通过叙事方式组织自己的文化镜像。但在蒋光慈的小说文本中，我们发现叙述主体不是革命符码而是革命者。这种叙述主体的置换或曰"文本的诡计"非常明显地表现在《少年漂泊者》中。革命符码维嘉先生是个外文本的人物，没有参与小说中的故事，仅是故事叙述者的潜在听者。"现在我住在旅馆里，觉得无聊已极，忽然想将以前的经过——飘泊的历史——提笔回述一下。"①叙述者汪中的这句话不仅表明维嘉是个听者，而且也说出了文本的叙述语态。"重要的不是话语讲述的年代而是讲述话语的年代。"汪中回述自己漂泊历史的时候，是他参加工人罢工之后、投奔黄埔军校之前，即是说汪中是以"现代革命"的视角讲述往事。因此，叙述者汪中的叙述隐喻着"现代革命符码"的叙述，真正意义的叙述者是后者而非前者，汪中仅是个换喻性的功能结构。叙述主体的置换目的在于自然化/真实化，即将本非叙述者汪中的现代革命欲望以汪中的身份、口吻叙述，将其内在化为汪中的真实欲望，把缺席的现代革命自然化为革命者汪中的欲望。"文本的诡计"体现了现代革命的意识形态功能。《菊芬》甚至把现代革命符码视为革命者的创造者，把二者之间的主客体关系叙述得淋漓尽致：

　　我将你的诗集仔细地读了一读，越读越有趣，不禁不自觉地发生了一种新的情感，我的思想也就因之慢慢地变化起来了。江霞同

---

① 《蒋光慈文集》（第1卷），上海文艺出版社1982年版，第5—6页。

志，你晓得吗？说起来，你倒与我的思想有很深的关系呢。你给了我新的情感，你给了我新的思想，总而言之，我之所以有今日，你实在有很大的功劳呢！江霞同志，我应当感激你，多多地感激你，可不是吗？[①]

因此可以说，汪中、菊芬、章淑君、王曼英等的叙事实质上是现代革命符码的叙事。而现代革命叙事首先在社会政治文本中进行，它通过压迫/反抗的革命话语逻辑叙述着受压迫者反抗、革命的自然性、合理性。《少年漂泊者》与《最后的微笑》都体现压迫/反抗的革命话语逻辑。《少年漂泊者》开篇就叙述汪中的父母被地主害死，主人公流浪各地，到处受压迫，因而不得不革命；《最后的微笑》中阿贵被工厂开除，阿贵陷入全家面临绝境的内心焦虑中："父亲五十多岁了，害着痨病，虽然有时推小车子也可以混几个钱，但混的总不多；母亲呢，替人洗洗补补衣服，也混不到几个钱。还有一个五六岁不中用的小妹妹！……一家大半都指望我，可是我现在被厂里开除了，这，这倒怎么办呢？"[②]阿贵因此走上复仇的道路。压迫/反抗的叙事逻辑把城市与乡村这两大社会区域内的被剥削阶级的复仇欲望组织了起来，使之达到反抗与革新旧社会结构、重建现代社会的政治目的："从今后没有老婆的他可以娶老婆了，受穷的他可以不再受穷了"。[③]现代政治的乌托邦冲动被压迫/反抗的叙事方式遮掩与真实化了。

现代革命叙事也深入潜意识世界即性文本系统，把潜意识欲望以现代革命的叙事逻辑重新组织/叙述。《少年漂泊者》不仅叙述了汪中为父母报仇的欲望，也叙述了他性欲望受压抑而革命的冲动："王氏子是一个什么东西？他配来占领我的爱人？他配享受这种样子的女子——我的玉梅？""为什么我没有权利来要求玉梅的父母，使他们允许我同玉梅订婚？"[④]性权利被剥夺，性

① 《蒋光慈文集》（第1卷），上海文艺出版社1982年版，第395页。
② 《蒋光慈文集》（第1卷），上海文艺出版社1982年版，第426页。
③ 《蒋光慈文集》（第2卷），上海文艺出版社1983年版，第201页。
④ 《蒋光慈文集》（第1卷），上海文艺出版社1982年版，第50页。

欲望被压抑，使主人公陷入性焦虑的痛苦体验中，并萌生反抗的革命力量："我想来想去，一夜没曾睡眠；只是翻来复去，伏着枕哭。第二天清早起来，我大着胆子走向玉梅的父母的寝室门外"①。《最后的微笑》叙述了革命者阿贵的另一种性焦虑，即阿贵害怕自己的妹妹因贫困而沦为娼妓。"穷人的女子卖了力还不算，还要卖身子！""阿贵想到此地，梦中的情形又在他的脑际盘旋了：五十几岁的肥胖的老头子与十四五岁的娇弱的小姑娘，这个小姑娘最后变成了他的小妹妹了……阿贵不禁大大地打了一个寒战"。②杰姆逊先生说过，晚期资本主义的文化逻辑已经渗透到人的潜意识。同样，现代革命也组织了人的潜意识，通过性权利、性欲望的被剥夺制造出潜意识中的性焦虑，使之升华成革命的力量。性本能是人的非常重要且强大的本能，把它升华、组织成强大的现代革命力量，是现代革命叙事文本的"诡计"。而这种"诡计"在《白毛女》《小二黑结婚》与《红旗谱》等叙事文本中不断被重复运用。

不仅如此，现代革命叙事还组织了女性的潜意识，以"性倒错"的方式把女性的潜意识组织成革命力量。《冲出云围的月亮》的女主人公是典型的例子。叙述开始时，王曼英寻找/爱恋着柳遇秋，把李尚志视为自己的亲近朋友，原因是李尚志没有性魅力："他的眼睛没有柳遇秋的那般动人，他的口才没有柳遇秋的那般流利，他的表情没有柳遇秋的那般真切。曼英之所以没有爱上他，而爱上了柳遇秋的原故，恐怕就是在于此罢。"③王曼英流落到上海后再遇到李尚志时，才被对方的革命坚韧性感动而爱上他。很显然，王曼英爱李尚志的冲动不是潜意识的真实欲望而是"革命"。王曼英的潜意识冲动倒错成革命冲动，她变成和李尚志同等的人了。王曼英的性欲望被革命所阉割、替代，主人公由一个美丽的女性变成一个没有性感意味的中性形象。"她和其余的女工并没有什么分别。她的美丽也许减少了，然而她的灵魂却因之充实起

① 《蒋光慈文集》（第1卷），上海文艺出版社1982年版，第51页。
② 《蒋光慈文集》（第1卷），上海文艺出版社1982年版，第461页。
③ 《蒋光慈文集》（第2卷），上海文艺出版社1983年版，第29页。

来，她觉得她现在不但不愧对李尚志，而且变成和李尚志同等的人了。"①把女性的潜意识欲望倒错成革命的欲望，在章淑君、何月素、毛姑等女性革命者身上都存在。

四、现代革命叙事的意识形态焦虑

蒋光慈的革命小说文本的许多裂痕暴露出现代革命叙事的话语性。除最受人指责的浪漫蒂克风格外，还明显体现在现代革命符码的叙述方面。维嘉先生、陈季侠、江霞、李杰和张进德等这些现代革命符码，之所以具有"奇理斯玛"式的神秘性与创造性，以及对汪中、阿贵、章淑君与菊芬等革命者有着强烈的欲望，都表明他们在中国社会传统中的缺席。因为在后结构主义者看来，欲望所代表的恰恰是实在的缺席，所以才使主体陷入语言的欲望之网中。再者，在叙事主体的替换"诡计"中，也可以发现现代革命符码利用革命者作为虚假的叙述者把自我真实化的欲望。现代革命符码的这些话语痕迹，充分揭示了它的意识形态焦虑，即对自我缺席的空洞位置的焦虑。

写于1929年4月的《丽莎的哀怨》更为鲜明地揭示了现代革命叙事的话语性及它的意识形态欺骗。这篇小说以俄国贵族女子丽莎为叙述者，叙述了她在波尔雪委克革命后离开祖国在上海因生活所迫沦为妓女的遭遇，表现了对波尔雪委克革命的仇恨。这篇小说无论叙述人的社会位置还是叙述位置，都与《少年漂泊者》等截然不同，叙述革命的话语也与后者矛盾。正是这篇文本，威胁与颠覆了现代革命叙事及意识形态的真实性。也正是如此，中共中央机关报《红旗日报》于1930年10月20日刊登一篇题为《没落的小资产阶级蒋光赤被共产党开除党籍》的报道，指责"《丽莎的哀怨》完全从小资产阶级的意识出发，来分析白俄，充分反映了白俄没落的悲哀，……给

---

① 《蒋光慈文集》（第2卷），上海文艺出版社1983年版，第150页。

读者的印象是同情白俄反革命的哀怨，代白俄诉苦，诬蔑苏联无产阶级的统治。"①总之，蒋光慈的这些革命小说文本，深刻揭示出20年代现代革命话语的意识形态焦虑的双重性：它以叙述话语的真实化遮掩其缺席位置的焦虑；同时，它压抑、排斥其他叙事话语方式掩盖其叙事话语合理性危机的内在焦虑。

---

① 谌宗恕：《左联文学新论》，武汉出版社1996年版，第108页。

《阿Q正传》在国民革命语境中的传播及接受

  因受北洋政府通缉和重新开始个人生活的渴望，鲁迅1926年8月26日离开北京，赴厦门大学教书，1927年1月16日又离开厦门去广州中山大学任教。鲁迅来南方任教期间，正值国民革命高潮时期，广州的革命局面更加巩固和统一，北伐战争势如破竹地向前推进[①]。鲁迅来到广州任教后，不仅受到广州文学青年和革命青年的热情吹捧[②]，而且他的《呐喊》《彷徨》等作品也在"文化沙漠"的广州得以广泛传播及热情接受，他的代表作《阿Q正传》更被广州青年格外关注。这时期，《阿Q正传》不仅纷纷被译成外文，而且成为南方文学青年效仿的一个革命文学样本。《阿Q正传》在南方国民革命语境中的广泛传播，事实上已成为鲁迅这篇作品的一个接受高潮，形成了一种新的接受视角，开创了从现代革命角度接受《阿Q正传》的历史先河。不仅如此，《阿Q正传》在国民革命语境内的传播及接受，也成为国民革命失败后钱杏邨写作《死去了的阿Q时代》的历史语境之一。

---

  ① 鲁迅1926年10月15日写给许广平的信，曾写下他对北伐形势的感受，说："今天本地报上的消息很好，但自然不知道可确的。一、武昌已攻下；二、九江已取得；三、陈仪等通电主张和平；四、樊钟秀已入开封，吴佩孚逃保定（一云郑州），总而言之，即使要打折扣，情形很好总是真的。"参见鲁迅、景宋：《两地书·原信》，中国青年出版社2005年版，第145页。

  ② 鲁迅被广州青年誉为"中国思想界的权威，时代的战士，青年叛徒的领袖"等，参见鸣銮：《欢迎鲁迅先生》，载广州《民国日报·现代青年》1927年第26期；鲁迅1927年2月25日致章廷谦的信也说，他在广州"被抬得太高，苦极"，参见《鲁迅书信集》（上卷），人民文学出版社1976年版，第130页。

一、《阿Q正传》在国民革命语境中的传播动因

在"五四"启蒙运动及改造国民性的话语语境中，鲁迅《阿Q正传》这篇小说发表后产生了较大社会影响，不仅被视为新文坛的一篇杰作[①]，而且成为鲁迅第一篇被翻译成外国文字的作品，赢得法国文豪罗曼·罗兰先生的称赞。如果说鲁迅的《阿Q正传》因蒙罗曼·罗兰先生的赞誉而形成一个接受高潮[②]，那么，这种接受高潮从文化场域角度看多发生在北京、上海等新文化运动中心地区。受民国初期交通业及南方国民革命运动等因素的影响，《阿Q正传》在鲁迅南下前的南方革命地域并未得以广泛传播。事实上，《阿Q正传》这篇在叙事结构、情节设置及叙事态度上都尚存瑕疵的讽刺小说，被南方革命青年、文学青年热情追捧并在国民革命语境中广泛传播，主要归因于鲁迅1926年8月的南下教书，其次才归因于罗曼·罗兰对这篇讽刺小说的赞誉。

受国民革命运动热潮的影响及鼓舞，鲁迅1925年后逐渐走出"呐喊"及"彷徨"时期形成的孤寂心境，逐渐关心和支持青年学生的社会解放运动和救国运动。1924年12月9日《京报·民众文艺周刊》创刊后，鲁迅应邀担任该刊1—16期全部文稿的校阅责任，并在该刊上发表《战士和苍蝇》《白事》《我才知道》《夏三虫》《一个"罪犯"的自述》《忽然想到十》《忽然想到十一》等7篇杂文，以及《描写劳动问题的文学》《现代文学之主潮》等两篇译文。鲁迅在该刊上发表的杂文，主旨是称赞孙中山无私的革命精神及

---

① 谭国荣、雁冰：《通信：文学作品有主义与无主义的讨论》，载《小说月报》1922年第13卷第2号。

② 1925年，侨居巴黎的中国留学生敬隐渔将《阿Q正传》译成法文，经诺贝尔文学奖获得者罗曼·罗兰先生推荐，连载于1926年5月、6月的法国《欧罗巴》杂志上。罗曼·罗兰先生称赞《阿Q正传》是篇高超的艺术品。罗曼·罗兰的赞誉传到国内后，不仅激起国内读者和新文坛对《阿Q正传》的接受热情，而且迅速抬高了鲁迅在新文坛上的地位。参见保罗·福斯特：《中国国民性的讽刺性暴露——鲁迅的国际声誉、罗曼·罗兰对〈阿Q正传〉的评论及诺贝尔文学奖》，任文惠译，载《鲁迅研究月刊》2004年第8期；马为民：《罗曼·罗兰与〈阿Q正传〉及其他》，载《鲁迅研究月刊》1995年第6期。

不懈的革命意志、同情底层劳动者的不幸遭遇、颂扬广大爱国者坚韧的斗争精神。①在1925年北京"女师大风潮"期间，鲁迅"始终站在同情和支持学生的一边"，并随着"风潮"发展而"逐渐地进入到风潮的漩涡中来"，②结果被教育部革职而且与北京教育界、现代知识界产生对立。从1925年9月起，鲁迅开始到中国大学兼课③。1925年底还应《国民新报》④主编邓飞黄邀请，担任该报副刊（乙刊）编辑至1926年4月，并在该报上发表了《这个与那个》《公理的把戏》《"死地"》等杂文。鲁迅对青年学生的社会解放运动和对国民革命运动的同情态度，更明显体现在他为"三一八"惨案而写作的系列文章⑤中。他激烈抨击北洋政府用机关枪残杀请愿的市民和学生，指出这场惨案对现代中国的历史意义，即他在《纪念刘和珍君》中所说的"苟活者在淡红的血色中，会依稀看见微茫的希望；真的猛士，将更奋然前行"。因为在"女师大风潮"和"三一八"惨案中的激进言行，鲁迅在"三一八"惨案后被列入北洋政府密令通缉的"黑名单"，不得不离家而四处避难，直到5月2日才结束避难生活。如果说鲁迅离京南下教书主要是为了开始新的个人生活，那么，鲁迅到广州教书时被广州革命文化界誉为"青年叛徒的领袖""革命家"等，就基于他在北京时支持青年学生运动及国民革命运动。

---

① 参见韩瑞玲：《鲁迅与〈民众文艺周刊〉》，见绍兴鲁迅纪念馆、绍兴市鲁迅研究中心编：《绍兴鲁迅研究·2009年》，上海文艺出版社2009年版，第191—199页。

② 阎晶明：《鲁迅与陈西滢》，河北人民出版社2002年版，第18页。

③ 中国大学原名为国民大学，由孙中山1913年创办，1917年起改为中国大学。鲁迅从1925年9月23日至1926年5月31日，担任该校大学部文科国文系小说学科讲师。参见鲁迅研究室、鲁迅博物馆编：《鲁迅年谱》（增订本，第2卷），人民文学出版社2000年版，第246页。

④ 该报1925年8月25日创刊，为国民党左翼在北京的机关报，以"主张国民救国，宣传民族自觉，打倒帝国主义，铲除黑暗势力"为宗旨，1926年4月因北京国民党党部被封而停刊。参见鲁迅研究室、鲁迅博物馆编：《鲁迅年谱》（增订本，第2卷），人民文学出版社2000年版，第261页。

⑤ 这些文章主要为《无花的蔷薇之二》《"死地"》《可惨与可笑》《纪念刘和珍君》《空谈》等。

众所周知，鲁迅1926年9月到厦门大学执教后不久，刚改组的广州中山大学即聘请他前往广州执教。中山大学是广州国民政府为纪念孙中山而将广东大学改组成立的，1926年9月1日正式更名，10月14日又改校长制为委员制，戴季陶、顾孟余、徐谦、丁惟汾、朱家骅等五人被选为该校委员。中山大学改组后即邀请鲁迅前来指导教务，不久又决定聘请他来校执教。《鲁迅日记》记载，鲁迅1926年10月16日就收到朱家骅的电报，"是给兼士玉堂和我的，说中山大学已改职（委）员制，叫我们去指示一切。大概是议定学制吧"。此事不到一个月，他又收到中山大学的教授聘书，"月薪二百八，无年限的"。中山大学聘请鲁迅前来执教，我们知道其"决定因素在于中共广东区委员会的推荐"，[①]而其中隐秘的政治原因却被人们有意、无意遮掩了。略微研究中山大学五位委员的政治活动就可以发现，除了委员长戴季陶之外，其他四位都是北京地区国民革命运动的推动者、"三一八"运动的领导者，"三一八"惨案后都因遭段祺瑞政府通缉而南下到国民革命根据地广州。在"三一八"运动期间，顾孟余为北京大学教务长，徐谦为中俄大学校长，丁惟汾为国民党北京地区工人部长，朱家骅为北京大学地质系教授，他们四人均参与发动、领导了"三一八"北京群众游行示威运动，因此遭到段祺瑞政府的通缉。段祺瑞政府的临时通缉令说："近年以来，徐谦、李大钊、李煜瀛、易培基、顾兆熊等，假借共产学说，啸聚群众，屡肇事端。本日由徐谦以共产党执行委员会名义，散布传单，率领暴徒数百人，闯袭国务院，泼灌大油，抛掷炸弹，手枪木棍，丛击军警。各军警因正当防卫，以致互有死伤。似此聚众扰乱，危害国家，实属目无法纪，殊堪痛恨。"鲁迅遭北洋政府通缉的原因和他们四位完全一样。鲁迅在北京"女师大风潮"和"三一八"运动中，成为青年学生的积极支持者，由教育部职员转变成革命的、社会的知识分子。正因为政治倾向和被通缉的遭遇完全一致，广州中山大学的委员会才可能同意共产党广东区委的要求，聘请鲁迅前来这所国民党主持的"革命学校"执教，并给予鲁迅格外的厚待及

---

① 李伟江：《鲁迅粤港时期史实考述》，岳麓书社2007年版，第4页。

重用，致使鲁迅不仅成为该校"惟一的正教授，而且任文学系主任兼教务主任"①。换句话说，广州中山大学委员会之所以愿意邀请鲁迅来广州执教，根本原因可能并非该校委员会迫于共产党人的势力，而是因为鲁迅在"三一八"运动中的革命行为及政治态度。因此，鲁迅到广州后就被国民党人奉为"革命家""青年叛徒的领袖"。在1927年1月25日下午中山大学学生会举行的欢迎会上，主持中山大学校务的朱家骅向学生们介绍鲁迅的时候就明确地说，就鲁迅自己的"过去的事实看来，确是一个战斗者，革命者"②。由于朱家骅在这次欢迎会上对鲁迅的"首肯"及"定调"，鲁迅在广州的"战士"身份从此便坐定了，"访问的，研究的，谈文学的，侦探思想的，要做序、题签的，请演说的，闹个不亦乐乎"③。广州《民国日报》在这次欢迎会结束后就用整版的篇幅对鲁迅进行宣传④，说他是"中国思想界的权威，时代的战士，青年叛徒的领袖"，称赞他"在全国首恶之区，臭秽丛积的北京城里，他竟敢向牛鬼蛇神正视，他竟敢冲破礼教淫威的重围而大论其'他妈的'，任何恶势力都不能稍阻其前进"⑤的精神和态度，并期望他到广州后就从此完全"赤色"起来。总之，广州国民党及青年学生都把鲁迅视作为"革命"的文学家，他们对鲁迅的欢迎热情和对鲁迅"革命"的美誉完全超出鲁迅的意料及想象。这为鲁迅的文学及其代表作《阿Q正传》在南方革命区域内传播、接受奠定了社会及政治基础。

鲁迅作为"革命"的文学家来广州执教，正值其《阿Q正传》在新文坛上声誉鹊起之际，因此，这篇创作于1922年前后的小说，也因鲁迅的到来而被广

① 李伟江：《鲁迅粤港时期史实考述》，岳麓书社2007年版，第14页。

② 鲁迅：《通信》，见鲁迅：《鲁迅全集》（第3卷），人民文学出版社2005年版，第465页。

③ 鲁迅：《通信》，见鲁迅：《鲁迅全集》（第3卷），人民文学出版社2005年版，第465页。

④ 1927年1月27日广州《民国日报》的《现代青年》副刊，共刊发了鸣銮《欢迎鲁迅先生》、陈寂《鲁迅的胡须》、林霖记录的《鲁迅先生的演说——在中山大学学生会欢迎会席上》等3篇文章。

⑤ 鸣銮：《欢迎鲁迅先生》，载《民国日报·现代青年》1927年第26期。

州文学青年、革命青年热情追捧。大家知道，《阿Q正传》是鲁迅应孙伏园之邀为北京《晨报副刊》的《开心话》栏目而创作的一篇滑稽小说，它自1921年12月4日开始在《晨报副刊》上连载，到1922年2月12月刊完。虽然这篇小说问世之初，就不断有读者①指出它"实是一部杰作"②，但该小说真正获得新文坛地位且产生巨大社会影响，却是由罗曼·罗兰事件而引发的。1925年，在法国求学的中国留学生敬隐渔将《阿Q正传》翻译成法文，经世界文豪、法国文学家罗曼·罗兰的推荐和帮助，该译文连载在巴黎《欧罗巴》杂志1926年5月第41期、6月第42期上。1926年1月24日，敬隐渔写信给鲁迅，告诉鲁迅他不揣冒昧将《阿Q正传》翻译成了法文，并转告罗曼·罗兰先生对《阿Q正传》的赞语③。鲁迅1926年2月20日收到敬隐渔的来信，知道自己的这篇小说获得世界文豪罗曼·罗兰的好评，他虽没有从创造社那里索要罗兰先生的原文，但这件事还是由他告诉了外界，并迅速被国内、新文学界广为关注且广为传布。1926年3月2日《京报副刊》刊登了柏生（孙伏园）的短文《罗曼·罗兰评鲁迅》，率先向国内、新文坛报道了这件喜事，从此，《阿Q正传》因蒙诺贝尔文学奖得主、世界文豪罗曼·罗兰的称赞，而在社会中和新文坛上的声誉不断提升，给鲁迅带来了巨大的、重要的文学声誉和文坛地位④，为后来国内酝酿提名鲁迅为诺贝尔文学奖候选人埋下了伏笔。因此，《阿Q正传》在南方革命区域内被广大青年追捧，除鲁迅作为"革命"的文学家而外，还有一个重要原因就

---

① 1922年初谭国棠、茅盾、周作人、高一涵等人就撰文肯定这篇小说的讽刺价值。参见张梦阳：《中国鲁迅学通史》（下），广东教育出版社2002年版，第170—173页。

② 谭国棠、雁冰：《通信：文学作品有主义与无主义的讨论》，载《小说月报》1922年第13卷第2号。

③ 敬隐渔告诉鲁迅说，罗曼·罗兰称《阿Q正传》是篇"高超的艺术品"，"其证据是在读第二次比第一次更觉得好"，并告诉鲁迅说罗曼·罗兰的原文寄给创造社了。参见马为民：《罗曼·罗兰与〈阿Q正传〉及其他》，载《鲁迅研究月刊》1995年第6期。

④ 关于这方面的研究成果，参见[美]保罗·福斯特：《中国国民性的讽刺性暴露——鲁迅的国际声誉、罗曼·罗兰对〈阿Q正传〉的评论及诺贝尔文学奖》，任文惠译，载《鲁迅研究月刊》2004年第8期。

是罗曼·罗兰事件带来的新闻效应。事实上，广州革命青年就把它作为鲁迅宣传的一个重要内容。1927年1月27日，广州《民国日报·现代青年》刊发鸣銮《欢迎鲁迅先生》，该文在介绍鲁迅的文学成就时就提到罗曼·罗兰事件，夸张地说鲁迅是"著有人皆爱读的《阿Q正传》而被译成五大国文字，为法国大文豪罗曼·罗兰称道不置的人"①。1927年7月16日爱知中学请鲁迅演讲，广州《民国日报》当日所作的宣传报道也写道："新文学大家鲁迅先生，即周树人，浙江人，为作人先生之令兄。其杰作如《呐喊》、《彷徨》、《中国小说史略》，久已风行于世，而《阿Q正传》一篇，且译有三国文字，法文学家罗曼罗兰氏深为倾倒"。②可以看出，广州青年对《阿Q正传》的热情追捧和传播，世界文豪罗曼·罗兰对这篇小说的称许也是原因之一。

如果说广州青年对鲁迅及其《阿Q正传》的追捧多为热情所致，是出于对国民革命及新文化、新文学的迫切渴望，那么，《阿Q正传》这篇小说却因鲁迅前来广州任教、罗曼·罗兰事件，而被广州乃至南方革命区域中的文学青年、革命青年热情接受却是客观的历史事实。在南方革命地区，革命文学青年不仅把《阿Q正传》"误读"为革命文学作品，开创了《阿Q正传》新的文学接受视角，而且把它视为革命文学的"启蒙"范本而不断进行文学模仿，形成了《阿Q正传》的社会传播及文学接受的一个热潮期、新阶段。如果说《阿Q正传》在北京时期的传播和接受语境为国民性批判的新文化启蒙语境，那么，它在南方革命地区的传播和接受语境就为国民革命语境。这种新语境形成从工农革命角度认识《阿Q正传》的接受模式，开创了从阶级视角接受《阿Q正传》的认识模式。

---

① 到1927年1月底止，《阿Q正传》已出版的译本，目前能查到的仅有两个，一个是梁社乾翻译、1926年上海商务印书馆出版的英译本，另一个是1926年敬隐渔发表在《欧罗巴》杂志上的法译本；此外，王希礼着手将《阿Q正传》翻译为俄文。该文说鲁迅《阿Q正传》已被译成五国文字，应为不真实的夸大之语。

② 该报道为《新文学巨子鲁迅先生之公开演讲》，载《民国日报》1927年7月16日。

二、《阿Q正传》在南方国民革命语境中的传播及接受

鲁迅1926年8月离开北京而南下厦门大学教书，后因接受中山大学聘请而到国民革命中心广州执教，鲁迅不仅被广州革命青年视为革命的文学家，而且其在北京时期的文学创作也受到广州青年追捧，开始了鲁迅文学传播和接受的新阶段。尤其是《阿Q正传》因罗曼·罗兰事件而引起社会关注，广州青年对它也格外报以热情，开创了《阿Q正传》传播的新阶段。阿Q这个被剥削得无家、无妻、无业的乡村农民，激起了南方革命青年、文学青年的心理共鸣，他参加革命党的行为更赢得南方革命青年的赞赏。总之，南方革命青年多以无产者立场同情阿Q，形成从工农革命立场接受这篇小说的新视角。

《阿Q正传》在南方革命区域的传播，除通过原刊、原书的市场销售以外，还呈现出新的传播途径及特点，这种新的传播途径主要有以下四种方式。

一是被翻印成油印本进行销售。据李伟江《鲁迅粤港时期史实考述》介绍，1927年广州文学青年在中山大学附近的惠东楼举行南中国文学会①成立大会，邀请鲁迅参加，其间，与会青年告诉鲁迅广州油印过《阿Q正传》，是64开横写本，由惠爱中路昌兴新街20号丁卜书店和受匡书店出售，每本一角钱，销行三四千本。鲁迅听后很高兴，还向他们谈了阿Q形象的特征及借此反映国民性的创作意图。广州出现的这种油印本说明两个现象：一是说明当时广州确实为文化沙漠，新文化运动中心北京、上海两个地方的出版物在广州出售的很少，以至已获得新文坛地位的文学家鲁迅的作品及作品集在广州也很少见；二是说明当时广州文学青年、社会读者在鲁迅来到广州后，对他的《阿Q正传》的阅读热情日益高涨，不得不用油印本来弥补原刊、原书市场销售的不足。

---

① 由中山大学学生周鼎培、林长兴、倪家祥、邝和欢、邱启勋、祝秀侠等，与广州文学会的欧阳山、赵慕鸿、黄英明、郑仲谟、冯慕韩、汪干亭等筹备成立，1927年3月14日在中大附近的惠东楼二楼太白厅举行成立大会，准备出版文学月刊《南中国》。1927年广州发生"四一五"政变后，该社解散，已集齐文稿的《南中国》月刊也流产。参见李伟江：《鲁迅粤港时期史实考述》，岳麓书社2007年版，第11、12页。

二是文学翻译。我们知道，鲁迅离京南下时《阿Q正传》已有两种译本出现，一是梁社乾的英译本[1]，二是敬隐渔的法译本，前者1926年由上海商务印书馆出版，后者连载于1926年《欧罗巴》第41、42期上。鲁迅1927年到广州后，就不断有人希望将《阿Q正传》翻译成外文。1927年2月21日，日本文学家、日本新闻联合社特派记者山上正义首访鲁迅，并于5月6日再次访问中征得翻译《阿Q正传》的允诺，但山上正义日译《阿Q正传》的工作直到1931年才完成。1928年井上红梅率先将《阿Q正传》译成日文，发表在《上海日日新闻》上。希望翻译《阿Q正传》的还有北京大学俄语系教授柏烈威，他希望翻译鲁迅的《阿Q正传》及其他小说[2]。此外，在河南国民革命军第二军俄国顾问团工作的B.A.瓦西里耶夫（即王希礼），从1925年开始阅读并着手翻译《阿Q正传》，并于1929年在列宁格勒激浪出版社出版俄译本。这时期鲁迅《阿Q正传》的翻译呈现出两个特点，其一是希望翻译者不断增多并形成一个翻译高潮期，其二是翻译语言由欧洲语言转向日文、俄文翻译。这时期日、俄两国都在进行无产阶级革命运动，《阿Q正传》被这两国译者视为无产阶级文学作品。日本山上正义的译本出版时收入在《国际无产阶级文学选集》内，瓦西里耶夫也在自己的译本中说鲁迅的讽刺"主要是指向旧中国的文化和旧中国的社会"[3]。

三是话剧改编。鲁迅1926年9月到厦门大学任教后，厦门大学教育系的毕业生、在厦门双十中学教书的陈梦韶时常来旁听鲁迅的课程，并因此结识了鲁迅，他曾萌生将《阿Q正传》改编成话剧的想法并请教于鲁迅。得到鲁迅的

---

① 该译本的译者梁社乾，广东新会人，1898年生于美国。他1925年4月写信给鲁迅，希望鲁迅同意他进行《阿Q正传》的英译工作；1925年6月上旬，他又把英译稿寄给鲁迅审阅，鲁迅6月20日校正后寄还，1926年在上海商务印书馆出版。参见鲁迅博物馆、鲁迅研究室编：《鲁迅年谱》（增订本，第2卷），人民文学出版社2000年版，第343页。

② 1927年2月21日鲁迅致李霁野信中说："柏烈威先生要译《阿Q正传》及其他，我是当然可以的。"参见鲁迅博物馆、鲁迅研究室编：《鲁迅年谱》（增订本，第2卷），人民文学出版社2000年版，第376页。

③ 邵伯周：《〈阿Q正传〉研究纵横谈》，上海文艺出版社1989年版，第52页。

支持和鼓励后，他于1928年4月将《阿Q正传》改编成六幕话剧，并由双十中学新剧团搬上了话剧舞台，1928年首场演出地址设在今厦门中山路中华电影院前。陈梦韶改编的《阿Q正传》剧本，虽然直到1931年10月才由上海华通书局出版，但它是《阿Q正传》最早的话剧剧本，也是《阿Q正传》在南方革命地区最早被改编、被搬上戏剧舞台的尝试。

四是新闻宣传。广州新闻媒体在报道鲁迅在粤任教、讲演等活动时，多提及、渲染《阿Q正传》的成就，有意识制造和扩大此小说在广州的社会影响。1927年1月27日广州《民国日报》的《现代青年》副刊刊发《欢迎鲁迅先生》，1927年7月16日广州《民国日报》刊发鸣銮的《新文学巨子鲁迅先生之公开演讲》等，都把《阿Q正传》被译成多国文字且被罗曼·罗兰称道作为报料，以此渲染鲁迅所取得的文学成就及在新文坛上的地位。不仅如此，《阿Q正传》译者也多在其译本中这样宣传。山上正义的译本前言就把鲁迅视为中国新文坛泰斗，把《阿Q正传》视为中国当今文坛的唯一代表作。这种社会宣传无疑扩大及提高了《阿Q正传》在南方革命地域中的声誉。

从以上几种传播途径看，南方文学青年及革命青年是重视《阿Q正传》的，且这种重视超过了鲁迅其他的文学作品。鲁迅1926年8月离开北京南下教书的时候，已出版《呐喊》《彷徨》《热风》《华盖集》等文学作品集，其中，小说共有26篇、杂文70余篇，但鲁迅的文学在南方被热情接受的实际上仅有《阿Q正传》，虽然，广州共产党强调鲁迅的杂文比他的小说作用大[1]，但这并没能消解南方文学青年对《阿Q正传》的接受热情。事实上，南方文学青年逐渐把《阿Q正传》视为革命文学的范本，不断进行文学模仿及互文性戏拟。例如，1927年3月28日广州《民国日报》的现代青年副刊发表H.H.的新诗《赠Q弟像题词》[2]，就以《阿Q正传》中的阿Q形象为互文而进行文学想象，

---

① 参见刘一声：《第三样时代的改造——我们所应当欢迎的鲁迅》。该文受广州共产党区委托而于1927年1月14日写成，发表在中国共产主义青年团广东区委机关刊物《少年先锋》1927年2月21日第2卷第15期上。

② 参见鲁迅博物馆、鲁迅研究室编：《鲁迅年谱》（增订本，第2卷），人民文学出版社2000年版。

描述"Q弟"虽改变了许多过去的"模范"而穿上"威武的戎装",但仍然脱离不了那副"含愁的形象"。郭士寅的革命小说《玉堂》[①]、《中秋节的阿凤》[②]等,都系模仿鲁迅《阿Q正传》而创作出来的。《玉堂》主要模仿《阿Q正传》的结构及叙事方法,以玉堂的姓名、社会地位、失业、参加革命等为叙事情节,塑造出一个被压迫、被剥削最后投奔革命的劳动者形象。该小说还模仿《阿Q正传》的冷嘲性笔调,在叙述玉堂的潦倒处境及参加革命等方面时均流露出嘲讽色彩,如在叙述玉堂姓名时这样写道:"他的名字叫做玉堂,这大概是他的老子取金玉满堂的意思。但实在他的米桶——有人说他连米桶也卖给隔壁黄婆了——还是空空如也,金和玉,恐怕是他有生以来,没有见过面。"作者在叙述玉堂的生计问题时也使用这种口吻:"近来好似没有人请玉堂来做工了。这个本是玉堂常常遇着的境遇,他当着这个时候,也似乎不觉得什么。他的确有一点'不箪食,不瓢饮,居陋巷,人不堪其忧,而玉堂也不改其乐'的高洁精神。"和《玉堂》的模仿不同,《中秋节的阿凤》这篇小说主要模仿阿Q的革命思想。小说描绘一个乡村游手青年阿凤,在看到回乡过中秋节的亚林哥当兵发了洋财后,尤其是晚上听到亚林哥向同村青年兜售当兵奸淫民女、掠杀富室的诸多"痛快"后,突然从家乡失踪而跑到"S城"去学"开步走,立正!"了。这篇小说批判了当时不少革命青年为升官发财而投奔革命的思想,明显是对《阿Q正传》中阿Q革命意识的文学模仿。

《阿Q正传》在南方革命地域的广泛社会传播,以及南方文学青年对《阿Q正传》的热情追捧,事实上形成了《阿Q正传》新的接受语境及接受视角。我们知道,《阿Q正传》是在国民性批判的话语语境中创作的,最初也是在国民性话语语境中被接受的,无论周作人、茅盾等新文学批评者还是其他社会

---

① 参见鲁迅博物馆、鲁迅研究室编:《鲁迅年谱》(增订本,第2卷),人民文学出版社2000年版。

② 该小说发表在1927年5月25日广州《民国日报·现代青年》上。

读者，都把阿Q视为国民精神的文学象征①。即是说，《阿Q正传》在国民性话语语境中被视为一篇揭示国人乃至全人类精神弱点的讽刺小说。然而，随着《阿Q正传》在南方国民革命区域的流行，南方高涨的国民革命意识已经鲜明构成了这篇小说的接受语境。鲁迅南下厦门教书时正值国民革命高涨期，北伐军不断攻克北方政府、军阀的地盘，广州及两湖等地的农民运动如火如荼。在这种鼓舞人心的革命形势下，南方民众及革命青年焕发出强烈的革命意识及革命觉悟，被剥削的工农群众参加革命推翻有产阶级的压迫，促使南方革命区域形成浓厚的革命意识形态。在这种革命意识形态语境中，南方文学青年不再从国民性角度来看待阿Q的形象意义，而是从工农革命角度认识它的形象价值。这种革命的接受视角呈现出两个鲜明特征，一是对阿Q被剥削得无以为生的可怜处境报以强烈同情，二是对阿Q走向革命的行动报以积极的赞同和肯定。《阿Q正传》的话剧改编者陈梦韶，就从无产者立场对阿Q的不堪遭遇及各种可笑行为报以同情态度，反对人们从有产阶级立场及国民性批判角度看待阿Q，他说"知道阿Q的人，说他是忠诚的劳动者；不知道阿Q的人，说他是偷窃的无赖。知道阿Q的人，说他是具有'人类性'的孤独者；不知道阿Q的人，说他是猥亵的东西。知道阿Q的人，说他是人间冤屈的无告者；不知道阿Q的人，说他是该死的乱臣贼子"。他把阿Q视为天下无产阶级和无智识阶级的典型代表，认为"阿Q是无产阶级的代表人物，所以他始终不能不做个忠诚的劳动者，不能不做个徒具有'人类性'的孤独者，甚至不能不做个人间冤屈的无告者。又因为阿Q是无智识阶级的代表人物。所以他以为作事与其'讳莫如深'也，宁坦然把曾经做过偷盗的帮于告人；恋爱与其用手段诱惑而后得着女人之心也，宁挺然长跪示伊以一片真诚的赤心；在法庭对谳与其恃口强辩而希望幸免于祸也，宁缄口俯顺就死地而没有作声的羔羊"②。他认为《阿Q

① 茅盾说"阿Q是中国人品性的结晶"，周作人说"阿Q这人是中国一切的'谱'——新名词称作'传统'——的结晶"。参见张梦阳：《中国鲁迅学通史》（下），广东教育出版社2002年版，第172—173页。

② 陈梦韶：《写在本剧之前》，见《阿Q剧本》，厦门大学出版社2005年版，第1页。

正传》是"为着这种可怜的人们呐喊出来的呼声"①。除了从无产者立场同情阿Q的不幸遭遇，南方文学青年也赞赏走投无路的阿Q最终参加革命的壮举，认为这是阿Q求自我生存、求社会解放的正确行为。这可从南方文学青年仿作的《赠Q弟像题词》《玉堂》等中看出，它们都描绘阿Q们参加革命的人生巨变，认为世界已经发生变化了，从前受有产阶级剥削、压迫的阿Q们也像"狮子一般来拥护他做人的神圣权利"②。这种接受模式也可从鲁迅自己的话语中呈现出来，在关于阿Q是否要做"革命党"的小说叙事问题上，他明确说"据我的意思，中国倘不革命，阿Q便不做，既然革命，就会做的"③。鲁迅关于阿Q革命的这种话语也沾染了南方工农革命的意识形态④，象征着南方读者对阿Q革命的普遍的接受倾向。

在南方国民革命语境中形成的工农革命接受视角，与在新文化运动语境中形成的国民性批判接受视角，不仅构成接受视角反差而且造成认识差异。这种认识差异表现在两个方面。一是南方读者以无产者立场对阿Q持同情态度，无视其满身沾染的"油滑""狡黠"等游民习气，使阿Q由嘲讽性的文学形象转变为让人同情的正面文学形象，其无姓、无室、无子、无产、无业等赤贫状况引起南方文学读者的感情共鸣。二是南方读者对阿Q参加革命持赞同态度，无视其复仇、泄欲性的"阿Q式"革命观念，即仅为满足私欲的革命意识。这种把阿Q视为工农分子的接受视角，既打破了之前的国民性接受视角，又开启了从无产阶级角度接受《阿Q正传》的先河。我们知道，在20世纪50年代的《阿Q正传》研究中，人们多从阶级角度把阿Q视为乡村贫民的典型，这种接受模式一直延续到"文革"结束的新时期才得以解构。从历史角度看，国民革命时期南方文学青年的工农革命接受视角，应是这篇小说在新中国成立后阶

---

① 陈梦韶：《写在本剧之前》，见《阿Q剧本》，厦门大学出版社2005年版，第1页。

② 郭士寅：《玉堂》，载《民国日报·现代青年》1927年第83期。

③ 鲁迅：《〈阿Q正传〉的成因》，见鲁迅：《鲁迅全集》（第3卷），人民文学出版社2005年版，第397页。

④ "据我的意思，中国倘不革命，阿Q便不做，既然革命，就会做的"这段话，是鲁迅在《〈阿Q正传〉的成因》一文中写下的，该文于1926年12月3日在厦门完成。

级视角的历史源头。需要指出的是，这种接受视角的形成不仅受到国民革命意识形态的巨大影响，而且受到当时中国乡村破产、南方革命区域青年问题等社会现实问题的巨大影响。简言之，中国农村在20世纪20年代末期因遭受天灾、战乱、土匪等，大量人口因此陷入了流离失所、走投无路等窘境；而在南方革命中心广州等城市，因遽然间涌入大量知识青年、革命青年，造成了就业、读书、求偶等社会压力及青年的社会问题。南方文学青年对阿Q困苦处境的同情和对阿Q革命的首肯，一方面隐喻国民革命的政治意识形态，另一方面也是南方青年心理痛苦的文学象征。这些因素既造就了《阿Q正传》新的接受语境及视角，又构成《阿Q正传》在南方革命区域广泛传播的社会基础。

不仅如此，《阿Q正传》在南方革命区域的传播和接受，也成为国民革命失败后钱杏邨写作《死去了的阿Q时代》、进行鲁迅批判①的历史前因。我们知道，创造社和太阳社在国民革命失败后联手对鲁迅进行激烈的文学批判，尤其是人阳社文学批评家钱杏邨发表在1928年《太阳月刊》3月号上的《死去了的阿Q时代》震惊了整个文坛。文章激情洋溢，论点鲜明，写道："《阿Q正传》确实有它的好处，有它本身的地位，然而它没有代表现代的可能，阿Q时代是早已死去了！"关于《死去了的阿Q时代》这篇文章的批评意义及局限，现代文学研究者已进行了比较深入的研究，但钱杏邨无情批判鲁迅文学的历史动因至今尚不清楚。笔者认为，钱杏邨写作《死去了的阿Q时代》的历史背景及批判指向，应是基于鲁迅及其《阿Q正传》在国民革命区域的广泛社会传播、革命文学青年的热情追捧，旨在使那些鲁迅的迷恋者对鲁迅的革命精神及文学能有正确、客观的认识，即鲁迅的《阿Q正传》"没有代表现代的可能"，因为现代的农民不像阿Q时代的农民那样幼稚、单薄、屈从，而是"大都有了很严密的组织，而且对于政治也有了相当的认识"，他们的革命性不仅已经充分地表现了出来，而且革命的目的也"不是泄愤的，而是一种政治的

---

① 除《死去了的阿Q时代》，钱杏邨1928年还写了《死去了的鲁迅》（见《现代中国文学作家》，泰东书局1928年版）、《"朦胧"以后——三论鲁迅》（载《我们》1928年5月创刊号）等评论文章，继续对鲁迅文学进行激烈批判。

斗争了"。①从鲁迅离京南下教书到鲁迅离开革命中心的广州，从广州革命青年对鲁迅及其《阿Q正传》的追捧到共产党文学家钱杏邨对鲁迅的激烈批判，《阿Q正传》在国民革命语境中的传播及接受似乎形成了一个相对完整的历史阶段。

---

① 钱杏邨：《死去了的阿Q时代》，载《太阳月刊》1928年3月号。

合作化小说中的父子冲突

以20世纪50年代农村合作化运动为题材内容的合作化小说，在五六十年代形成创作热潮，仅长篇小说就有十几部，中短篇小说更多，涌现出如《创业史》《山乡巨变》《金光大道》等一大批经典性文本。进入新时期，这些小说的主题意义和艺术价值受到质疑，其创作主体意识匮乏的原因也被深究。但有意思的是，合作化小说蕴含的理想主义和英雄主义气息，今天仍能唤起一种"既枯燥又生动、既温馨又痛苦"的复杂感受。合作化小说的文学生命力，使我们怀疑那些怀疑以农村合作化运动为题材的创作没有文学史的价值的思考，不满那些指责它们纯粹是公式化、政治化的批评，并让我们深思它的叙事特征：既满足五六十年代的历史需要，又在另种语境中生发出不同意蕴的叙事策略。在此仅选择合作化小说中存在的，并为人们十分熟悉的父子冲突，剖析它的语义结构特征，揭示它的意识形态功能，以此窥视合作化小说的叙事与其历史、语境间的复杂关系。

一、父子冲突的叙事语义结构

李準的《不能走那条路》虽不属于合作化小说，但这个短篇小说首先叙述父子间因"买地"而产生的冲突，为后来的合作化小说提供了父子冲突的叙事原型。

几乎所有的合作化小说都有因"入社"而产生的父子矛盾的叙述，它们大致有三种类型。一是贫农父亲跟党员或团员儿子的入社矛盾，以梁三老汉与梁生宝（《创业史》）、陈先晋与陈大春（《山乡巨变》）、董守贵与董进明（《白杨树》）的"怄气"为代表；二是中农父亲与团员儿子的斗争，以马有翼对马多寿（《三里湾》）、韩德满对韩百旺（《艳阳天》）、秦文庆对秦富（《金光大道》）的"革命"为代表；三是贫农父亲与团员女儿的冲突，以张福林与张兰子（《春潮急》）、陈先晋与陈雪春（《山乡巨变》）的"争吵"为代表。合作化小说的父子冲突还有一种变体，以刘雨生与张桂贞的夫妻离异（《山乡巨变》）、高大泉与高二林的兄弟反目（《金光大道》）、郭万德与吴小正的祖孙不和（《在田野上，前进！》）为代表。这些类型有两个相同的特点。首先，儿子都跟东山一样是"党的人"（党员/团员），父亲则像宋老定一样是勤俭持家的"好庄稼把式"。这样，父子结构政治上就隐喻着党与农民、干部与群众的关系，父亲是"一家之主""当家人"，政治上进步的儿子却成为"没良心的"伦理逆子。从结构功能来看，父、子分别属于两个行动元——合作化的反对者和欲望者。党员或团员儿子是合作化的欲望者，他从党那儿接受在家乡建设互助组、合作社的任务，其间经受种种考验，得到助手及贫农们的帮助与支持，最终战胜搞破坏的敌人，实现了欲望并因此获得报偿（荣誉、权力），有时还赢得年轻、漂亮女性的爱情，梁生宝是这种行动元的典型代表。父亲是儿子合作化欲望的反对者，他舍不得自己一辈子勤勤俭俭挣来的一份家业被白白入公，留恋"积古以来，作田的都是各干各"的经验和个人发家的梦想，担心合作社不能真正增产，不能带来自己生活的富裕，《春潮急》中的张福林是这种功能的代表。儿子既是合作化的欲望主体，又是父亲发家欲望的反对者；而父亲既是个人致富的欲望主体，又是儿子合作化欲望的反对者。父子冲突的这种双重语义结构，隐喻着合作化运动的历史时期党和农民的欲望发生分裂并构成矛盾。早期的合作化小说如《白杨树》、《三里湾》、《山乡巨变》（上）等，主要展现着这种矛盾及其象征性的解决方式；但在《山乡巨变》（下）、《春潮急》、《创业史》、《金光大道》等后期的合作化小说中，党与农民的欲望矛盾被边缘化，而党内的两条道路的阶级斗争成为小说的主要矛盾冲突和叙事焦点。

儿子合作化的欲望因违背伦理之父"单干""个人发家"的意愿，父子"两条道路"的政治冲突就转化为父权与忤逆的伦理矛盾。梁三老汉埋怨儿子"在外头接受了另外的教导"，"啥事，人家都和党里头的人商量哩。还来问他爹做啥"。当女儿兰子批评父亲"顽固！落后！死不开窍"时，张福林痛心得肝肠欲断，咒骂她忤逆不孝："看雷打了你！"在典型的合作化叙事文本中，儿子的合作化欲望有三种反对者，一是姚士杰、冯少怀、龚子元等敌人，二是郭振山、张金发、马之悦等假主人公，三是梁三老汉、陈先晋、张福林为代表的父辈农民。同是合作化的反对者，但儿子认为父亲跟敌人、跟假主人公不一样。如果说儿子与敌人进行的是一场善与恶的生死搏斗，跟假主人公展开的是正确与错误的道路抉择，那么，与父亲的矛盾则是进步与落后的思想差异。结构差别也决定了父子冲突的叙事逻辑，落后、保守的父亲思想觉悟后"入了社"，而不像敌人那样被打倒，也不像假主人公那样最后被剥夺了权力和荣誉。因此，儿子政治欲望的实现与父子伦理的恢复交织在一起。这里，我们发现了合作化小说的重要价值和成就。如果说跟敌人的善恶搏斗、跟假主人公的较量，仅是儿子英雄事迹的自我强化，那么，父子冲突则把儿子的"英雄叙事"现实化、真实化了，它从血缘伦理角度呈现了儿子合作化的"英雄欲望"背离了伦理之父的意愿，并影响、威胁了传统民间伦理秩序的稳定，表现了儿子的欲望如违背人伦将失却民间合法性的历史思考。这使政治化气息浓厚的合作化小说显得十分真实、具有感染力，至今仍然能够触动我们的情怀。

除政治和伦理双重意义的冲突外，合作化小说中的父子冲突还有其他语义内容。从地理上看，它是农村与城市的差异冲突，父亲代表着"猪、鸡、鸭、马、牛，加上孩子们的吵闹声"（《创业史》）等庄稼院的"殷实"梦想，儿子陶醉的是"种地不用牛，点灯不用油""汽车到处遛"等农村现代化、都市化的美好前景；在时间层次上，父子冲突又表现为历史传统与现实需要的矛盾，父亲意味着"积古以来，作田的都是各干各"及"树大分叉，人大分家"（《山乡巨变》）的历史经验、"天经地义"，儿子象征着城市、国家建设对农村生产的现实需要；在空间、自然上，父子还表现出下与上、地与天的意义差别。因此，合作化小说中父子结构的整体语义内容应是：儿子=合作化的欲望+党/团员+伦理阉割+单干的反对者，他代表着上、天、城市、现实、党/国家等超越农村的一面，同时又有违背、反抗民间伦理父权的"原罪"；父亲=单干的欲望+农民+伦理父权+合作化的反对者，他意味着下、土地、农村、历史和农民等农村现实性的一面，但伦理上却拥有"一家之主"的权威。因此，父子冲突的叙事语义结构，不仅错综着政治与伦理、党与农民、历史与现实等诸多差异对立，形成了进步/落后的意识形态模式，而且成为合作化小说语义与审美的主要空间。

二、父子冲突结构中的现代国家神话

合作化小说不仅展示父子合作与单干的政治对立，而且表现它影响了传统民间伦理秩序的和谐与稳定：儿女忤逆父权、夫妻关系破裂、同胞兄弟分途。如果说儿子隐喻着合作化与伦理的错位、分裂，父亲就代表着这种分裂造成的情感痛苦状态。在《创业史》《春潮急》等小说里，我们能阅读到父亲目睹亲生儿女忤逆的痛苦。父子冲突表现了合作化运动深刻"触及到人类的灵魂"，或者说，它从人类最基本的血缘伦理情感角度思考着合作化的历史合法性。黑格尔认为，个人的欲望包括血缘伦理的欲望，只有在国家的欲望里得到表达，才不会造成个人的痛苦及个人对国家的反抗。在这种意义上，"民间伦理秩序的稳定是政治话语合法性的前提"[①]。因而，合作化小说创造了消解父子冲突及痛苦的想象神话，呈现了一个现代国家合法性的鲜明图景。

在"生产"这个语义轴上，父子间出现过多种对立：父亲/单干，代表着

---

① 孟悦：《〈白毛女〉演变的启示》，见王晓明主编：《二十世纪中国文学史论》（第3卷），东方出版中心1997年版，第193页。

生产经验（好庄稼把式）、生产能力（地、耕牛、粮食和金钱）、一定的财富（较富裕）及历史传统，而儿子的合作社意味着这些方面不同程度的困乏。按现实原则讲，父亲的生产能力要强于后者，但在叙事文本中，合作社的生产能力却超越了前者。这种叙事形式产生了合作化优于单干的语义内容，合作社的劳动竞赛、粮食增产的情节功能，就是近于"诱惑"的促使父亲提高思想觉悟及"入社"，使父子合作与单干的政治对立转变为父子和解、结为一体。跟它们属于同一功能的是关于合作化未来美好的乌托邦幻想，它几乎出现在每一篇合作化小说中。《春潮急》《三里湾》《山乡巨变》都有对农村都市化、现代化的描绘。在父亲眼里，儿子的合作化乌托邦想象很遥远、很缥缈，不如自己粮满囤、禽满院和"黑暗王国"中存着"几扎人民币"的愿望实在，也不如劳动竞赛、粮食增产等更能感动自己。尽管如此，它和劳动竞赛、粮食增产一起构成了合作化的想象神话，以满足父子双方的欲望从而消解了父子政治、伦理的对立冲突，促使父亲转变态度加入合作社。

不仅合作化的想象具有神话性，董进明、梁生宝、陈大春、张兰子等"儿子"也染有"浪漫气质"和神话功能。他们是"非党非父亲"的"自然和文明"的结合体，处于党与父亲、城市与农村等之间的结构位置上，不仅成为党与父亲相互争夺的价值对象及事业上的"帮手"，而且起着弥合、消解党与父亲欲望差异及冲突的作用。"儿子"的神话功能，打破了党与农民父亲的欲望差异，消解了父子间政治与血缘等的冲突，使政治秩序与血缘伦理秩序达到和谐一致。例如，《白杨树》以董守贵"入社"与父子"合家"结束叙事，《三里湾》以马多寿夫妻"入社"并要求跟马有翼小两口过日子结尾，《创业史》也以梁生宝为梁三老汉"圆梦"而结束。

父子结构中蕴含的合作化与"儿子"的两个神话，展现了一个合理的现代国家的想象图景：它不仅要满足、实现党的历史重任，而且要满足农民的愿望与理想。我们知道，新中国成立后，建设强大的现代化国家成为党的迫切愿望，这需要在农村建设集体生产形式（合作化）以提高农村生产力；但党和国家农村合作化的欲望，跟农民的个人发家欲望和传统生产经验产生了差异，造成党与农民的分裂及矛盾，教育和引导农民走合作化道路成为合作化运动的路线方针。父子结构间的神话功能，消解了父子因合作化而产生的政治及潜在的伦理冲突，满足了新中国重建统治秩序的意识形态需要。在这个意义上，合作化小说并不是"写农民、教育农民"的小说，而是现代国家的想象叙事，旨在消解国家欲望确立新秩序，又怕引起民间欲望抗拒的意识形态焦虑。

三、父子冲突的文本边缘化

罗兰·巴尔特认为，结构是对对象的有指向性和偏向性的模拟。父子冲突的叙事结构，既隐喻着历史中党与农民的合作化矛盾，又以神话功能遮盖、扭曲了这种矛盾，赋予合作化进步、父亲单干落后的意识形态。早期的合作化小说叙事文本，就由父子冲突及其神话功能构成。《白杨树》的文本结构，由董进明转业回家办互助组而引发的父子冲突构成；《三里湾》里"旗杆院"与"马家院"的对立，形成父子伦理冲突的结构形式，儿子马有翼沦为二者展开争夺的价值客体。但是，在《山乡巨变》《创业史》《在田野上，前进！》和《金光大道》等小说中，父子冲突结构却由叙事文本蜕变为一个故事序列，它跟敌我冲突、真假主人公的冲突共同构成一个叙事文本。例如，《山乡巨变》（上）主要叙述邓秀梅领导、成立清溪乡农业合作社的过程，陈先晋与儿子陈大春、女儿陈雪春的"入社"矛盾，跟刘雨生与张桂贞的夫妻离异、菊咬筋与合作社的"生产竞赛"一起，仅是表现邓秀梅创造农业社过程的几个故事情节；在《创业史》中，梁生宝与郭振山的真假主人公冲突占据文本中心，互助组与姚士杰、郭世富的敌我冲突次之，梁生宝与梁三老汉的矛盾处于文本边缘。随着父子结构文本的边缘化，儿子的角色功能也发生变化，由小说的主人公变为主人公的帮手；他具有主人公的一些特征，如对合作化的强烈欲望、品质高尚等，但同时又有着主人公没有的性格急躁、思想简单等"毛病"，陈大春、朱铁汉和张兰子等都属于这种角色。此时，小说主人公则不再处于父子冲突的结构中，高大泉、李克等主人公都是幼年丧父，直接与党结构在一起，构成跟敌人、假主人公的冲突结构，原先的血缘伦理色彩即人的现实性特征减退，而想象的英雄色彩愈来愈浓厚，"因而就不大像是真人了"①，《春潮急》《艳阳天》和《金光大道》等小说表现得尤其明显。

父子冲突由文本到故事序列的变化，可能是多种原因造成的。首先，它隐喻着历史结构中合作化矛盾的变化。合作化运动开始的时候，生产能力强的农民对它充满敌意，影响了农业生产，合作化的矛盾遂由党与农民转向党内的"路线斗争"，合作化小说父子叙事结构的变化就"直接制约于社会矛盾的基本形态"②。其次，叙事成规也可能带来父子叙事结构的变化。1953年第二次文代会以后，塑造英雄人物形象以鼓舞人民成为对文学创作的强烈要求；表现英雄就需要英雄的价值载体"反面人物"，因为后者"所代表的势力是正面人物所代表的社会势力所要斗争、所要战胜的势力"③，于是，英雄的高尚品质和英雄事迹成为结构义本的主要因素，《山乡巨变》上、下卷鲜明反映出叙事成规对叙事文本结构的影响。第三，阶级的意识形态也影响到合作化叙事结构的变化。阶级的意识形态，把合作化的历史矛盾叙述成资本主义与社会主义两条道路的斗争，再生产出"儿子"跟合作化敌人斗争的叙事结构形式，《创业史》已经透露出阶级意识形态的端倪，写于60年代以后的《春潮急》《艳阳天》《在田野上，前进！》等更富有它的浓厚气息。此外，文学体裁的选择也会对叙事结构产生制约。由于五六十年代的文学作者喜爱长篇体裁，这种"史诗性"的结构形式必然要求叙事内容的丰富与矛盾的复杂，导致合作化小说叙事义本的变化。父子结构由文本向故事序列的位移，表明它已变成合作化叙事文本的无意识，隐喻着叙事向"斗争"的意识形态转型，并带来合作化小说主题和叙事风格的变化。《白杨树》、《三里湾》、《山乡巨变》（上）等早期

① ［美］罗德里克·麦克法夸尔、［美］费正清主编：《剑桥中华人民共和国史》（1966—1982）（下），金光耀等译，上海人民出版社1992年版，第902页。

② 陈美兰：《文学思潮与当代小说》，武汉大学出版社1994年版，第157页。

③ 冯雪峰：《英雄和群众及其它》，见洪子诚编：《二十世纪中国小说理论资料》（第5卷），北京大学出版社1997年版，第100页。

合作化小说，透露着现实主义的叙事风格，表现了落后的父亲通过劝说变成先进的语义模式；而《创业史》《春潮急》《金光大道》等后期小说，把"紧张的惊险性与深刻的问题性以及复杂的心理感受结合在一起"①，呈现着浓郁的英雄传奇色彩，表达着民间大众的审美趣味，致使小说的叙事既激动人心又枯燥乏味。合作化小说遭人诟病的地方正在于此，但也因此影响了人们对它的叙事及风格的深入探讨。

总之，合作化小说的父子冲突叙事结构，不仅隐喻着20世纪50年代农村社会主义改造时期产生的政治与伦理、现代与传统、历史与现实等诸多矛盾冲突，反映出跟政治、阶级意识形态传统、文学传统等叙事语境的复杂关系；而且尤其重要的是，父子冲突向我们展现了面对新中国的诞生，人们接受它、走向它的复杂感受和成长为历史主体的痛苦历程。如果说以《太阳照在桑干河上》《暴风骤雨》为代表的解放区文学，创造了党"为人民谋幸福""她是人民大救星"的叙事结构模式，那么，合作化小说的父子结构则构成国家叙事谱系的新阶段，即在新中国已经成立并深刻影响人们生活的历史时刻，它以一个合理的国家图景继续着国家叙事，发挥着动员人民参加新中国建设的意识形态功能。

---

① [苏]巴赫金：《小说理论》，白春仁、晓河译，河北教育出版社1998年版，第223页。

第三编

现代革命文学的历史空间

文学研究会与初期革命文学的倡导

早期共产党人一直被视为初期革命文学的倡导者，他们通过"《新青年》季刊、《中国青年》周刊和《民国日报》副刊《觉悟》三个主要阵地"，"宣传马克思主义的文学主张"[①]。然而，"文学研究会的提倡无产阶级革命文学，好像就很少有人提及了"[②]。事实上，初期革命文学的倡导者多为文学研究会成员，或与文学研究会有密切关系的人，文学研究会才是初期革命文学的最先倡导者。文学研究会与革命文学之间的这种历史关系，应引起现代文学研究界的重视。

一、文学研究会提倡革命文学的最初动因

以1928年为界，革命文学思潮分成前、后两个阶段。初期革命文学带有"混沌"的性质，后期则发展成无产阶级文学。太阳社、创造社推动后期革命文学的兴起已毫无疑义，但是，在初期革命文学"发生学"问题的研究上，现代文学界从构造左翼文学历史的思想出发，把邓中夏、萧楚女、沈泽民等早期共产党人视为革命文学的倡导者，甚至以社会主义青年团机关刊物《先驱》的

---

① 郭志刚、孙中田主编：《中国现代文学史》（修订版）（上册），高等教育出版社1999年，第77页。

② 田仲济：《文学研究会的现实主义思想》，见贾植芳、苏光良、刘裕莲等编：《文学研究会资料》（下），知识产权出版社2010年版，第728页。

《革命文艺》栏目、社会主义青年团第一次全国代表大会提出要"使学术文艺无产阶级化"的决议，来证明这种文学史想象的合法性。这种文学史叙述，呈现出将共产党与革命文学、政治与文学联系起来的"当代意识"，但却遮蔽了初期革命文学发生的真实历史面貌①。事实上，初期革命文学的倡导者并不是早期共产党人，而多是文学研究会成员。

文学研究会反对"金钱""游戏"的文学态度而实践"为人生"的文学。它成立后不久，郑振铎、瞿世英、沈泽民等人就开始了"文学与革命"的讨论及革命文学的提倡。他们倡导革命文学的直接原因，是北京大学费觉天的一封来信及发起的"革命的文学讨论"。

1920年底，北京大学哲学系、社会学系师生郭梦良、陈伯隽、陈启修、王世杰、高一涵、费觉天等人，成立了一个新文化团体，出版杂志《评论之评论》，旨在使"今日这种浅薄的文化运动，做到名副其实的文化运动"②。本着这种态度，费觉天批评"五四"新文化运动者，认为他们过于重视革命理论的宣传，而忽略文学对革命的巨大作用。他认为革命"所恃的是盲目的信仰，和情感的冲动，而非理智"③，因此，在唤起民众的革命情绪方面，革命理论不如文学那样奏效。于是，他呼吁革命家要拿起文学这个利器，以促使中国文学革命和社会革命任务的完成。1921年7月，费觉天写信给上海的郑振铎，表达自己的思考并希望唤起文学研究会的重视。他在信中写道："我相信，在今日的中国，能够担当改造底大任，能够使革命成功的，不是什么社会运动家，而是革命的文学家……因此我对于你，你们诸位底期望是很大呵！"④

---

① 现代文学研究界多认为初期革命文学的兴起是早期共产党人提倡的结果，只有少数研究者注意到它是新文学家的"自觉意识"，他们从文学的角度提出了与共产党人基本相同的口号。参见张大明：《不灭的火种——左翼文学论》，四川文艺出版社1992年版。

② 《本志宣言》，载《评论之评论》1920年第1卷第1期。

③ 费觉天：《从文学革命与社会革命上所见的革命的文学》，载《评论之评论》1921年第1卷第4期。

④ 郑振铎：《文学与革命》，载《时事新报·文学旬刊》1921年第9期。

费觉天的来信得到郑振铎的热烈响应，不久他写了《文学与革命》一文，发表在自己主编的《时事新报·文学旬刊》上。他表示"这种引起一般青年的憎厌旧秽的感情的任务，只有文学，才能担任"，认为新文坛现在所有的"最高等的不过是家庭黑暗，婚姻痛苦，学校生活，与纯粹的母爱的描写者"，而"至于叙述旧的黑暗，如士兵之残杀，牢狱之残状，工人农人之痛苦，乡绅之横暴等等情形的作品可称得是'绝无仅有'"，他高喊"把现在中国青年的革命之火燃着，正是现在的中国文学家最重要最伟大的责任"。①

得到文学研究会郑振铎、瞿世英等人的热情支持后，费觉天在《评论之评论》上开辟《提倡革命的文学》专栏，大张旗鼓倡导"革命的文学"。《评论之评论》第1卷第4期发表费觉天、瞿世英、周长宪讨论"革命的文学"的文章，转载郑振铎《文学与革命》一文，刊发胡适、周长宪、郑振铎创作的革命诗歌。费觉天还将该期《提倡革命的文学》专栏的目录，在《晨报副刊》上连续刊登了三个多月（从1922年2月至5月），希望唤起人们对"革命的文学"的关注。

费觉天在《从文学革命与社会革命上所见的革命的文学》一文中，详尽论述他提倡"革命的文学"的原因和目的。他认为，文学革命以来，新文学仅在形式上发生改变，内容上的革命还没有进行，作品多为新形式装上"旧资料"，而革命的文学能使新文学有"生命力"和思想上的"价值"。这是他"所以要提倡革命的文学的第一理由"。他指出，提倡"革命的文学"更为急切、重要的是为了社会革命的完成。这是他倡导"革命的文学"的重要理由。显然，费觉天将"革命的文学"的提倡合理化了。或许如此，他才相信自己的主张"千真万真"，希望革命者和新文学者从事"革命的文学"建设。费觉天的呼唤得到郑振铎、瞿世英的响应，沈泽民、瞿秋白、茅盾等人②的随后支持，文学研究会以《时事新报》《晨报副刊》《民国日报》等为园地，积极倡导革命文学。

---

① 郑振铎：《文学与革命》，载《时事新报·文学旬刊》1921年第9期。
② 郑振铎、茅盾、瞿世英为文学研究会成立时的发起人，沈泽民、瞿秋白分别于1921、1923年先后加入文学研究会。

二、文学研究会在《文学旬刊》上展开"文学与革命"的讨论

1921年，郑振铎被聘为《学灯》副刊主编后，在《时事新报》上开辟《文学旬刊》副刊，一年后，它成为文学研究会的机关刊物之一。郑振铎、李之常、茅盾、华秉丞（叶圣陶）等文学研究会成员，在《文学旬刊》及其后的《文学周刊》、《文学》周报上，围绕革命文学的作用、作家、性质等问题展开"文学与革命"的讨论。

首先，他们强调革命文学在社会革命中具有重要的历史作用。受费觉天的影响，郑振铎相信"在今日的中国，能够担当改造的大任，能够使革命成功的，不是什么社会运动家，而是革命的文学家"[1]。他认为文学是"感情的产品"，在刺激人们的革命情绪方面，革命文学的感染比革命理论的说教有效。他说："俄国的革命虽不能说是完全是灰色的文学家的功劳，然而这班文学家所播下的革命种子却着实不少。就是法国的大革命，福禄特尔的作品对于它也是显很大的能力的。"[2]像郑振铎一样，李之常反对文学的独立性和价值的永恒性，认为在"第四阶级"推翻资本主义的现代革命中，血泪的、革命的、民众的文学所发挥的作用胜于宣传革命理论的"小册子"，希望革命者高扬起文学是"时代底指导者、鞭策者"的旗帜，"'到民间去'底使者，革命底完成者在中国舍文学又有什么呢？"[3]茅盾把革命文学视为世界文学的新潮流，希望它"能够担当起唤醒民众而给他们力量的重大责任"，并期望"从此以后就是国内文坛的大转变时期"。[4]

文学研究会强调革命文学的重要历史作用，不仅是对费觉天的响应，而且是对新文学建设的思考及对新文学话语权的争夺。受"五四"爱国主义与民

---

[1] 郑振铎：《文学与革命》，载《时事新报·文学旬刊》1921年第9期。
[2] 郑振铎：《文学与革命》，载《时事新报·文学旬刊》1921年第9期。
[3] 之常：《支配社会底文学论》，载《时事新报·文学旬刊》1922年第35期。
[4] 雁冰：《"大转变时期"何时来呢》，载《时事新报·文学》1923年第103期。

族主义的时代情绪影响，文学研究会将文学与社会、革命联系起来，努力将新文学建设成为反映社会、表现现代革命精神的文学。"总之，今日底文学是人类活动底结晶，新时代底先驱，为人生的，支配社会的，革命的。"①然而，"五四"时代西方现代文化与现代革命理论的宣传成为新文化运动的主流，文学革命仅成为新文化运动的一个子系统。这样，新文学的社会空间不仅要靠反抗旧文学来争取，而且要靠批评新文化运动"学说热"来实现。革命文学的提倡成为对革命家的启蒙，即"文学是大有功于革命，而革命家必得藉助于文学"②。文学研究会的文学观念，与恽代英、邓中夏等共产党人构成鲜明对立，后者认为就革命而言重要的是革命者而非文学家，"印度有了一个甘地，胜过了一百个文学家的泰戈尔"③。

其次，他们认为要创造真实感人的革命文学，文学家必须深入革命生活中去。郑振铎认为简单、平凡、和平的生活，决不能使作家创造出真切、深刻的文学，"凡是一种痛苦的情形，非身入其中的人决不能极真切极感动地把它写出"。由此，他指出理想的革命文学作家，"决不是现在的一般作者，而是崛起于险难中的诗人或小说家"④。如果说郑振铎强调真实经验对革命文学创作的决定作用，那么叶圣陶的要求则更深入也更狭隘。他认为革命文学的作者，应该是认识革命的必然、力行革命事业的真正革命者；只要成为真正的革命者，不论他是特意为文或是乘兴为文，也不论他选择什么为文学题材，其创作都会含有革命的性质并感人极深。茅盾也主张革命文学须由革命者自己来写，但他发现这种要求却带来实际上的困难与矛盾，即有实际经验的人没有工夫写作，而有闲暇的作者却缺乏实际经历，创作出来的只是"书房小说"而不能成为真实感人的伟大作品。

革命文学家应具有真实经验或应是革命者的观念，显然这是一种朴素的

---

① 之常：《支配社会底文学论》，载《时事新报·文学旬刊》1922年第35期。
② 费觉天：《答吾友郑西谛先生》，载《评论之评论》1921年第1卷第4期。
③ 秋士：《告研究文学的青年》，载《中国青年》1923年第5期。
④ 郑振铎：《文学与革命》，载《时事新报·文学旬刊》1921年第9期。

文学作家意识。它不仅否定文学家想象与虚构的创造力，而且忽视革命经验可能蒙蔽革命理性的局限性，但它却触及20世纪革命文学的一个理论问题即"革命作家问题"。谁才能以及怎样才能成为合法的革命文学作家，成为20年代革命文学论争的一个焦点，也成为左翼文学、解放区文学面对的实际问题。在20年代革命文学的论争中，李初梨、蒋光慈等人反对革命作家应做"革命者"的思想。李初梨以列宁的无产阶级先锋队理论和卢卡契的阶级意识理论，批评这种思想是一种自然生长性的意识，主张只要拥有"无产阶级意识"就能成为革命作家[①]。蒋光慈认为，革命文学家与实际革命者肩负不同的革命任务，革命文学家只以推动革命情绪的高涨为己任，不必成为从事实际工作的革命者。从革命实际需要与革命作家多是小资产阶级的现状出发，早期共产党人、左翼文学与解放区文学的领导者，都主张革命作家"须从事革命的实际活动"[②]，通过革命来改造自己并获得无产阶级情感。可见，文学研究会的革命作家观念，与早期共产党人对文学家的要求不谋而合，成为革命文学作家观念的一种思想源泉。

最后，他们对革命文学的性质进行了深入的讨论。郑振铎、李之常认为，革命文学应是表现社会黑暗的"血泪的"文学，应真切反映"中国底多方的病的现象之真况"[③]。他们像费觉天、早期共产党人一样，批评新文学作家无视社会腐败、黑暗而沉醉"风花雪月"的习气，认为描写社会痛苦的文学能唤醒、培养人们的革命情感，"一般人看了以后，就是向没有与这个黑暗接触过的，也会不期然而然的发生出憎恨的感情来"，而革命就需要"这种憎恨与涕泣不禁的感情"。[④]叶圣陶、茅盾则摈弃这种替群众"诉苦式"的文学思想，指出革命文学应是表现"革命精神"的文学。叶圣陶把革命理解为不满足现实的进取精神，认为凡是表现它的文学都属于革命文学，这种广义的革命文

---

① 李初梨：《自然生长性与目的意识性》，载《思想》1928年第2期。
② 中夏：《贡献于新诗人之前》，载《中国青年》1923年第10期。
③ 之常：《支配社会底文学论》，载《时事新报·文学旬刊》1922年第35期。
④ 郑振铎：《文学与革命》，载《时事新报·文学旬刊》1921年第9期。

学与一般文学并无差别，因为"凡是文学总含着广义的革命意味"①。茅盾反感把资产阶级描写成天生的坏人、残忍和不忠实的文学，认为这种写法失却"阶级斗争的高贵的意义"，因为革命的目的是改变不合理的社会制度而非攻击资本家的个人道德。他号召革命文学家要"抓住了被压迫民族与阶级的革命运动的精神，用深刻伟大的文学表现出来"②。

从"血泪的"文学到表现革命精神的文学，文学研究会不断深化了对革命文学的认识。这种深化呈现出20世纪20年代初革命文学观念的发展历程，但却泛化了革命文学的性质，即革命文学不是表现攻击现存社会、政治的政党文学，而是表现不满现实的进取、革新意识的普通文学。它有将革命文学普遍化与人性化的倾向，郭沫若、成仿吾与钱杏邨等就把这种"革命精神"视为普遍而真挚的人性，把表现这种人性的文学视为健全的、永久性的革命文学③。这表明，文学研究会的革命文学观念还不具有明确的阶级与政治的性质，仅蕴含了"五四"时期国民革命这一时代情绪。

从郑振铎"文学与革命"的热情呐喊，到李之常、茅盾、叶圣陶等的革命文学讨论，文学研究会开启了革命文学倡导的先河。他们提倡革命文学的理由，是出于"文学是感情的产品，所以他最容易感动人"④的认识，希望以它来唤醒青年们消沉了的革命激情。他们对革命文学作用、作家、性质问题的思考，尽管朴素、肤浅，但却触及了革命文学理论的基本问题，它们成为20世纪革命文学论争的焦点，也成为20世纪中国文学的重要理论问题。

---

① 秉丞：《革命文学》，载《时事新报·文学》1924年第129期。
② 沈雁冰：《文学者的新使命》，载《文学周报》1925年第190期。
③ 参见郭沫若《革命与文学》（载《创造月刊》1926年第1卷第3期）、成仿吾《革命文学与他的永远性》（载《创造月刊》1926年第1卷第4期）、钱杏邨《力的文艺》（见泰东书局1929年版）。
④ 郑振铎：《文学与革命》，载《时事新报·文学旬刊》1921年第9期。

三、文学研究会革命文学倡导的社会影响

文学研究会革命文学的讨论，产生了广泛的社会影响，创造社、早期共产党人转而倡导革命文学，新文学青年成立革命文学社团进行革命文学创作，1924年以后革命文学形成一股蓬勃的潮流。

文学研究会的讨论，首先激起创造社对新文学使命的思考。1923年，郭沫若、郁达夫、成仿吾等以《创造周报》为阵地，开展热烈的新文学使命的"论说"。他们在自我表现的文学观念基础上，决意今后创作要表现生命的反抗烈火，"爆发出无产阶级的精神，精赤裸裸的人性"①。他们反对文学研究会将文学家、革命家视为不同的社会群体，认为"一切热诚的实行家是纯真的艺术家，一切热诚的艺术家也便是纯真的革命家"②。他们认为革命文学批判的对象，不仅仅是制造社会黑暗与痛苦的军阀列强，而且是束缚生命自由的社会制度与"天理国法人情"，指出只有"大同世界成立的时候"才是"艺术的理想实现的日子"。③显然，创造社以唯美主义的文学观念，肯定了文学的革命性及功能，即表现"全"与"美"的文学就是社会的革命者。这种"革命文学"的认识，带着鲜明的审美现代性情调，跟文学研究会的革命文学观念截然不同。

受文学研究会的影响，共产主义青年团机关刊物《中国青年》转变态度，进行了革命文学的倡导。《中国青年》的宗旨是引导青年到"活动的路上""强健的路上"和"切实的路上"④。因此，编者恽代英、邓中夏、萧楚女等反对青年从事文学，认为文学是有产阶级的游戏，与改造社会无关，认为俄国革命虽得力于屠格涅夫、托尔斯泰等文学家，但终归功于列宁等实行家，劝告青年要研究正经学问、注意社会问题和中国的现状。他们把从事文学看成

---

① 郭沫若：《我们的文学新运动》，载《创造周报》1923年第3期。
② 郭沫若：《艺术家与革命家》，载《创造周报》1923年第18期。
③ 郁达夫：《艺术与国家》，载《创造周报》1923年第7期。
④ 《发刊辞》，载《中国青年》1923年第1期。

生命的堕落，是逃避罪恶的现实而逃进幻想世界的"自娱"行为，是一种怯懦、自私、糟蹋人生的生活①。恽代英、邓中夏、萧楚女等反对文学的言论，招致一些文学青年的非议，后者认为革命运动确实不需要那些讴歌恋爱、赞美自然的文学，但却需要"富于刺激性反抗性"的革命文学来振作革命精神，以使革命达到"事半功倍之效"②。在这种情况下，《中国青年》编者转变鄙视文学的态度③，劝导文学家创作"表现民族伟大精神的作品"与"描写社会实际生活的作品"。④

由于注重实际工作与正经学问，恽代英、邓中夏、萧楚女等要求文学家参加实际工作。他们认为文学不是清高的"雅人韵事"，真正的文学家应该像托尔斯泰一样到民间去，到社会黑暗、痛苦的地狱中，去体验人间的不幸和艰苦，否则，创作出来的作品就不可能有深刻的感染力。邓中夏在《贡献于新诗人之前》一文中指出："如果一个诗人不亲历其境，那就他的作品总是揣测或幻想，不能深刻动人，此其一。如果你是坐在深闺安乐椅上做革命的诗歌，无论你的作品，辞藻是如何华美，意思是如何正确，句调是如何铿锵，人家知道你是一个空嚷革命而不去实行的人，那就对于你的作品也不受什么深刻地感动了，此其二。所以新诗人尤应从事于革命的实际活动。"⑤因此，他们像文学研究会一样，认为革命经验决定创作的真实性与价值，然而意旨却是希望作家参加实际革命。

《中国青年》渴望具有宣传、鼓动精神的革命文学。他们认为，在军阀专权、列强剥削日益沉重的社会境况中，最需要的是富有刺激性的文学，以"警醒已死的人心，抬高民族的地位，鼓励人民奋斗，使人民有为国效死的精

---

① 楚女：《诗的生活与方程式的生活》，载《中国青年》1923年第11期。
② 《文学与革命》，载《中国青年》1924年第31期。
③ 1923年12月22日《中国青年·编辑者的话》称："我们虽登载过几篇似乎反对文艺的文字，其实我们决不反对文艺，我们只反对那些无聊的诗歌小说。因为现在的青年，有许多事要做，这种'吟风弄月'恶习，断然应加以排斥。"
④ 中夏：《贡献于新诗人之前》，载《中国青年》1923年第10期。
⑤ 中夏：《贡献于新诗人之前》，载《中国青年》1923年第10期。

神"①。他们劝勉作家要多创作暴露社会黑暗的作品，并且要暗示人们改造黑暗社会的希望。这种革命文学主张，跟太阳社的革命文学观念基本吻合②。这表明，早期共产党人从革命的现实需要出发，形成了自己的文学理想，它跟文学研究会、创造社等从文学角度提倡的革命文学存在差异。从文学研究会、创造社的革命文学提倡，到《中国青年》编者的革命文学主张，初期革命文学的倡导性质"渐变之中已经预示着突破"③，即文学家对革命家的启蒙转向革命家对文学家的要求，审美性的革命文学转向政党性的革命文学。这是《中国青年》被视为革命文学历史起源的内在原因。

杭州之江大学学生成立的悟悟社，是中国现代文学史上最早出现的革命文学社团④。它的成立明显受到了文学研究会的影响。许金元《为悟悟社征求同志》写道："伊、雁冰、诵虞、洪熙、泽民、杨幼炯、亦湘和反对泰戈尔的靡靡之音的文学而认识革命文学底需要的诸君：诸位中有许多先生们，在本刊上和《中国青年》上底大作，我已很佩服地读过了。我愿，我极愿诸君肯和我们合作这件伟烈的工作。"⑤种种迹象表明，文学研究会在《文学旬刊》《中国青年》等报刊上的革命文学倡导，以及文学研究会作家在浙江各学校的文学演讲，促使了悟悟社的成立。然而，悟悟社拥有自己的革命文学观念。

悟悟社认为革命文学是一种秉有奋斗、牺牲、互助和合作精神的文学，其作用在于"指导人生"。悟悟社首次努力明确"革命文学"的"革命"内涵，认为它是一种兼有奋斗、牺牲、互助和合作精神的文学。这种创造可能来自时代的影响，其时国共两党正寻求合作进行社会革命。悟悟社反对革命文学

① 中夏：《贡献于新诗人之前》，载《中国青午》1923年第10期。

② 蒋光慈在《关于革命文学》一文中写道："革命的作家不但一方面要暴露旧势力的罪恶，攻击旧社会的破产，而并且要促进新势力的发展，视这种发展为自己的文学的生命。"（载《太阳月刊》1928年2月号）

③ 张大明：《不灭的火种——左翼文学论》，四川文艺出版社1992年版，第42页。

④ 悟悟社，1924年5月成立，发起人为许金元、蒋铿等，出版《悟悟月刊》，是最早出现的革命文学社团。现代文学界一直把蒋光慈发起成立的春雷文学社，视为现代文学史上第一个革命文学社团。

⑤ 许金元：《为悟悟社征求同志》，载《民国日报·觉悟》1924年7月1日。

作家应做革命者的主张，认为这种主张超越了文学的空间。悟悟社否定革命者与革命文学之间存在真正关系，反对把革命文学和革命运动、革命文学家和革命者直接联系起来。他们认为革命文学与其作者的关系，不是是否为革命者的问题而是作者有无革命情感的问题，"所以写革命文学，只要看他革命的情感如何就好了（怎样去找和培养这情感），是另一问题"[①]。悟悟社的革命作家观念，跟李初梨、蒋光慈比较接近，他们认为拥有革命情感或阶级意识就能成为革命文学家。

悟悟社不赞同革命文学完全采取写实主义或自然主义的方法，主张兼用写实与浪漫的表现形式。文学研究会与《中国青年》等倡导者，主张革命文学要以写实方法表现社会黑暗，有人甚至主张用自然主义建设革命文学[②]，"以人生的，丑的，真切的，平浅易解的文学，去培养民众个人解放和为社会而战的勇气"[③]。悟悟社认为，采取自然主义未免妥当，一方面因为革命文学兼顾主观和客观，自然主义则纯粹是客观态度；另一方面因为革命文学重感情和情绪，自然主义则绝少感情。革命文学不能舍弃表现性，这接近太阳社对革命文学的认识。蒋光慈就认为革命是一种天然的浪漫艺术[④]，它是革命文学无法也不应该抛弃的。

悟悟社的成立表明，革命文学已成为文学青年的自觉追求与实践。它从文学自律及指导人生的立场，批评文学家要做革命者的主张，反对革命文学应是写实主义的观念，从而维护了革命文学的界限与性质，否定了将"文学与革命"直接联系起来的文学"工具"观念。

春雷文学社的成立，也有文学研究会的影响与支持。1924年11月，沈泽民

---

① 许金元：《为革命文学再说几句话》，载《民国日报·觉悟》1924年7月12日。
② 请参见之常：《支配社会底文学论》，载《时事新报·文学旬刊》1922年第35期；杨幼炯：《革命文学的建设》，载《民国日报·觉悟》1924年7月15日。
③ 杨幼炯：《革命文学的建设》，载《民国日报·觉悟》1924年7月15日。
④ 参见蒋光赤：《十月革命与俄罗斯文学》，载《创造月刊》1926年第1卷第2期。

接编《民国日报·觉悟》后，就有意推动革命文学运动[1]，联合蒋光慈、王秋心等人成立春雷文学社。蒋光慈留俄期间开始文学创作，但他的文学选择遭到留学生党支部的反对。1924年夏他归国后，沈泽民决定在《觉悟》上逐日发表他的创作[2]。总之，春雷文学社的成立及《文学专号》的开辟，得力于文学研究会的支持。春雷文学社的革命文学主张，在两个方面表现得非常鲜明。

首先，他们认为现在中国是产生革命文学家的好场所。沈泽民认为文学是时代的记录，而中国正在发生极大的历史变动，这种巨变是无产阶级"从黑暗到光明，从苦痛到解除苦痛"的解放，是"自有人类历史以来最富有色彩，动作，和音声的时代"，因此，反映这种民众争取解放的文学，"终能胜过一切过去时代的文学"。[3]蒋光慈也相信，现在中国是制造革命文学家的好场所，将能够产生"反抗的，伟大的，革命的文学家！"[4]这种文学信念将革命神秘化了，即革命能激发、赋予文学家伟大的艺术创造力。事实上，它只是文学"镜子"理论的一种转喻，或是"完全放任自己想象力"的表现[5]。这种文学信念交织着文学反映论与马克思主义历史观，是鼓舞青年从事革命文学的驱动力。

其次，他们认为文学家代表与组织社会、民众的"情绪"。沈泽民说，文学家是人类中最真挚的人，对人类有伟大的同情心，因此，他就成为民众的口舌、意识的综合者，其作品慰藉民众的痛苦又把民众的意志统一起来。"一个革命的文学者，实是民众的情绪生活的组织者"[6]。受中国传统"侠义"精神的影响，蒋光慈高呼文学家是代表社会情绪的，并负有鼓动社会情绪的任

---

① 沈泽民接编《民国日报·觉悟》副刊后，于1924年11月6日先发表自己的《文学与革命的文学》一文，宣传刚留学归来的蒋光慈的文学创作，然后联合上海大学师生成立春雷文学社。

② 泽民：《光赤的〈莫斯科〉》，载《民国日报·觉悟》1924年11月8日。

③ 泽民：《文学与革命的文学》，载《民国日报·觉悟》1924年11月6日。

④ 光赤：《现代中国社会与革命文学》，载《民国日报·觉悟》1925年1月1日。

⑤ [斯洛伐克]玛利安·高利克：《中国现代文学批评发生史（1917—1930）》，陈圣生、华利荣、张林杰等译，社会科学文献出版社1997年版，第143页。

⑥ 泽民：《文学与革命的文学》，载《民国日报·觉悟》1924年11月6日。

务。这种意识把文学家神圣化了，认为文学家不仅是人类最真挚、最富有同情心的人，而且是社会、民众良心与道义的象征。"我们听见了文学家的高呼狂喊，可以证明社会的情绪不是死的，并且有兴奋的希望。"①它是日益沉重的社会现实迫使人们寻求道义的心声反映，也是把拜伦、托尔斯泰等文学家确立为精神偶像的思想呈现。在这种意义上，蒋光慈把叶圣陶、冰心等视为"市侩派"作家，认为他们的创作无视社会黑暗的根源，不能表达激烈的义愤与反抗情绪。

与其他革命文学倡导者相比，春雷社的革命文学呼唤道德激情明显多于理性思考，革命的激情与道德主义成为它的思想基础，其文学观念"根本不能视为是马克思主义的概念"②。

综上所述，文学研究会的革命文学倡导，引起社会的广泛响应并产生大量的文学接受者，促使共产党人改变偏见转而提倡革命文学，推动悟悟社、春雷社等革命文学社团的成立。这些接受者从不同角度提出的革命文学观念尽管存在差异，但都强调革命文学家的重要性与神圣性，换言之，将革命文学家道义化与神圣化，成为这些革命文学倡导者的共同特征。它不仅是革命文学合法化的历史隐喻，也成为渴望文学家参与现代革命的意识形态。

不能否认文学研究会庞杂的"中心"性质③，郑振铎、瞿世英、沈泽民、茅盾、瞿秋白、李之常等人的革命文学倡导，无法严格视为文学研究会团体的行为；也不能否认沈泽民、瞿秋白、茅盾等人又是共产党员，其双重身份难以具体进行群体归属。但是，以郑振铎、瞿秋白这对北京求学时代的好友为中心，瞿世英、茅盾、沈泽民等的热情响应为侧翼，其革命文学倡导却凭借文学研究会的影响力而发挥社会影响，早期共产党人、创造社与进步的文学青年都

---

① 光赤：《现代中国社会与革命文学》，载《民国日报·觉悟》1925年1月1日。

② [斯洛伐克]玛利安·高利克：《中国现代文学批评发生史（1917—1930）》，陈圣生、华利荣、张林杰等译，社会科学文献出版社1997年版，第143页。

③ 有些研究者认为，文学研究会的社团性质难以否定，但又无法像社团一样去研究，因为其目标、价值、发展都突破了社团的界限而追求全国的普遍的"中心"地位。参见朱寿桐：《中国现代社团文学史》，人民文学出版社2004年版。

开始提倡革命文学。文学研究会倡导革命文学的深层原因，与其"为人生"的文学追求有关，与其视文学为情感的文学观念有关，更与五四运动焕发的革命激情与历史记忆分不开。从这种意义上讲，中国革命文学是中国现代社会的历史产儿，而非国际左翼文学思潮影响的历史结果。总之，文学研究会倡导革命文学的历史及影响，现代文学研究者不应该忽视。现在需要深思与追问的是，现代文学史为何不愿提及这些？这背后隐喻怎样的文学史叙事逻辑与权力？

中国革命文学萌生时期的历史遭遇

中国革命文学萌生于20世纪20年代初的国民革命运动中，这时期的革命文学属于"混沌"性质的初期革命文学。在初期革命文学研究中，人们多探究革命文学兴起的历史原因，而它在萌生时期的各种遭遇，诸如共产党人的反对、国共合作破裂的冲击、旧文艺及旧地域文化的阻碍等现象，却很少引起现代文学研究者的重视。探讨它们能够真实呈现中国革命文学萌生时的历史原貌，可以将初期革命文学研究进一步推向深入。

一、来自早期共产党人的反对

五四运动以后，随着社会改造运动的高涨，一些新文学家开始倡导革命文学，他们认为文学容易感染人，用它宣传革命可使革命收到事半功倍的效果。早期共产党人却认为文学不如革命急要，反对青年专门从事文学。早期共产党人反对文学的言论，在《中国青年》编者与莫斯科劳动大学"旅莫支部"中存在，在国民革命高潮阶段的"武汉时期"也存在，让人一提及文艺就感到是"稍微有点危险的，虽然上面戴着'革命'两字的帽子"[①]。

《中国青年》是中国共产主义青年团的机关刊物，宗旨是引导青年到

---

① 傅东华：《什么是革命文艺》，载《中央日报·中央副刊》1927年3月23日。

"活动的路上""强健的路上"和"切实的路上"①。编者恽代英、邓中夏等共产党人原是少年中国学会会员，少年中国学会的宗旨陶冶了他们"务实"的品格②。他们号召青年研究正经学问与注意社会问题，希望青年像俄国青年那样到"民间去"做革命宣传与组织工作。他们认为文学没有实际运动急要，反对青年专门从事文学运动。秋士说目前存在两个问题需要解决，即"文学运动与实际运动哪一种急要？文学运动对于社会问题的解决会有效力么？"他认为"印度有了一个甘地，胜过了一百个文学家的泰戈尔"，新文学家从事文学仅为赶时髦或避尘嚣，这无益于"社会问题的解决"。③萧楚女认为现在需要的是"怎样去改造中国的实际'动作'"，对于纯粹供人欣赏的文艺"不宜提倡"。④恽代英在上海大学演讲时说，文学与"改造社会"无关，劝勉青年"不要做小说诗歌"。⑤他们认为文学家应受社会物质环境支配，而新文学家却漠视自己所处的时代环境，作品不是"怡性陶情的快乐主义"就是"怨天尤人的颓废主义"，多半是"懒惰和浮夸两个病症的表现"⑥。恽代英指出，这样的新文学家即使写出"奋斗""革命"等所谓的革命文学，也不过是鹦鹉学舌，其间"并不包含任何意思"，⑦这无怪他貌视及"抹煞"文学甚至革命文学。总之，《中国青年》编者认为新文学家"寡学无能"，只在"文章上和电报上的空嚷"，⑧只会阻碍青年认识自己真正的使命。

---

① 《发刊辞》，载《中国青年》1923年第1期。

② 少年中国学会的宗旨是"本科学的精神，为社会的活动，以创造少年中国"，信条是"奋斗、实践、坚忍、俭朴"。恽代英在少年中国学会时选择教育、心理学与社会学作为研究对象，邓中夏选择社会学、经济学与文学作为自己的研究领域。参见《少年中国》1921年第3卷第2期。

③ 秋士：《告研究文学的青年》，载《中国青年》1923年第5期。

④ 悚祥、楚女：《〈中国青年〉与文学》，载《中国青年》1924年第36期。

⑤ 《文学与革命》，载《中国青年》1924年第31期。

⑥ 中夏：《新诗人的棒喝》，载《中国青年》1923年第7期。

⑦ 《文学与革命》，载《中国青年》1924年第31期。

⑧ 中夏：《革命主力的三个群众——工人、农民、兵士》，载《中国青年》1923年第8期。

莫斯科东方劳动者共产主义大学①的旅莫支部也反对青年从事文学。旅莫支部是中国留俄青年内部派别斗争的产物，罗亦农任支部书记，卜士奇任组织委员，彭述之任宣传委员。他们不爱好文学并制造了反对文学的空气，即"并不明白地反对文学，却鄙视文学青年，以为这些人不能成为好同志"②。他们认为，中国青年来莫斯科学习，是为了革命而不是为了学问，归国后要做革命家而不是做学院派。他们对文学青年采取孤立、歧视等打击行为，冷落当时决意做革命文学家的蒋光慈与无政府主义者抱朴，大家"从不同他们往来"③。受此空气影响，1923年从欧洲转到该校学习的萧三、王若飞等文学青年，都觉得支部"说得也许有道理"而从此"绝口不谈文学"。④旅莫支部及留俄青年1924年夏先后归国后，也把反对文学的空气带回国内，这在蒋光慈归国后的遭遇与《新青年》季刊编辑方针的转变上表现了出来。蒋光慈归国后没有像其他同学那样被派到党内、团内工作，仅靠瞿秋白介绍才到上海大学任教，后被党组织调到张家口做苏联顾问翻译，导致他"党性和文学的矛盾就发展到了极点"⑤，党组织此后再未安排他任何工作。1923年上半年，党中央为了扩大宣传工作，决定将《新青年》改为季刊重新出版，由瞿秋白担任主编。瞿秋白提出要"收集革命的文学作品"，以给"中国麻木不仁的社会以悲壮庄严的兴感"。⑥然而，彭述之担任中央宣传部部长并"夺取"季刊编辑权后，季刊再未发表任何文学作品。这些均表明，反对文学的态度在当时的共产党内占了

---

① 该校于1921年4月创办，主要为教育旧俄境内高加索、西伯利亚一带落后民族的劳动者而设立。1921年春末夏初，中国共产党开始从各地选派进步青年赴该校留学。

② 郑超麟：《谈蒋光慈》，见郑超麟：《郑超麟回忆录》（下），东方出版社2004年版，第339页。

③ 郑超麟：《谈蒋光慈》，见郑超麟：《郑超麟回忆录》（下），东方出版社2004年版，第339页。

④ 郑超麟：《谈蒋光慈》，见郑超麟：《郑超麟回忆录》（下），东方出版社2004年版，第339页。

⑤ 郑超麟：《谈蒋光慈》，见郑超麟：《郑超麟回忆录》（下），东方出版社2004年版，第341页。

⑥ 瞿秋白：《新青年之新宣言》，载《新青年》1923年第1期。

上风①。

早期共产党人反对文学的态度，一直持续到大革命的武汉时期，跟文学青年形成了"文学与革命"的思想矛盾②。上海大学学生王秋心认为，《中国青年》反对文学的言论易使青年产生片面误解，从而把"向之所学一概抛弃"，不知道"利用文学使其宣传革命思想，以收事半功倍之效"。③蒋光慈认为，文学家与革命家肩负不同使命，文学家以表现、鼓动社会情绪为己任，他"在积极方面可以鼓动，提高，兴奋社会的情绪"④。黄其起批评说，共产党人反对文学是囿于意识形态偏见，"因为一般青年最喜欢看文艺的作品，而不喜欢看共产主义的ABC、向导"，他们才有"研究文艺的便是反革命"的论调。⑤从这个角度讲，太阳社的成立既是共产党人独立从事文学的开始，又是共产党人转变文学态度的象征。

早期共产党人反对文学的态度，与20世纪20年代初日益沉重的中国社会氛围有关，也与他们的个人气质、爱好及对共产党的认识有关。共产党是拥有"历史使命"与"世界使命"的政党，其阶级斗争学说具有民族主义、世界主义性质。这使阶级革命具有了崇高性与神圣性，成为早期共产党人轻视文学、要求文学家成为实际革命者的内在原因。

二、国共合作破裂的冲击

在20世纪20年代的国共合作时期，国共两党不断产生冲突并最终决裂。国

---

① 《新青年》季刊原由瞿秋白主编，后被彭述之夺取，彭述之不爱好文学也反对青年、党员从事文学。参见郑超麟：《五卅前后》，见郑超麟：《郑超麟回忆录》（上），东方出版社2004年版，第214—229页。
② 参见傅东华：《什么是革命文艺》，载《中央日报·中央副刊》1927年3月23日；黄其起：《一个读者的意见》，载《汉口民国日报副刊》1927年10月8日。
③ 《文学与革命》，载《中国青年》1924年第31期。
④ 光赤：《现代中国社会与革命文学》，载《民国日报·觉悟》1925年1月1日。
⑤ 黄其起：《一个读者的意见》，载《汉口民国日报副刊》1927年10月8日。

共合作中的政治冲突影响到初期革命文学的发展，正如上海《民国日报》革命文学倡导的突然中止、武汉《中央日报》革命文艺建设的半途而废，都与它有着直接关系。

上海《民国日报》由陈其美、叶楚伧、邵力子三人创办，宗旨是宣传孙中山的革命活动。国共合作开始后，副刊主笔邵力子邀请张太雷、向警予、茅盾、沈泽民等共产党人加入，使《民国日报》呈现出左派色彩。如果说《中国青年》编者反对文学，那么，沈泽民、茅盾、何味辛等共产党人却利用《民国日报》倡导革命文学，茅盾、沈泽民兄弟是文学研究会成员，当时都从事文学与政治的双重活动。受国民革命运动的影响，《觉悟》副刊1924年后不断刊发蒋光慈、刘一声等人的革命诗歌，宣传悟悟社、春雷社等革命文学社团的活动。何味辛接编《杭育》副刊①后，连载壮侯的革命诗集《血花》，设置《红的花》栏目转载"报章杂志上"含有"革命精神的诗歌"。②这时的革命文学作者，多为上海大学、苏浙两地的青年学生，他们受共产党工人运动的影响，用诗歌把革命精神表达出来。国共合作后，共产党在上海的工人运动取得新成就③，创办了工人夜校与沪西工友俱乐部，发动了日商内外棉第八厂工人罢工，领导了著名的"五卅"运动。它们推动了国民革命情绪的高涨，促使革命文学率先在上海兴旺起来。

共产党的工人运动引起国民党右派的仇视，导致《民国日报》停止对革命文学的倡导。国民党右派既反对国共合作，又阻挠工人激进运动。这种阻挠

---

① 《杭育》1924年5月20日创刊，原由茅盾主编，1924年8月后由何味辛接编，1925年6月2日停刊。

② 味辛：《红花集》，载《民国日报·杭育》1924年10月18日。

③ 共产党人用"结拜盟誓"等封建性习俗，成功打入上海帮会内部，利用帮会势力发动罢工，改变了"二七"罢工失败后无法在上海从事工人运动的消沉局面。参见[美]裴宜理：《上海罢工：中国工人政治研究》，刘平译，江苏人民出版社2001年版，第99—117页。

"通常是通过支持保守工会表现出来"①，他们操纵的上海工团联合会②成为共产党的巨大障碍。中共四大通过的《职工运动决议案》指出，国民党右派有将反动派集中于自己手中的阴谋，要以阶级斗争方式打倒他们。共产党与国民党右派的冲突波及《民国日报》社，主编叶楚伧、邵力子分别属于右、左两派，各受本派势力左右而相互斗争，左、右两派编辑人员也针锋相对。1924年秋，国民党右派殴打了邵力子，制造了"黄仁惨案"，之后，共产党人赶走了《民国日报》主编叶楚伧及上海大学英文系主任何世桢。然而，上海是国民党右派势力最深厚的地区之一（另一个为广州），共产党在这场斗争中并未取得完全胜利，邵力子1925年4月离开《民国日报》后，叶楚伧便将共产党人全部辞退，取消了《杭育》等左派副刊，使《民国日报》变成"叶家报"③与右派的口舌。《民国日报》1925年后中止倡导革命文学，与上海租界当局的"干涉"④有关，也是国民党右派阻挠国共合作的行为所致。

《民国日报》的革命文学倡导，因国民党右派反对国共合作而中止；武汉的革命文艺建设，则因国民党左派被"清党"运动大量"清洗"而夭折。1927年国民党迁都武汉后，这一时期成为国共合作的"蜜月期"，以邓演达为首的国民党激进派和恽代英等共产党人密切配合，迅速掀起工农运动与反帝斗争的高潮，文艺青年建设革命文艺的呼声也随之高涨。他们认为，革命文艺是唤醒武汉青年、学生、知识分子等革命意识的利器，是武汉被定为"首都"后

① ［美］裴宜理：《上海罢工：中国工人政治研究》，刘平译，江苏人民出版社2001年版，第110页。

② 该会于1924年3月成立，将上海32个工会团体聚合在国民党右派周围。1925年2月上海纺织工人罢工时，该会一位领袖就将罢工消息事前告诉了日本方面。参见［美］裴宜理：《上海罢工：中国工人政治研究》，刘平译，江苏人民出版社2001年版，第110—111页。

③ 参见平导：《上海民国日报之黑幕》，载《广州民国日报》1925年12月19日。

④ 1924年12月，上海会审公廨令警务处搜查上海大学，并传审校长邵力子，指控他在租界有碍治安；1925年2月13日，判罚他交保一千元，担保以后上海大学不得有共产计划及宣传共产学说。参见黄美真、石源华、张云编：《上海大学史料》，复旦大学出版社1984年版，第132页。

号令全国的要求，是社会革命真正成功的象征。共产党人主持的《汉口民国日报》与国民党中宣部的《中央日报》，成为这场革命文艺建设的推动者。

《汉口民国日报》的《国民之友》副刊，1927年以后停止发表旧诗词，从2月7日起连载钟凄《论革命文艺》的"专著"，率先在革命首都武汉提倡革命文学。钟凄说，几年前虽有人提倡革命文学，但因倡导者不是文坛健将等原因，反响寥寥，响应者非常少。他认为现在正处于建设革命文学的有利时机，正值"新进的和下层的阶级""进攻那腐旧的和高等的阶级"①的革命高潮时刻，这决定了革命文学"当然"地产生与繁荣，因为文学受到环境的必然支配。他希望有大量的、真正的革命文艺出现，希望文艺青年走到新进的、下层的阶级里，"观察他们的、被剥削和被冤屈的实际状况，以及所以如此的原因和必然的结果"。②他指出革命文学应由"外形"和"情绪"构成，"外形"是"惨无人道的被剥削的和被冤屈的写真"，"情绪"是"向上的、进取的、反抗的、乐观的"积极情绪。③此后，《国民之友》逐渐成为革命文学创作的一块园地。

国民党中央宣传部的《中央日报·中央副刊》更充满革命文艺的建设热情，时任北伐军政治部主任的邓演达希望它成为"新艺术"④的园地。他说，"今后的艺术不是贵族和一切压迫者剥削者的泻欲场"⑤，创造新时代的劳动大众即是新艺术的创造者。因此，《中央副刊》热衷提倡平民文艺、民众文艺或无产阶级文艺。孤愤说，现在是铲除资产阶级专政的革命时代，文学也要铲除贵族文学而代之"平民文学"，使它由"潜在"变为"公布"。⑥曾仲鸣认

---

① 钟凄：《论革命文艺》，载《汉口民国日报·国民之友》1927年2月11日。
② 钟凄：《论革命文艺》，载《汉口民国日报·国民之友》1927年2月12日。
③ 钟凄：《论革命文艺》，载《汉口民国日报·国民之友》1927年2月13日。
④ 邓演达在《新艺术的诞生———致〈中央日报〉副刊》（载《中央日报·中央副刊》1927年4月5日）中说，新艺术是新时代生活的一切创作，新社会的一切表现，现在的火焰、未来的光明。
⑤ 邓演达：《新艺术的诞生》（下），载《中央日报·中央副刊》1927年5月12日。
⑥ 孤愤：《中国平民文学的潜在》，载《中央日报·中央副刊》1927年4月14日。

为为民众谋幸福，并非仅指"人人饱食暖衣""肉体的舒适"，还应使民众获得"精神的安慰"，使他们离开宗教而入于艺术的安慰大道，而"将艺术做成民众的艺术，将民众做成艺术的民众"后，既能够纠正民众的恶劣习惯，又有助于完成"世界革命的目的"。①黄其起、腾波等人要求建设无产阶级文艺②，认为革命首都武汉仍处于资产阶级环境下，所谓的革命文学家"还是穿西装吃大菜的"，只有建设无产阶级文艺才能将"工农兵士生活以及他们被压迫的情形"③描写出来，才能感动阶级动摇分子同情或参加无产阶级革命。

正当革命文艺建设的讨论进入热烈阶段，武汉发生了国民党"清党"事件，共产党人及邓演达、宋庆龄等国民党激进派撤离武汉，《汉口民国日报》被迫改组，《中央副刊》因邓演达革命路线的失败而停刊。国共合作的最终决裂，宣告了武汉革命文艺建设的流产，象征着初期革命文学运动的终结，此后，共产党人发起无产阶级文学运动，国民党展开了"三民主义"文学建设。

初期革命文学不断受到国共合作的冲击，不在于它是一种"混沌"性质的革命文学，而在于它的政治化，即它已成为革命宣传的政党文学。由于国共两党革命意识形态的差异及对革命领导权的争夺，国民党不断制造排斥共产党的事件，致使初期革命文学既遭国民党右派仇视，又最终被国民党左派所摈弃。

三、旧文艺与旧地域文化的阻碍

中国革命文学萌生时期还遭遇旧文艺、旧地域文化的阻碍。革命文学在上海兴起时未发生与旧文艺的冲突，但在国民革命策源地广州与国民政府所在

---

① 曾仲鸣：《艺术与民众》，载《中央日报·中央副刊》1927年5月19日。

② 他们受到创造社文学转向的影响，其中黄其起的《无产阶级文艺的建设》是读了成仿吾的《完成我们的文学革命》、郁达夫的《公开状答日本山口君》等文后写成的。

③ 黄其起：《无产阶级文艺的建设》，载《中央日报·中央副刊》1927年6月20日。

地武汉，污秽的旧文艺与旧地域文化非常繁荣，成为革命文学发展的巨大障碍，迫使革命文艺利用它们的"旧形式"来获得读者。

由于西南军阀的长期盘踞，广州社会污浊、文化落后。革命势力进入后，它成为一座奇异的城市，一方面是色彩缤纷的"革命标语"挂满大街小巷，另一方面是烟馆、赌场、妓院林立与黄色文艺盛行。在这种环境中诞生的广州《民国日报》①，虽然拥护孙中山的国民革命主张，但其《消夏》等副刊多为迎合社会堕落心理的"满纸胡言"，是与"淫词艳曲不相上下的龌龊作品"。②国民党广州特别市党部接管该报后，创办《学汇》《批评与创作》等副刊，进行革命学说与革命精神的宣传。它们既发表革命学说与论述，也扶植广州新文学青年创作，被誉为污泥中的"孤莲"和美丽的"天使"。③《学汇》还转载上海《民国日报》上的革命文学文章④，希望以它们来启蒙广州的文艺家，不久，甄陶、柏生、甘乃光等青年就开始提倡革命文学。他们批评文学不能成为宣传某种主张的工具⑤，认为文学在革命主义旗帜下才会有永久、活泼的生命，指出革命文学宣传的主义就是"青天白日革命旗"⑥。

因为广州人多不通晓国语、旧地域文化传统深厚，《学汇》等副刊未能驱除广州社会的"乌烟瘴气"，鸳鸯蝴蝶派小说与各类消闲文艺反倒愈演愈烈。《学汇》创刊之际，广州《民国日报》也推出以"大家快乐为宗旨"⑦的《快乐世界》副刊，未几它发展为《小说世界》与《余趣》两个专刊，连篇

---

① 该报1923年6月创刊，1924年7月由国民党广州特别市党部收管，同年10月收归国民党中央宣传部。

② 梁杰人：《小说家与良心》，载《广州民国日报·小广州》1926年3月27日。

③ 金庵：《泥中孤莲》，载《广州民国日报·学汇》1924年8月8日。

④ 它们是许金元的《革命文学运动》与沈泽民的《文学与革命的文学》，分别发表于1924年6月2日、1924年11月6日的上海《民国日报·觉悟》。

⑤ 郑振铎在《小说月报》1925年第16卷第3期"卷头语"中说，我们不能以文艺为消遣的东西，也难能以文艺为宣传某种主张的工具。

⑥ 柏生：《致甄陶论无生命的文学》，载《广州民国日报·文学周刊》1925年5月4日。

⑦ 《本栏欢迎投稿》，载《广州民国日报·快乐世界》1924年8月1日。

累牍刊载通俗小说与各类趣闻，使《学汇》显得"高深"乏味而被迫改变编辑方针。《学汇》编者说，从前《学汇》偏重于学理，贡献给读者的多是专门的高深知识，今后要以"灌输常识"为使命。随着广州革命空气的高涨，广州《民国日报》1925年废除了这两个消闲副刊，设置《小广州》《碎趣》两个新副刊，旨在促进革命文化与广州地域文化的融合，但它们仍留恋《消夏》《快乐世界》的趣味主义，不久，又醉于伶界"玉照"及《妓室铭》《烟室铭》等反映赌窟妓院的"戏拟文学"，乐于"屎落塘中摇动满天星斗，尿淋壁上画出万里江山"[①]等类的"厕所文章讨论"，迷于武侠、言情、写真等旧派小说的"勾魂"魅力，以致读者愤慨广州作家为了迎合社会而"不惜污其笔尖"[②]。

与广州相比，武汉以污秽的娱乐业著称。武汉成为"首都"前也是社会文化非常落后的城市，街上茶馆、旅店、雅室遍布[③]，"汉口新市场"[④]成为武汉三镇最吸引人的游乐场所，汉口租界茶馆还流行"楚剧"[⑤]。受此影响，武汉报刊关注的多是"容易引发人的兴趣和猎奇心的文化娱乐业"[⑥]，官僚、太太、小姐乐读这类作品而对新文艺十分冷漠，《星野》《孤莺》等新文艺刊物都因读者稀少而停刊，据说印数仅为20份的《妇人》杂志竟卖不出一份。

革命势力进入武汉后，先后创办《汉口民国日报》《中央日报》《血花世界》《革命军日报》等刊物，一方面为了指导革命工作，另一方面为了改变

---

① 逐臭夫：《乡村厕所文章》，载《广州民国日报·小广州》1926年3月23日。

② 冬青：《敬告小说家》，载《广州民国日报·小说号》1925年10月12日。

③ 武汉茶馆分为"清水""浑水"两种，前者以卖茶为主，后者卖茶又有唱戏、赌博等活动；旅馆可会友、赌博；雅室是吸鸦片场所的别名。

④ 该市场由流氓出身、时任汉口稽查处处长的刘有才1917年集资兴建，位于汉口闹市区六渡桥，内设剧场、杂技行、大舞台、小舞台、溜冰场、弹子房、中西餐厅等，1919年正月初一正式开业，按照上海"大世界"方式经营。1926年12月被革命政府没收，更名为"中央人民俱乐部""血花世界"。

⑤ 原为黄（陂）孝（感）花鼓戏，内容偏于男女情欲与淫秽，一直遭官府禁止而只许在租界上演。1926年末，经李之龙改革后，更名为"楚剧"，才搬到"血花世界"演出。

⑥ 傅才武：《近代化进程中的汉口文化娱乐业（1861—1949）》，湖北教育出版社2005年版，第93页。

武汉的文化落后状态。《中央副刊》不断批评武汉的社会与报刊，盼望鲁迅来武汉"做铲除旧势力的工作"[1]。武汉革命文化界还改造旧文艺市场，认为这些民众娱乐形式极为通俗，在革命宣传上具有很大作用。李之龙1926年底接手"汉口新市场"后，对它的内部设置进行了更新，"墙头廊柱，漆制马克思、恩格斯、列宁等革命倡导者格言标语。楼房陈列室展览自然界动物、植物、矿物标本、人体生理卫生模型，以及工业生产样品等"[2]，把它改成政治活动和艺术生活的场所[3]。李之龙还改革了楚剧，使它由被禁的"淫戏"变成正当戏曲。《中央副刊》也讨论民众艺术的发展，认为莲花落、讲传、花鼓等流氓者"文学"都是当行出色的革命文学，应该使它"得到经济优越地位"[4]。武汉革命文化界改造"旧形式"实际上是出于无奈，因为民众对革命文艺不感兴趣、不接受。汉口新市场改为"血花世界"后就顾客锐减，不久因亏本而暂停营业，李之龙邀请以"淫戏"著称的楚剧进场演出后，结果场场爆满，且不到两个月就扭亏为盈[5]。

革命文学在革命地区遭遇的这些"文化冲突"，主要是由国民革命运动带来的，因为国民革命采取的是自上而下动员民众的革命形式，导致革命文艺作为超越的外来文化与民众自身的社会文化构成差异。这种差异及其冲突表现为国语与方言的语言差别、新与旧的形式矛盾、外来与本土的精神隔膜、进步与落后的性质斗争，而后者的繁荣与坚韧却使革命文艺难以发达，不得不选择

---

① 伏园：《鲁迅先生脱离广东中大》，载《中央日报·中央副刊》1927年5月11日。

② 傅才武：《近代化进程中的汉口文化娱乐业（1861—1949）》，湖北教育出版社2005年版，第201—202页。

③ 汉口新市场改为中央人民俱乐部后，李之龙接受党的指示，确定了三个工作方针：一是密切配合党的政治运动，二是用戏曲技艺宣传革命，三是租赁的商店禁售帝国主义倾销商品及不正当娱乐品。参见李之骥：《血花世界与新海军社》，见中国人民政治协商会议湖北省委员会文史资料研究委员会编：《湖北文史资料》（第5辑），湖北人民出版社1982年版，第54页。

④ 孤愤：《中国平民文学的潜在》，载《中央日报·中央副刊》1927年4月14日。

⑤ 参见傅才武：《近代化进程中的汉口文化娱乐业（1861—1949）》，湖北教育出版社2005年版，第203—204页。

"旧瓶装新酒"的形式来深入民众。旧文艺与旧地域文化对革命文学的阻碍，在20世纪40年代的解放区同样存在，为解决这一冲突，共产党最终确立了工农兵的文艺方向。

四、结语

中国革命文学萌生时期的这些历史遭遇，具有隐喻意义与普遍意义，象征着革命文学与革命工作、政治权力、传统文化及地域文化的矛盾关系，这些矛盾在左翼文学、解放区文学与新中国文学中不同程度地存在。简言之，在中国民族革命与社会主义革命的历程中，革命文学究竟能够发挥多大的革命作用？革命文学与革命政权究竟建立了怎样的存在关系？革命文学作为超越的外来文艺与传统文化、地域文化应保持怎样的权力关系？这些问题形成了20世纪中国革命文学的两种话语形态，一种是以革命家为主体的话语形式，它要求革命文学家成为革命者，要求革命文学为政权的需要而服务，主张利用传统文艺与民间文艺而创造出大众的、民族的风格。另一种是以文学家为主体的话语形式，主张文学家不必参加革命工作而只需修养革命情绪，蒋光慈便是这种话语的典型代表。

《新青年》与新文学潮流的疏离

在"五四"新文化、新文学运动中，《新青年》杂志因倡导"文学革命"和激烈"攻击儒家和赞扬西方思想"①，被视为"五四"新文化与新文学运动的肇始与标志，成为现代文化思想史上具有深远影响的杂志之一。近年来，《新青年》杂志引起学术界的重视和研究兴趣，人们研究"他的编辑方针，他的编辑部，他那个著名的同人圈子"②，探讨它跟晚清变法、辛亥革命等革新思想"一脉相承的"③渊源关系。与《新青年》初期、中期形成研究热潮的现状相比，《新青年》转向马克思主义的后期研究却显得沉寂，其与新文学发展潮流的关系尚未得到广泛探讨。深入研究《新青年》文学革命之后逐渐疏远新文学发展潮流的情状及原因，以便全面、深入认识《新青年》在新文学史上的价值及性质，应是《新青年》研究及新文学史研究不容忽视的课题。

受"五四"爱国运动与国民革命的影响，新文学进入20世纪20年代后呈现出新的发展趋势。新文化运动由文化启蒙向文学启蒙转型，新文学由启蒙文学向革命文学发展，以革命文学来推动、完成文学革命与社会革命的呼声高涨。在这种双重的语境转换中，《新青年》杂志仍然恪守自己的文化启蒙与启蒙文学，逐渐失却推动新文学发展的动力及社会影响力。

---

① ［美］费正清编：《剑桥中华民国史》（上），杨品泉、张言、孙开远等译，中国社会科学出版社1994年版，第521、522页。

② 王晓明主编：《批评空间的开创：二十世纪中国文学研究》，东方出版中心1998年版，第187页。

③ 陈万雄：《五四新文化的源流》，生活·读书·新知三联书店1997年版，第117页。

一

　　随着"五四"爱国运动的落潮与国民革命运动的逐渐高涨，"五四"启蒙文化运动产生新的历史变化。这种新的历史变化使得有思想觉悟的新青年积极实践文学与革命，新文学由启蒙文学向革命文学发展。新文学与现代革命的日渐结合，使革命文学在"五卅"运动前后走向初步繁荣。

　　1917年《新青年》进行的文学革命运动，催生了中国现代的启蒙主义文学。胡适、钱玄同、刘半农、周作人等《新青年》同人，不仅以通俗的"白话"创制新文学的表现形式，以便为未来民族国家创造"文学的国语"，而且以"人的文学""平民的文学"创制新文学的现代启蒙性质，即以"人道主义为本，对于人生诸问题，加以记录研究的文字"①，从而实现跟传统文学的彻底决裂。《新潮》《少年中国》等新文化刊物积极入盟，壮大了新文化运动与文学革命的力量；《晨报副刊》《民国日报·觉悟》《时事新报·学灯》等报纸及其副刊，纷纷改变态度转而发表白话文学创作。文学革命的白话文运动在短暂的两三年间取得了决定性胜利。"五四"爱国运动之后，新文学呈现出初步繁荣的历史景象，众多青年与学生积极从事新文学创作，众多的新文学社团与刊物大量涌现。在启蒙主义"人的文学"的影响下，"人生问题""青年爱情""女子问题"等各种"辟人荒"的文学主题成为创作热潮。

　　在"人的文学"几乎刚刚盛行的时候，社会上就出现了对它的批评。1920年底，北京大学哲学系、社会学系的师生郭梦良、陈伯隽、陈启修、王世杰、高一涵、费觉天等人，组织、成立一个新文化团体，创办了《评论之评论》杂志，高扬起"评论"的天职和使命，决心为混乱、黑暗的中国社会开辟一个公共的言论机关。本着这种"评论"的态度，费觉天批评"五四"新文化和新文学的倡导者，认为他们过于重视革命理论或主义的宣传，而忽略文学对革命的

---

　　① 周作人：《艺术与生活》，河北教育出版社2002年版，第12页。

巨大作用和价值。他认为，革命"所恃的是盲目的信仰，和情感的冲动，而非理智"①，在唤起民众的革命情绪方面，革命理论的宣传不如文学的感染那样奏效。为了中国的革命，他呼吁革命家要拿起文学这个利器，要求从事新文学的人要自觉地建设"革命的文学"，以帮助中国现代文学革命和社会革命任务的完成。1921年7月，他写信给远在上海的郑振铎，表达自己的思考并希望唤起文学研究会的重视。他说："我相信，在今日的中国，能够担当改造底大任，能够使革命成功的，不是什么社会运动家，而是革命的文学家。今日中国有么？我未曾见。我相信今日中国革命能否成功，全视在此期间能否产出几个革命的文学家。"②

费觉天要求革命者重视文学的作用，这得到以郑振铎、茅盾为首的文学研究会的呼应和支持。郑振铎认为："在今日的中国，能够担当改造底大任，能够使革命成功的，不是什么社会运动家，而是革命的文学家。"他从文学是"感情的产品"的观念出发，认为在刺激人们的革命情绪方面，革命文学的感染比革命理论的说教有效。他说："俄国的革命虽不能说是完全是灰色的文学家的功劳，然而这班文学家所播下的革命种子却着实不少。就是法国的大革命，福禄特尔的作品对于它也是显很大的能力的。"③文学研究会成员李之常也认为，在"第四阶级"推翻资本主义的现代革命中，血泪的、革命的、民众的文学所发挥的作用胜于宣传革命理论的"小册子"，期望革命启蒙者高扬起文学是"时代底指导者、鞭策者"的旗帜，"革命底完成者在中国舍文学又有什么呢？"④茅盾把革命文学视为世界文学的新生潮流，认为它"能够担当起唤醒民众而给他们力量的重大责任"，盼望"从此以后就是国内文坛的大转变时期"。⑤

---

① 费觉天：《从文学革命与社会革命上所见的革命的文学》，载《评论之评论》1921年第1卷第4期。
② 郑振铎：《文学与革命》，载《时事新报·文学旬刊》1921年第9期。
③ 郑振铎：《文学与革命》，载《时事新报·文学旬刊》1921年第9期。
④ 之常：《支配社会底文学论》，载《时事新报·文学旬刊》1922年第35期。
⑤ 雁冰：《"大转变时期"何时来呢》，载《时事新报·文学》1923年第103期。

文学研究会强调文学家与文学的重要作用，并非仅对费觉天的简单响应，而是对新文学建设的思考及新文学话语权的争夺。文学研究会提倡"为人生"的文学，但当时文坛"礼拜六"、黑幕小说等盛行不衰。受"五四"爱国主义与民族主义的时代情绪影响，文学研究会将文学与社会、革命联系起来，努力将新文学建设成反映社会、表现现代革命精神的文学，成为"新时代底先驱，为人生的，支配社会的，革命的"①。然而，"五四"时期西方学说与革命理论的宣传成为新文化运动的主流，文学革命仅成为新文化运动的一个子系统。因此，新文学的社会空间不仅要靠反抗旧文学来争取，而且要靠批评新文化运动"主义热"来实现，即"文学是大有功于革命，而革命家必得藉助于文学"②。文学研究会重视文学家作用的主张，跟恽代英、邓中夏等革命家的态度构成鲜明对立，后者认为就革命而言重要的是革命者而非文学家，"印度有了一个甘地，胜过了一百个文学家的泰戈尔"③。

《评论之评论》与文学研究会批评革命家、轻视文学家的同时，也批评启蒙主义文学日趋泛滥与浅薄的堕落趋势，积极从事革命文学的建设，以实现文学与革命的结合，完成文学革命与社会革命的双重历史任务。郑振铎批评新文坛现在所有的"最高等的不过是家庭黑暗，婚姻痛苦，学校生活，与纯粹的母爱的描写者"，而"叙述旧的黑暗，如士兵之残杀，牢狱之残状，工人农人之痛苦，乡绅之横暴等等情形的作品可称得是'绝无仅有'"。④他指出，"我们现在需要血的文学和泪的文学几乎要比'雍容尔雅'、'吟风啸月'的作品甚些吧"⑤。李之常支持这种"血泪的"文学观念，呼吁新文学要反映"中国底多方的病的现象之真况"⑥。他们认为这种描写社会痛苦的文学，能唤醒、培养人们的革命情感，"一般人看了以后，就是向没有与这个黑暗接触

---

① 之常：《支配社会底文学论》，载《时事新报·文学旬刊》1922年第35期。
② 费觉天：《答吾友郑西谛先生》，载《评论之评论》1921年第1卷第4期。
③ 秋士：《告研究文学的青年》，载《中国青年》1923年第5期。
④ 郑振铎：《文学与革命》，载《时事新报·文学旬刊》1921年第9期。
⑤ 郑振铎：《血和泪的文学》，载《时事新报·文学旬刊》1921年第6期。
⑥ 之常：《支配社会底文学论》，载《时事新报·文学旬刊》1922年第35期。

过的，也会不期然而然的发生出憎恨的感情来"，而革命就需要"这种憎恨与涕泣不禁的感情"。①新文学应成为革命文学而非"风花雪月"性质的启蒙文学，得到创造社与早期共产党人的积极响应。1923年，郭沫若、郁达夫、成仿吾等创造社元老以《创造周报》为阵地，开展热烈的新文学使命的讨论，他们在坚持自我表现的文学观念基础上，决意今后的创作要表现生命的反抗烈火，要"爆发出无产阶级的精神，精赤裸裸的人性"②。他们指出革命文学批判的对象，不仅是制造社会黑暗与痛苦的军阀列强，而且是束缚生命自由的社会制度与"天理国法人情"。恽代英、邓中夏、萧楚女等早期共产党人也转变鄙视文学的态度，认为文学不是清高的"雅人韵事"，真正的文学家应该像托尔斯泰一样到民间去，到社会黑暗、痛苦的地狱中去，以体验人间的不幸和艰苦。他们劝导文学家要多创作"表现民族伟大精神的作品"与"描写社会实际生活的作品"，认为在军阀专权、列强剥削日益沉重的社会境况中，富有刺激性的革命文学能"警醒已死的人心，抬高民族的地位，鼓励人民奋斗，使人民有为国效死的精神"。③

总之，由于"五四"爱国运动的落潮与国民革命运动的逐渐高涨，新文学家与革命家都产生了对启蒙主义文学的不满与批评，呼吁新文学要表现出"革命"的情绪与性质，以实现文学革命和社会革命的历史任务。1923年后，留苏知识分子瞿秋白、蒋光慈等人先后归国，他们与文学研究会同人一起，以《中国青年》《民国日报》《文学旬刊》等为园地，积极进行革命文学的创作与建设，推动"五四"启蒙主义文学向革命文学的转型。革命文学潮流在"五卅"运动前后迅速兴盛起来。

在20世纪20年代中期，热情提倡革命文学的应是《民国日报》与《中国青年》。在国共合作之初，《民国日报》副刊主笔邵力子邀请共产党人加入副刊编辑队伍。1924年5月20日，茅盾创办、主编《杭育》副刊（后由何味辛接

---

① 郑振铎：《文学与革命》，载《时事新报·文学旬刊》1921年第9期。
② 郭沫若：《我们的文学新运动》，载《创造周报》1923年第3期。
③ 中夏：《贡献于新诗人之前》，载《中国青年》1923年第10期。

编）时，以《血花》《红的花》栏目选刊大量革命诗歌，刊发许多描写下层社会生活的小说。1924年11月，沈泽民接编《觉悟》副刊，决定逐日发表蒋光慈的革命文学创作，向文坛介绍这位刚从苏联归来并以革命作家自负的诗人，又联合上海大学师生成立春雷文学社，在《觉悟》上开辟《文学专号》。《民国日报》的《觉悟》和《杭育》副刊，由于共产党人茅盾、何味辛、沈泽民的接编，不仅大量发表革命文学作品，而且积极支持革命文学社团悟悟社、春雷文学社的文学活动，使其成为20世纪20年代中期革命文学倡导的主要园地。受革命文学潮流的影响，尤其是瞿秋白、陆定一先后参加编辑，共产主义青年团机关刊物《中国青年》热情发表革命文学创作，既发表刘一声、朱自清、绍吾、吴雨铭等革命诗人的诗作，又发表瞿秋白、济川、陆定一等人创作或翻译的革命小说或童话。总之，《民国日报》与《中国青年》成为革命文学倡导的急先锋，成为时代情绪与文学潮流高涨的文化象征。

从费觉天的最初呐喊到文学研究会、创造社、共产党人的积极提倡，从国内新文学家革命文学的意识自觉到瞿秋白、蒋光慈等人归国后的积极加入，从革命文学的主张到悟悟社、春雷文学社的出现，都表明革命文学已成为"'五四'文学发展的必然趋势"①。在文化启蒙向文学启蒙、启蒙文学向革命文学转变的历史语境中，《新青年》逐渐失去文学热情和发展动力，新文坛上的地位与作用被《中国青年》《民国日报》等所取代。

二

《新青年》的创刊宗旨及实际编辑方针、基本面貌，呈现出以学术文化促进思想革命的历史追求。在民主与科学的旗帜下，它开展了社会、政治、宗教及文学等问题的讨论，因激烈批判封建礼教和进行文学革命而取得社会影响。

---

① 张大明：《不灭的火种———左翼文学论》，四川文艺出版社1992年版，第24页。

《新青年》的创刊宗旨是"盖欲以青年诸君商榷将来所以修身治国之道"①，这使它成为一个思想文化刊物而非文学性质的杂志。随着胡适的加入及文学革命的倡导，随着它的北迁及北京大学革新力量的参与，《新青年》的文学性质愈来愈浓厚。胡适的白话诗尝试、鲁迅的小说创作、《新青年》同人的"随感录"等，都赋予《新青年》强烈的文学倾向。从1918年1月15日第4卷第1号开始，《新青年》发表文学方面的文章明显增多，并且占据每期的首要位置，第4卷第4号、第5卷第4号就把文学性质的文章排在杂志头版位置，第4卷第6号、第5卷第4号两期全都是文学性质的文章。这些迹象表明，《新青年》在1918年后对文学倾注更多热情。在此期间，《新青年》发生了由思想学术刊物向文学杂志的变化，完成以白话取代文言的文学变革，取得了以学院的合法性向社会传播、渗透的历史胜利。《新青年》进行文学革命的动因，是要使白话文成为中国文学的利器与普及国语的手段，但随着白话文作者的增多与教育界通过小学教科书改用白话文的议案，文学革命完成的同时也意味着文学"又渐渐的不成问题了"②。不过，从1919年12月1日第7卷第1号开始，《新青年》又逐渐从文学性质向思想文化性质重返，用大量版面介绍政治、社会、教育、文化等方面，而文学创作、翻译等仅占很少部分。《新青年》逐渐与当时的新文学远离。

1923年6月15日，《新青年》改为季刊重新出版后，成为中国共产党中央的理论刊物。《新青年》季刊出版宣言提出"要收集革命的文学作品"，以"与中国麻木不仁的社会以悲壮庄严的兴感"，③第1期、第2期以头版位置发表文学作品④，但自第3期开始直到1926年7月停刊，除发表蒋光慈几篇随感性质的《并非闲话》杂文外，再没有发表任何文学方面的文章。《新青年》季刊希望继承《新青年》时期的杂志风格，希望发表革命文学以便与新文学潮流、

① 陈独秀：《青年杂志社告》，载《青年杂志》1915年第1卷1号。
② 胡适：《新思潮的意义》，载《新青年》1919年第7卷第1号。
③ 瞿秋白：《新青年之新宣言》，载《新青年》1923年第1期。
④ 在第1期发表了瞿秋白翻译的《国际歌》、创作的《赤潮曲》，在第2期发表了郑韦之翻译的俄国小说《阶下囚》。

时代潮流保持一致，但它最终还是形成纯粹理论刊物的风格。

《新青年》疏离新文学潮流表现在三个方面。首先，《新青年》没有保持与新文坛的紧密联系，既不能吸收冰心、郭沫若、康白情、叶圣陶等崭露头角的文学新秀，也不留意新文学的发展状况与趋向；换句话说，《新青年》开创的白话文学被新文学潮流抛在身后，白话诗歌的诗性探索与创作被《新潮》《少年中国》等后起者取代，文学研究会作家与创造社作家的小说也遮蔽了鲁迅小说的锋芒。受同人刊物的影响，《新青年》还发表一些不合时宜的"关系稿"①。因此，《新青年》在20年代后就不断遭到成仿吾、闻一多、蒋光慈等人的批评。其次，《新青年》文学革命成功后，其倡导者多转向自己的专业领域。文学革命者除周氏兄弟外，多为"半路出家"的作家。他们从事文学革命仅为"开风气"的倡导，文学革命成功后就不再从事文学，胡适致力于再造文明的新文化建设，钱玄同、刘半农埋首语言学，陈独秀热衷社会与政治。最后，《新青年》季刊决定取消《文艺栏》不再发表文学作品。这三方面使得《新青年》与新文学渐行渐远。但同一时期的《中国青年》②与《民国日报》却对革命文学充满热情，发表了很多革命文学作品。

《新青年》在文学革命期间，虽对文学产生过短暂的热情，其意义不过是"为新思想凿通一条传播的渠道"③，白话文胜利之后文学建设的热情就逐渐减退。《新青年》开创新文学的功绩不容抹杀，但它建设新文学传统与推动新文学发展的成就非常有限。

---

① 参见刘纳：《说说〈新青年〉的关系稿》，见《从五四走来———刘纳学术随笔自选集》，福建教育出版社2000年版，第71页。

② 《中国青年》除发表邓中夏、恽代英、秋士、王秋心、济川等人的文学论述文章外，还发表革命文学作品。自第4期始至停刊，它发表瞿秋白、定一、沈泽民、蒋光慈、彭士华等人创作或翻译的小说15篇，发表刘一声、朱自清、绍吾、吴雨铭、日光等创作或翻译的诗歌19首，此外，还发表凤歌等创作的戏剧、寓言作品。

③ 王晓明主编：《批评空间的开创：二十世纪中国文学研究》，东方出版中心1998年版，第200页。

三

《新青年》同人的非文学家身份，并不是它与新文学潮流疏离的根本原因。杂志的文化性质与同人圈子，是它逐渐远离新文学潮流的真正原因所在。

《新青年》是文化性质的刊物，前期的文化启蒙与后期的理论宣传，都使它不能像文学杂志那样致力于文学。《新青年》的创办是为"探求拯救中国之道而奋斗"①，注重以科学与民主的思想革新国民的灵魂，尽管它创刊时就设有《文艺栏》，《文艺栏》也始终没有被取消，但只是作为丰富杂志内容的一种方式。1916年2月，胡适向陈独秀表达"为祖国造新文学"②的愿望后，《新青年》开始关心文学并萌生文学革命的意志，因为陈独秀认识到文学与国民精神互为表里，"今欲革新政治，势不得不革新盘踞于运用此政治者精神界之文学"③。在陈独秀的支持与鼓励下，《新青年》成为文学革命的急先锋，在1918、1919年表现出更多的文学性，仿佛有向文学杂志转变的趋势。即便如此，它实际上并没有根本丧失文化杂志的性质，讨论思想、道德、学术、政治、教育、女子等社会问题的文章仍然继续刊登，只不过文章数量减少一些。总之，文学革命只是《新青年》文化启蒙系统的一个子系统，《文艺栏》及文学革命都没有改变它的杂志性质。随着白话文的胜利与社会现实的日趋沉重，《新青年》逐渐远离文学而转向马克思主义学说的宣传。

《新青年》成为机关刊物后，"新辟《俄罗斯研究》专栏，从而更加集中地宣传马克思主义"④。不过它并没有彻底摈弃文学，仍然刊发同人的白话文学创作。《新青年》季刊的主编瞿秋白是一个热情的革命文学倡导者，他始终支持蒋光慈从事革命文学，也创作了不少的革命文学作品，所以，《新青年》季刊创刊时曾希望继承《新青年》的杂志风格，希望刊载一些革命文学作

---

① 唐宝林、林茂生：《陈独秀年谱》，上海人民出版社1988年版，第68页。
② 唐宝林、林茂生：《陈独秀年谱》，上海人民出版社1988年版，第71页。
③ 陈独秀：《文学革命论》，载《新青年》1917年第2卷第6号。
④ 朱文华：《终身的反对派——陈独秀评传》，青岛出版社1997年版，第157页。

品以鼓动青年的革命情绪。但这种愿望与刊物的根本性质产生了冲突。《新青年》文学热情的减退与《文艺栏》的固守，真实呈现了它的文化杂志面貌，即它涉及政治、道德、文学、教育、学术等广泛知识领域。《新青年》季刊时期则彻底告别了《新青年》之前那种复杂的文化性质，成为真正纯粹的机关理论刊物。

《新青年》的文化性质与季刊的理论性质，使它始终重视社会现实问题与国家政治，文学革命成功后就不断疏离文学潮流，后来甚至彻底摈弃文学而致力于理论宣传。

《新青年》疏离新文学潮流还受到同人性质的重要影响。《新青年》在不同的历史阶段都有强烈的同人倾向，首卷的主要作者高一涵、易白沙、刘叔雅、高语罕、潘赞化、谢无量等人，多是以陈独秀为首的皖籍知识分子，"且互相间有共事革命的背景"[①]。第2卷新加入的李大钊、吴稚晖、胡适、刘半农、马君武、苏曼殊、杨昌济等人，"与主编陈独秀大都是熟稔和有一定交谊的朋友"，"该志'圈子杂志'的色彩仍旧浓厚"。[②]1917年《新青年》迁移至北京出版编辑，新加入的作者沈尹默、钱玄同、章士钊、周氏兄弟等人，多为北京大学文科师生，1919年后"所有撰译，悉有编辑部同人共同担任"[③]。如果说，《新青年》从创刊至停刊都有同人杂志的色彩与性质，作者群与主编都有或多或少、或直接或间接的人事渊源关系，那么，《新青年》成为共产党中央的理论季刊后同人倾向更为明显。《新青年》季刊的主要撰稿人瞿秋白、蒋光慈、郑超麟、尹宽、彭述之、周佛海、李季等，多是留苏归国的马克思主义知识分子，他们成为季刊作者群的重要骨干。

《新青年》倡导文学革命以后，文学作者群始终没有变化，小说作者仅为鲁迅、陈衡哲两人，白话诗人仅为胡适、沈尹默、刘半农、周氏兄弟、俞平

① 陈万雄：《五四新文化的源流》，生活·读书·新知三联书店1997年版，第6页。
② 陈万雄：《五四新文化的源流》，生活·读书·新知三联书店1997年版，第11页。
③ 王晓明主编：《批评空间的开创：二十世纪中国文学研究》，东方出版中心1998年版，第192页。

伯等"尝试"时期"半路出家"的作者。新文学创作中不断涌现并产生较大社会影响的新作家，如郭沫若、康白情、刘延陵、汪静之等新诗人，如冰心、叶绍钧、郁达夫、许地山等小说作家，如田汉、陈大悲、欧阳予倩、丁西林等话剧作者，《新青年》杂志没有积极吸收。《新青年》囿守一隅，白话诗创作始终墨守"胡适体"的规范与风格，鲁迅的小说创作仍旧一味地抒发着他的孤独与感伤。20世纪20年代初，白话诗已由胡适《尝试集》的写实性向郭沫若《女神》的抒情性飞跃，小说创作由社会问题小说向现代心理小说转型，新文学潮流由启蒙主义向革命文学过渡。在新文学的发展变化过程中，《新青年》的囿守，使得它跟新文学潮流的发展日益脱离，文学的社会影响力被文学研究会、创造社等社团取代。正像钱杏邨批评鲁迅的那样，《新青年》同人的文学创作"真能代表"五四"时代的创作实在不多"①。

《新青年》杂志及文学革命的历史命运，与杂志的性质、编辑及作者的追求、时代的发展变化息息相关。《新青年》呈现出十分鲜明的近代杂志性质，即它是宣传主编、同人思想的刊物而不是满足社会公共需求的现代商业杂志②。

---

① 王晓明主编：《批评空间的开创：二十世纪中国文学研究》，东方出版中心1998年版，第192页。
② 陈独秀始终维护《新青年》宣传编者的办刊用意，极力避免它受社会及商业的影响与操纵。亚东书局与益群书社因《新青年》销路不广多次要求停刊，都被陈独秀坚决否定。《新青年》1920年第7卷第6号出版《劳动节纪念号》，因页数比平时多，群益书社决定加价，引起陈独秀不满，于是决定让《新青年》脱离群益书社。这些表现反映出陈独秀维护《新青年》不受商业影响与操纵的决心。

"革命文学"论争与鲁迅的左翼身份建构

1930年3月2日中国左翼作家联盟在上海成立。经过1928年"革命文学"论争之后，鲁迅和他的论敌们走到一起，被赋予了左翼作家身份，而且这一赋予也得到鲁迅的完全认同。这样，从外在赋予和内在认同上，鲁迅都成为真正意义的左翼作家。然而，身份的建构需要思想的基础与前提，而不是随便的命名与简单的接受。本文以1928年"革命文学"论争前后为分析对象，以图通过对这一历史阶段与过程的梳理，发现鲁迅自我认同的思想根源。

一

我们知道，鲁迅与创造社论争之前，双方都有合作的意愿。1926年11月7日鲁迅在给许广平的信中写道："其实我还有一点野心，也想到广州后，对于'绅士'们仍加以打击，至多无非不能回到北京去，并不在意。第二是同时与创造社联合起来，造一条战线，更向旧社会进攻，我在勉力写些文字。"[①]1927年4月1日，鲁迅和创造社成员联名发表了《中国文学家对于英国知识阶级及一般民众宣言》；9月25日，他在给李霁野的信中说："创造社和我们，现在感情似乎很好。他们在南方颇受压迫了，可叹。看现在文艺方面用

---

① 鲁迅：《两地书·八十》，见林非主编：《鲁迅著作全编》（第4卷），中国社会科学出版社1999年版，第183页。

力的，仍只有创造，未名，沉钟三社。"①同年12月，来到上海的鲁迅和创造社联合刊登《〈创造周报〉复活宣言》，准备在1928年元旦共同出版《创造周报》。从这些资料可以看出，鲁迅在主动寻求一个联合战线，而目标就集中在创造社身上。令人困惑的是，鲁迅向来对创造社有些不满，而且与创造社无过多联系，那么，鲁迅为什么希望与它联合呢？

当然，这跟鲁迅决定走出彷徨、重新振作的精神变化有关。鲁迅经历新文化阵营解体、兄弟失和、女师大事件等挫折之后，决心重新寻找人生的道路，而此时创造社元老都在革命策源地广东，而且提倡的文学是表同情于无产阶级的革命文学。但笔者看来，这些不能作为鲁迅主动联合创造社的首要原因。现代文学研究者认为，鲁迅的"一点野心"是对"正人君子"的反击，是与创造社联合造就一个强大的战线；然而，前往革命的广州及表示与创造社联合，只是鲁迅表达自己意愿的话语，只是鲁迅希望新生的象征，却不能作为实际的转变与联合。其实，鲁迅的南下是在寻找实现"野心"的契机与力量，以抛弃北京社会留给他的孤独与绝望。那么，问题是鲁迅真把创造社作为自我转变的契机与力量吗？我们发现，鲁迅到广州后并未急于向创造社靠拢，而是关注广州的革命活动与革命文学，在他的演讲词和文章中，革命、革命者、革命文学等语词大量出现。但是，广州的革命与革命者使鲁迅彻底失望与绝望。

广州的耳闻目睹加深了鲁迅的宿命意识，他愈加感到自己只能做一个文人而无法成为人们希望的战士或革命家。所以，他对广州的革命心存不满，转而把精力用在革命文学的关注上。在他看来，广州流行的革命文学并非真正意义的革命文学，只是在"指挥刀的掩护之下，斥骂他的敌手的"的文学，或是"纸面上写着许多'打、打'，'杀、杀'或'血、血'的"的文学。②他认

---

① 鲁迅：《致李霁野》，见林非主编：《鲁迅著作全编》（第4卷），中国社会科学出版社1999年版，第607页。

② 鲁迅：《革命文学》，见中国社会科学院文学研究所现代文学研究室编：《"革命文学"论争资料选编》（上），人民文学出版社1981年版，第54页。

为，这样的文学表现的要么是恃强凌弱的压迫，要么是无聊之徒的笔墨游戏，根本没有表现出人间反抗压制与强权的自由精神和革命精神，只能异化或扭曲革命的本质与意义。这里有一个问题需要注意，此时的革命文学有别于1928年论争时的革命文学。日本学者丸山升指出："提倡为革命的文学，即使在'四一二'政变之前，也不只是立足于马克思主义的文学，还包括国民党系统的文学，或者至少说是在'为革命'、'为宣传'的文学广泛的超越了马克思主义的框架。"①"革命文学"论争期间，鲁迅对革命文学的批评显然源于广州的感受，而且对于革命、革命者的本质思考也基于广州的经验。当鲁迅与创造社论争时，一个被研究者忽略的现象就浮现出来，即论证双方在经验感受与理论资源方面存在鸿沟，鲁迅批评的指向更多是广州的记忆，而创造社争论的知识背景却是无产阶级理论。当鲁迅认识到论争隐含的知识冲突后，他开始反思与修正自我，开始学习与接受论争对手的无产阶级学说。

广州的经历不仅带给他沉重的革命记忆与绝望，而且也轰毁了鲁迅的进化思想。他说，"我在广东，就目睹了同是青年，而分成两大阵营，或投书告密，或助官捕人的事实！我的思路因此轰毁"②。这种进化观念虽然被轰毁，但那时并未给鲁迅带来无产阶级唯物史观③，或者说，鲁迅又落入绝望的深谷与思想的荒野上。思想的茫然与荒芜，增强了鲁迅寻求新思想、反抗绝望的精神动力，成为鲁迅在"革命文学"论争间主动"投降"的原因，也成为鲁迅走向左翼的历史契机。鲁迅真诚地说过："我有一件事要感谢创造社的，是他们'挤'我看了几种科学底文艺论，明白了先前的文学史家们说了一大堆，还是

---

① [日]丸山升：《鲁迅·革命·历史——丸山升现代中国文学论集》，王俊文译，北京大学出版社2005年版，第14页。

② 鲁迅：《〈三闲集〉序言》，见林非主编：《鲁迅著作全编》（第2卷），中国社会科学出版社1999年版，第14页。

③ 马克思主义唯物史观反映了在19世纪欧洲历史思想中不断增长的社会学倾向，它把社会置于历史研究的中心，并断定那些与经济活动最直接相关的社会要素的逻辑优先性，认为历史发展的动力只有在社会经济结构的内在力量的相互作用中才能揭示出来。参见[美]阿里夫·德里克：《革命与历史：中国马克思主义历史学的起源，1919—1937》，翁贺凯译，江苏人民出版社2005年版。

纠缠不清的疑问。……以救正我——还因我而及于别人——的只信进化论的偏颇。"①总之，创造社的无产阶级理论击中鲁迅思想中的荒芜，让绝望中的鲁迅发现了一丝走出绝望的光亮。

"革命文学"论争前的鲁迅，一方面处于思想危机的焦虑中，对革命与革命者、对社会与历史的绝望，让他实践"一点野心"的希望彻底化为泡影；另一方面反抗绝望与寻找新思想的意志也暗自滋长，"革命文学"论争的发生给鲁迅提供了内省与拯救的历史契机，他终于把新兴的无产阶级理论纳入自己的思想视野中。与创造社联合的意愿与行为都不能真实说明他的绝望实质，也不能给绝望中的鲁迅带来思想转变的可能性。

二

1928年1月，新创刊的《文化批判》以崭新的姿态掀起无产阶级文学运动。冯乃超、李初梨等人带着马克思主义理论资源回到中国，开始无产阶级文学的启蒙运动。他们的一个举措就是反对创造社与鲁迅联合，鲁迅与创造社合作的计划被搁置并成为后者的一个批评对象。冯乃超在《艺术与社会生活》一文中说，鲁迅"他不常追怀过去的昔日，追悼没落的封建情绪，结局他反映的只是社会变革期中的落伍者的悲哀，无聊赖的跟他弟弟说几句人道主义的美丽的说话。隐遁主义！"②这种批评不能肤浅地看成是文人的意气相争，或是后期创造社成员批评的盲目或错误③，而应该认真把它视为理论分歧的结果。

---

① 鲁迅：《〈三闲集〉序言》，见林非主编：《鲁迅著作全编》（第2卷），中国社会科学出版社1999年版，第15页。

② 冯乃超：《艺术与社会生活》，见中国社会科学院文学研究所现代文学研究室编：《"革命文学"论争资料选编》（上），人民文学出版社1981年版，第116页。

③ 现代文学研究界和鲁迅研究者都认为，后期创造社成员对鲁迅的批评是盲目的、错误的，他们主要是受日本福本主义与路线的影响，而没有认真审视与探究这场论争所蕴含的理论问题与思想分野。

《文化批判》在出版预告中，明确提出其目的是"以学者的态度，一方面介绍最近各种纯正的思想；他方面更对于实际的诸问题为一种严格的批判的工作"①。成仿吾在《祝词》中进一步说："它将从事资本主义社会的合理的批判，它将描出近代帝国主义的行乐图，它将解答我们'干什么'的问题，指导我们从那里干起。政治，经济，社会，哲学，科学，文艺及其余个个的分野皆将从《文化批判》明了自己的意义，获得自己的方略。《文化批判》将贡献全部的革命的理论，将给与革命的全战线以朗朗的光火。这是一种伟大的启蒙。"②总之，《文化批判》致力的是无产阶级的文化批判与无产阶级文学建设。李初梨的《怎样地建设革命文学》首先否定"五四"文学的个人主义观念，认为"文学，有它的社会根据——阶级的背景。文学有它的组织机能，——一个阶级的武器"③，指出无产阶级文学的性质是"为完成他主体阶级的历史使命，不是以观照的——表现的态度，而是以无产阶级的阶级意识，产生出来的一种斗争的文学"④。这种文学定义显然是一种新兴的文学理论，其背后隐喻着马克思主义的哲学思想，⑤核心是以文学的意识形态性质否定文学的自律性，将文学视为无产阶级历史解放的斗争武器。王独清在一次演讲中鲜明地说："我们的文学便是我们革命的一个战野，文学家与战士，笔与破击

---

① 创造社：《〈创造月刊〉的姊妹杂志〈文化批判〉月刊出版预告》，见饶鸿竞、陈颂声、李伟江等编：《创造社资料》（上），福建人民出版社1985年版，第539页。

② 成仿吾：《祝词》，见饶鸿竞、陈颂声、李伟江等编：《创造社资料》（上），福建人民出版社1985年版，第540页。

③ 李初梨：《怎样地建设革命文学》，见中国社会科学院文学研究所现代文学研究室编：《"革命文学"论争资料选编》（上），人民文学出版社1981年版，第158页。

④ 李初梨：《怎样地建设革命文学》，见中国社会科学院文学研究所现代文学研究室编：《"革命文学"论争资料选编》（上），人民文学出版社1981年版，第163页。

⑤ 20世纪20年代初至30年代末，这种文学理论被称为"新兴文学论""唯物史观文艺论"或"科学的文艺论"而逐渐兴盛起来。这种文学理论的特征是"从作为表象的文艺出发达到对深层的社会关系、历史关系的政治性把握"。参见程正民、程凯：《中国现代文学理论知识体系的建构——文学理论教材与教学的历史沿革》，北京大学出版社2005年版。

炮，可以说是一而二二而一的东西。"①

在新起的文化批判与文学理论面前，鲁迅被批评为"趣味主义""隐遁主义""封建余孽""二重反革命"，他也真实感到自己成为一个历史与思想的"落伍者"②。虽然他以自己清末以来历次革命的经验与体验还击创造社的批评，但是，鲁迅的坚执与对马克思主义理论的所知甚少，还是被批评者视为堂吉诃德的乱舞。鲁迅与创造社的理论分歧集中在两个方面。首先是革命文学是否存在的问题。创造社认为，中国社会的性质和革命阶段已经发生变化，革命文学应该由混沌时期的文学转向无产阶级文学。成仿吾在《从文学革命到革命文学》中指出："资本主义已经发展到了最后的阶段（帝国主义），全人类社会的改革已经来到目前。在整个资本主义与封建势力二重压迫下的我们，也已经曳着跛脚开始了我们的国民革命，而我们的文学运动——全解放运动的一个分野——却还睁着双眼，在青天白日里找寻已往的迷离的残梦。"③鲁迅认为，"社会停滞着，文艺决不能独自飞跃，若在这停滞的社会里居然滋长了，那倒是为这社会所容，已经离开革命"④。显然，鲁迅与创造社论争的分歧主要来自对革命现实的判断，广州经验使鲁迅认为革命"停滞"了，或者说，革命已堕落为武人的夺权与商人的获利。此外，崇尚"抱诚守真"的鲁迅还怀疑革命文学家的真诚性，他们多是小资产阶级而与工农毫无联系，他们怎么能创作革命文学？其次是对"革命文学"性质的认识。针对创造社"一切文学都是宣传"的主张，鲁迅相对坚持文学的文学性，指出"一切文艺固是宣传，而一

① 王独清：《文艺上之反对派种种》，见中国社会科学院文学研究所现代文学研究室编：《"革命文学"论争资料选编》（下），人民文学出版社1981年版，第549页。

② 鲁迅自我的落伍感与"门外汉"感，既表现在他无法从事革命文学创作，又表现在他对无产阶级文学理论的不了解，以至左联成立请他写作宣言时而自觉推却。

③ 成仿吾：《从文学革命到革命文学》，见中国社会科学院文学研究所现代文学研究室编：《"革命文学"论争资料选编》（上），人民文学出版社1981年版，第136页。

④ 鲁迅：《文艺与革命》，见中国社会科学院文学研究所现代文学研究室编：《"革命文学"论争资料选编》（上），人民文学出版社1981年版，第327页。

切宣传却并非全是文艺"①，反对"拙劣到连报章记事都不如"的宣传文学，告诫革命文学现在应力求内容的充实与技巧的上达。但是，鲁迅也承认文学的宣传功能，他说："我是不相信文艺的旋乾转坤的力量的，但倘有人要在别方面应用他，我以为也可以，譬如'宣传'就是。"②"用于革命，作为工具的一种，自然也可以的。"③鲁迅对文学宣传性质的肯定隐含着两个思想倾向。一是他对反抗黑暗现实的力量的支持与维护，显示其一直寻求前进的心曲；二是他对阶级文学合理内核的首肯，呈现鲁迅与创造社的文学观念具有一些同质因素。

　　鲁迅如何对待创造社的批评呢？他在《〈三闲集〉序言》中抱怨道："但我到上海，却遇见文豪们的笔尖的围剿了，创造社，太阳社，'正人君子'们和新月社中人，都说我不好，连并不标榜文派的现在多升为作家或教授的先生们，那时的文字里，也得时常暗暗地奚落我几句，以表示他们的高明。"④这种述说虽显示鲁迅的委屈与抱怨，但事实上鲁迅却逐渐接受了无产阶级文学观念，认识了文学的阶级性与作为"艺术的武器"的本质，尽管这种文学思想更新并不完全是创造社给予的，还有鲁迅自觉阅读与翻译马克思主义文艺著作的结果。据统计，鲁迅仅在1928年一年就购买了《从空想到社会主义》《列宁给高尔基的信》《马克思主义的作家论》《艺术与唯物史观》等60多册此类书籍，而且翻译了片上伸的《现代新兴文学的诸问题》，卢那察尔斯基的《艺术论》《文艺与批评》及普列汉诺夫的《艺术论》等。他和青年聊天时常使用"阶级斗争""社会主义"等新名词，在给朋友的信中也承认："以

---

　　① 鲁迅：《文艺与革命》，见中国社会科学院文学研究所现代文学研究室编：《"革命文学"论争资料选编》（上），人民文学出版社1981年版，第328页。
　　② 鲁迅：《文艺与革命》，见中国社会科学院文学研究所现代文学研究室编：《"革命文学"论争资料选编》（上），人民文学出版社1981年版，第327—328页。
　　③ 鲁迅：《文艺与革命》，见中国社会科学院文学研究所现代文学研究室编：《"革命文学"论争资料选编》（上），人民文学出版社1981年版，第327—328页。
　　④ 鲁迅：《〈三闲集〉序言》，见林非主编：《鲁迅著作全编》（第2卷），中国社会科学出版社1999年版，第13—14页。

史的唯物论批评文艺的书，我也曾看了一点，以为那是极直捷爽快的，有许多暧昧难解的问题，都可说明。"①这都表明，经过与创造社的"革命文学"论争，鲁迅意识到自己的"落伍"并加以克服，主动向创造社批判所预设的理论天地进入，这虽不能说明鲁迅已成为马克思主义者，但可以肯定的是鲁迅看到了一条摆脱绝望的道路。相对于进化论思想，马克思主义给鲁迅带来了文学的新视野，因其唯物、辩证的态度与鲁迅的思想方式相近而得到他由衷的首肯②。鲁迅向来以为"希望之为虚妄，正与绝望相同"，但论争留给他的却是对希望的坚信③，及对未来社会的憧憬与执着。

不难看出，后期创造社的文化批判才真正给鲁迅带来思想上的实际变化，为左联的成立及鲁迅对左联的认同打下了思想基础。当然，鲁迅并没有完全接受创造社文化批判的所有思想，而且有些分歧在左联成立后仍然存在，但鲁迅还是整体上接受了无产阶级文学理论，为此真诚表示要感谢创造社。换句话说，"革命文学"论争使鲁迅找到实现"一点野心"的历史契机与思想基础，使鲁迅找到摆脱绝望与"落伍"的新思想力量，从而与批判他的创造社走到一起结成左翼作家联盟。

三

"革命文学"论争的结果是左联的筹建，也是鲁迅左翼身份的正式确认。论争的结束与左联的成立，一般认为是共产党指导的结果。然而，如果仅以此来理解左联成立的原因，可能会忽视其中的复杂性。

---

① 鲁迅：《致韦素园》，见林非主编：《鲁迅著作全编》（第4卷），中国社会科学出版社1999年版，第375页。
② 日本学者竹内好认为，鲁迅现实的与历史的思想方式跟马克思主义的唯物主义与历史主义具有内在的一致性。参见竹内好：《近代的超克》，李冬木、赵京华、孙歌译，生活·读书·新知三联书店2005年版。
③ 鲁迅在《〈二心集〉序言》中说："惟新兴的无产者才有将来。"

我们知道，作为左联的前身，创造社、太阳社以及以鲁迅为代表的一批"五四"作家都是作为文学社团而存在的，这样，左联的成立与身份的建构就要面对一个问题，即它究竟是政治性质的联盟还是文学性质的联盟？其实，1928年的"革命文学"论争已经给出这样的信息，大革命失败后茅盾等一批职业革命家转入文学领域，富有叛逆精神的创造社"左"转，不少"五四"作家感到文学不能脱离政治而存在。这种文学状况既是政党革命对新文学影响日趋增强的表现，又是"五卅"以后新文学家思想日益"左"倾的结果，即是说，左联的筹建与左翼身份的建构还受到新文学家思想变化的驱使。不仅如此，左联成立的复杂性还有一个情况值得注意，就是创造社、太阳社已面临极大的生存困难。1929年1月10日《创造月刊》被迫停刊，2月7日创造社被封，《文化批判》《日出》《文艺生活》等创造社刊物被禁。太阳社的情况也大致相同，《太阳月刊》1928年出到第7期被查禁，此后创办的《海风周报》《新流月报》等也屡遭禁止。由于国民党文化审查制度①的建立与实施，导致激进的革命文学社团难以存在，因此他们走向联合以对抗政府的文化制度也在情理之中，正如鲁迅致姚克的信中所说，"一九三〇年，那些'革命文学家'支持不下去了，创，太二社的人们始改变战略，找我及其他先前为他们所反对的作家，组织左联"②。

在这些复杂的历史动因面前，左翼身份的性质建构就有些艰难与暧昧。1930年3月1日《萌芽月刊》刊登了《上海新文学运动者底讨论会》，称讨论会的目的是清算过去"革命文学"论争的错误和成立新的文学团体，文中指出："作为讨论会的结果，还有更重要的一事，即全场认为将国内左翼作家团结

---

① 国民党中央1928年间制定了《出版条例原则》，1929年1月国民党中央宣传部制定了《宣传品审查条例》，几个月后，国民党又制订了《取缔销售共产书籍办法》，1930年12月国民政府颁布了《出版法》。参见倪墨炎：《现代文坛灾祸录》，上海书店出版社1996年版。

② 鲁迅：《致姚克》，见林非主编：《鲁迅著作全编》（第4卷），中国社会科学出版社1999年版，第921页。

起来，共同运动的必要。"①这里，"左翼作家"作为名词第一次出现，但该文并未对它的内涵做出具体界定。对它进行界定的是左联的《理论纲领》，该纲领发表在1930年3月10日的《拓荒者》上，它指出左翼作家"是反封建阶级的，反资产阶级的，又反对'稳固社会地位'的小资产阶级的倾向"②。这里，左翼身份被规定为坚持无产阶级立场而从事无产阶级艺术的作家。然而，从左联的组织机构、成员与左联的行动看，左翼表现出了文学与政治的双重性质，左翼既是激进文学家的文化身份又是文学家的革命象征。

鲁迅更多的是在文学意义上认同左联的左翼身份。我们知道，左联成立时鲁迅举荐了郁达夫加入，加入左联后鲁迅重视文学创作，培养了一批新生的青年作家，他自己很少参加左联组织的政治活动。鲁迅把左联看作"阵线"性质的文学团体而不是"第二党"，他参加左联旨在实现造就文学战线的愿望。那么，鲁迅是如何认识左翼身份的呢？在左联成立的大会上，他强调：左翼作家是很容易变为右翼作家的，不和实际的社会斗争接触，不明白革命的实际情况而只对革命抱不切实际的幻想，以救世主自居而期望获得工农的报偿，都很容易使左翼作家变为右翼作家。鲁迅的讲话表面上是对"革命文学"论争对手的激烈批评，实质上却反映着鲁迅对左翼身份的理解与认识。在鲁迅的心目中，左翼作家应该是革命的、现实的与高尚的③，他不仅应成为政党革命意义的左翼作家，而且应成为超越政党政治的左翼作家。值得深思的是，鲁迅对左翼身份的理解似乎又回到他原先的思想与经验中，留日时代拥有的个人无治主义思想，归国后一次次失败的革命留下的痛苦记忆，大革命策源地广州带来

---

① 《上海新文学运动者底讨论会》，见马良春、张大明编：《三十年代左翼文艺资料选编》，四川人民出版社1980年版，第129页。

② 《中国左翼作家联盟的成立》，见马良春、张大明编：《三十年代左翼文艺资料选编》，四川人民出版社1980年版，第133页。

③ 鲁迅最敬佩的革命者是孙中山，他的"革命尚未成功"遗训显示了一个革命者胸襟的伟大与人格的高尚。鲁迅的讲话实质隐含着他对近代革命失败的痛苦经验，希望革命者能有正视历史与社会的现实态度、不断革命的超越精神、彻底实现个人自由与平等的伟大革命目标。

的革命绝望，这些都在"革命文学"论争中爆发出来并使他产生"落伍"的意识。然而，鲁迅的这次批评与回归，却不能简单理解为鲁迅不满左联或与左联隔膜的表现，应理解成鲁迅对左联的由衷期望，期望左翼作家能够成为对抗强权、批评愚昧的文化战士。所以，鲁迅在讲话中提出要扩大左联的战线，"我们应当造出大群的新的战士"，而且要以"共同目的为必要条件的"。①显然，鲁迅认同的左翼身份带着更多的自我性质，期望它可以实现自己心中从未实现的"野心"，在愚昧与专制的黑暗社会里建立一个理想的"人国"。

综上所述，"革命文学"论争成为鲁迅思想转变的历史契机，他意识到并克服了自己思想的"落伍"状况，接受了马克思主义的革命理论并加入了左联，找到了可以实现自己"一点野心"的社会力量。然而，鲁迅对左翼身份的认同并不仅是政党革命意义层面上的，还表现出文学甚至文化意义上的一面，显示出自我意识与左联视野的思想差异与对话、融汇。总之，鲁迅加入左联与左翼身份认同，有着自我精神与思想的历史发展为内在基础，这既使他成为富有现实斗争精神的左翼战上，又增加了其左翼身份的丰富性和深刻性。

---

① 鲁迅：《对于左翼作家联盟的意见——三月二日在左翼作家联盟成立大会讲》，见中国社会科学院文学研究所现代文学研究室编：《"革命文学"论争资料选编》（下），人民文学出版社1981年版，第1010、1012页。

40年代新文学大众化讨论中反启蒙叙事的
双重话语

在中国现代社会中，新文学肩负着思想革命的旗帜，激烈批评传统思想及社会痼疾。无论"五四"时代的启蒙文学，还是产生于革命时代的革命文学、左翼文学，都显示出启蒙性的文学意识形态。但是，这种启蒙、进步的文学意识，不仅与传统文学、通俗文学产生冲突，而且落入远离大众、难为大众接受的不幸境地。抗战的爆发把新文学推到更为尴尬的历史处境中。一方面，新文学固有的"启蒙""救亡"等社会意识，在民族救亡的抗战语境内被激扬得热血沸腾；另一方面，就影响社会的现实程度而言，它与传统文学、通俗文学相比又相形见绌。发生在20世纪40年代的新文学大众化的讨论，其实就蕴含努力解决救亡/影响这对矛盾的历史愿望。然而，令人深思的是，这次讨论并未使新文学认真反思自己不为大众喜闻乐见的原因，相反，在持续近两年的大众化讨论中，它仍然以进步性自居，未能改变对传统文学、通俗文学的成见。新文学进步性的启蒙意识形态，在这次讨论中受到一些批评甚至指责，给我们现在"重审"这次讨论提供了视角和历史基础。

一、"大众化"的话语本质

在20世纪40年代的讨论中，大众化再次被叙述成新文学自身逻辑的必然结果："帝国主义时代殖民地革命的特征之一，即知识分子由于外来文化的吸收而首先觉醒，广大的劳苦大众，反而在初期阶段上表现为被教育被唤醒的对象。在这里，后进国的先进的知识分子，往往只有体系化的革命理论与白热化的革命情绪，但不一定具有丰富的大众运动的经验。这些知识分子在实践中的主要缺陷，就是不能运用大众固有的形式以教育大众，对于自己爱读的书本子上的名词或术语，表示着拜物教性的好尚。"①新文学大众化的这种叙事逻辑，直至现在还一再被重复。但我们认为，这种大众化叙事逻辑可能遮掩了"大众化"的话语性，事实上，它在不同的话语主体那儿所指并不相同。但是，当大众化被叙述为新文学自身逻辑结果的时候，令人们感兴趣的恐怕就不是它的话语性，而是这种叙述究竟表达何种欲望以及它的合法性问题。为了揭示新文学大众化的启蒙叙事逻辑，这里有必要首先分析它的话语性，即大众化究竟是谁叙述的、如何叙述的，以及这种叙述隐喻存在何种欲望？作为新文学的一种话语，大众化首先由革命文学倡导者在1929年左右提出，旨在使革命文学能够为工农群众所接受，从而达到影响时代、创造时代的文学目的。左联也把新文学的大众化视为一项重要的文学任务，成立了文艺大众化研究会。受革命文学及左联的影响，陶晶孙在其接编的《大众文艺》1930年第2卷第3期《新兴文学专号》上册里，专门组织了一次新文学大众化问题的讨论，由于参加讨论的都是左翼文学界人士，新文学的大众化实质上就是"普罗文学的大众化"。他们认为，普罗艺术本质上"就是非为大众而存在不可的东西"②，"大众化的问题的核心是怎样使大众能整个地获得他们自己的文学"③。这样，30年代的新文学大众化讨论，实质上是革命文学/阶级文学的大众化探讨，隐喻普罗阶级政治的要求："现在是普罗列特利亚大众的时代了，他也该有自己底文艺"④，也残留着"五四"时代"民主"话语的痕迹："文艺本应

---

① 蔡仪主编：《中国抗日战争时期大后方文学书系》第2编《理论·论争》（第1集），重庆出版社1989年版，第69页。

② 沈端先：《所谓'大众化'的问题》，载《大众文艺》1930年第2卷第3期。

③ 郑伯奇：《关于文学大众化的问题》，载《大众文艺》1930年第2卷第3期。

④ 李洛：《我希望于大众文艺的》，载《大众文艺》1930年第2卷第4期。

该并非只有少数的优秀者才能够鉴赏"①。显然，这里的"大众"仅指劳苦大众即"被支配阶级和被榨取者的一大群"，而非"纨绔公子，闺阁名媛，名人隐士"②，因此，"大众"实际上并非那种社会各阶层意义上的"大众"。此外，这次讨论还由普罗大众应拥有自己的文学转向了怎样生产"普罗"的大众文学问题。他们认为，普罗文学在结构形式、体裁和语言文字方面应以"容易为工农大众所接受为原则"，应"批判地采用中国本有的大众文学，西欧的报告文学，宣传艺术，壁小说，大众朗读诗等等体裁"；他们还提出普罗文学作者的大众化问题，即作家在生活与思想情感方面接近普罗大众；最后，这次大众化还"组织工农兵通信员运动，壁报运动，组织工农兵大众的文艺研究会读书班等等，使广大工农劳苦群众成为无产阶级革命文学的主要读者和拥护者"。总之，左翼文学的大众化倡导，隐喻无产阶级革命的政治欲望，即完成"当前的反帝反国民党的苏维埃革命的任务"。可惜的是，在20世纪30年代，革命文学与左联文学的大众化既未被新文学其他主体如自由主义作家等所接受，也未被国民党政府所认可。

30年代的大众化讨论显然是普罗阶级的欲望话语能指。40年代的大众化讨论则发生在民族救亡的语境中，"强调的是文学的功利性宣传性，表现了现代文学与民族命运血肉相连的特质"③。因此，新文学与民族国家的互谋关系影响了这次讨论。一方面，新文学大众化在民族国家的叙事系统中获得了合法性，"在共同的事业"④中加强了它的话语权威性；另一方面，由于这种语境的影响，大众化成了表达民族国家的欲望话语能指，"喊出民族的危机，宣布暴日的罪行，造成全民族严肃的抗战情绪生活，以求持久的抵抗，争取最

---

① 鲁迅：《文艺的大众化》，载《大众文艺》1930年第2卷第3期。

② 全平：《我希望于大众文艺的》，载《大众文艺》1930年第2卷第4期。

③ 钱理群、温儒敏、吴福辉：《中国现代文学三十年》（修订本），北京大学出版社1998年版，第448页。

④ 冯雪峰：《关于"艺术大众化"》，见洛蚀文编：《抗战文艺论集》，上海书店1986年版，第144页。

后胜利"①。由此，大众化变为启蒙性的"化大众"。可见，40年代的新文学大众化，已成为民族国家的一种叙事话语。虽然这次讨论引起众多作家、众多地区的响应与参加，但话语主体基本上仍以左翼文学阵营为主，自由主义作家与通俗文学作家应者寥寥；虽然这次讨论在当时具有了合法性，反对者可能落下"汉奸""反动"的嫌疑，但实际上自由主义文学和通俗文学仍以无关痛痒的态度否认它的权威性。表达民族国家欲望的大众化文学话语跟其他话语的冲突，在40年代的解放区表现得尤其明显，直到延安文艺座谈会召开以及《在延安文艺座谈会上的讲话》发表以后，解放区作家才开始真正尝试与实践大众化方向。

无论是30年代的倡导还是40年代的讨论，都表明大众化仅是新文学中的一种话语，表达了不同话语主体——普罗阶级/民族国家——的不同欲望。

二、"大众化"的启蒙意识形态

40年代的大众化讨论，首先在桂林、武汉两地展开，然后香港、延安与重庆等地纷纷响应，两三年来一直是新文学界的热门话题。这次讨论主要围绕"利用旧形式"这一问题进行。有人主张新文学不必利用旧形式，有人担心新文学采用旧形式可能会蜕变为通俗文学，有人害怕新文学利用旧形式反被旧形式利用而丧失其进步性，而通俗读物社则认为，"旧瓶装新酒"不仅可行而且能消解所有这方面的焦虑。但是，无论是新文学利用旧形式的忧心忡忡，还是"旧瓶装新酒"的热情倡导，都说明新文学并不甘于跟旧文学、通俗文学同伍，仍然坚守它与旧文学、通俗文学的对立。即是说，新文学仍然以进步性自居，否定旧文学和通俗文学的价值。

进步的意识形态是现代启蒙叙事的一种话语类型。它出现于18世纪左右

---

① 《中华全国文艺界抗敌协会宣言》，载《文艺月刊》第1卷第9期。

的西欧，主要以英、法两国为地理核心而向意大利、德国等周边国家衍生；它创造了理性这个人类神话，并"产生了一种含糊却广泛存在的对'进步'的设定"①。新文学进步性的意识产生于"五四"文学革命时期。那时候，新文学跟传统文学、通俗文学产生激烈的冲突，新文学以进步性为其提供意识形态的支持，把自己反本土传统的历史欲望合理化。其进步的意识形态主要由两方面的话语构成：一是历史进化论的意识形态，一时代有一时代的文学和将来胜于过去的话语再现/生产了这种意识形态；二是西方中心的意识形态，这种意识形态表现为西方文学先进于中国文学。新文学在二三十年代通过不同的话语形态表现出来。如果说白话文学、人的文学与革命文学、现代主义文学等都表现出新文学进步的意识形态，那么，抗战时期新文学的这种话语就是利用旧形式、"旧瓶装新酒"等。正是这种意识形态，使新文学与旧文学、通俗文学因服务抗战而握手言和，但又保持跟它们之间的差异、对立。因此，新文学利用旧形式并非是完全认同、再生产旧形式，而是学习它通俗性的同时又用新内容改造它、提高它："我们不仅是利用旧瓶，还希望能改进旧瓶。"这里，新文学表现出对旧文学、通俗文学的一种权力关系，即以进步的意识形态指导旧形式与通俗文学。

这次大众化讨论还隐喻了另一种意识形态，即民族国家的意识形态。"文章下乡，文章入伍""旧瓶装新酒"等大众化话语，都隐喻文学为抗战、为民族国家服务的欲望和目的。抗战时期，国家权力和权威因日本的入侵而发生危机，并引发普遍的焦虑。"日本军人以海陆空最新式的杀人利器，配备着最残暴的心理与行为，狂暴代替了理性，奸杀变作了光荣，想要灭尽我民族，造成人类历史最可怖可耻的一页。"一切为了抗战、动员一切可以动员的力量为国家服务等话语，均是消解这种焦虑的意识形态实践。但是，在国家意识形态的想象中，民间是落后、愚昧的象征，他们不能体验、同情国家与民族焦虑，也不能与国家共存亡，国家必须唤醒他们，"把新的文化普及到民间"。

---

① [美]艾恺：《世界范围内的反现代化思潮——论文化守成主义》，贵州人民出版社1991年版，第9页。

因此，"旧瓶装新酒"的大众化也转变为"化大众"、启蒙大众。

这样，新文学及其大众化成为国家意识形态叙事的话语实践，成为后者叙事本文的一个转叙者。需要说明的是，新文学成为国家叙事的转叙者是其启蒙现代性的鲜明标志。自戊戌变法时期梁启超等提倡"文界革命"以来，文学逐渐以对现代国家的政治关怀而获得存在的意义和价值，而现代国家也期望文学能成为自己意识形态的再生产者。现代国家与新文学的互谋关系被抗战的历史语境所加强、巩固，"我们应当看成这是革命的艺术传统凭着现实条件而主动地争取的发展"①，"当前的文学大众化运动，比之过去的文学大众化运动，内容更为广泛，意义更为重大，那是没有问题的"②。在新文学和现代国家的意识形态关系中，旧文学、通俗文学连同其所寄寓的社会、民间，被想象为落后、愚昧的存在并需要被改造。大众化的"化大众"启蒙逻辑即隐喻这种过程。

总之，在这场新文学大众化讨论中，"大众化"不仅延续新文学进步的启蒙意识形态，而且隐喻民族国家的意识形态，它们共同形成关于民间及其文学形式的想象，即民间/旧形式意味着落后、低级。新文学的大众化，实质上成为"化大众"的意识形态实践。然而，在40年代的历史环境中，新文学大众化的启蒙立场，却遭到了一些批评和指责。

三、反大众化的两种话语

这次讨论中，人们多把旧形式理解为民间形式，"'旧形式利用'大半是指中国旧有和现有的民间艺术而言"③，"所谓旧形式一般地是指旧形式的

---

① 冯雪峰：《关于"艺术大众化"——答大风社》，载《大风》1938年第72期。
② 林淡秋：《抗战文学与大众化问题》，见洛蚀文编：《抗战文艺论集》，上海书店1986年版，第158页。
③ 冯雪峰：《关于"艺术大众化"——答大风社》，载《大风》1938年第72期。

民间形式，如旧白话小说、唱本、民歌、民谣，以至地方戏、连环画等等，而不是指旧形式的统治阶级的形式"。其实，旧形式并不完全等同于民间形式，它至少还包括传统文学。对旧形式的误读，事实上却导致大众化的启蒙叙事对民间的想象。民间——这个相对于国家及市民社会而言具有自己文化和生活特征的社会空间，被新文学和现代国家共同想象为落后的客体，沦为"被教育被唤醒的对象"。大众化的这种启蒙叙事的权力，在"化大众"的时代狂欢氛围中，引起少数人的注意、不满甚至愤慨。

在七月社举行的一次讨论会上，一些人认为国家与民间存在思想差异，而民间可能会拒绝国家对它的想象。吴组缃认为："有些人往往以为写作通俗作品，只要利用旧形式就行，读者就可以接受。我觉得不然。思想，意识，也要注意的。如《文艺阵地》上那篇老舍的京剧本《忠烈图》，其中述一个女子为要鼓励土匪抗日不惜嫁了他。这种为国家民族而牺牲贞操的观念，在我们看来是极道德的，但一般民众是否起反感，就成问题。"在此，他认识到，民间是有自我意识的主体而非国家想象的客体，并具有抗拒、颠覆国家的本质与能力。老舍也认为，大众化/通俗文艺"须是用民间的语言，说民间自己的事情"，否则，民间就不会接受和喜欢。这些仅是从大众化的角度，揭示启蒙意识形态的盲视及错误。齐同则站在民间的立场，激烈反对大众化的启蒙意识。他批评新文学启蒙想象的逻辑："大众当真是猪一样的东西吗？不是的，他们本来和我们一样的能创造，能鉴赏，看过原始时代艺术的遗迹，不难知道。而且要没有他们的创造，便不会有现在我们这样的文化了。"①他认为民间不需要新文学的启蒙、教养，因为民间是文学、文化的真正源泉和创造者，仅"由于生活不平的展开，使我们与这刚健清新的文艺渐渐隔开了"②。他指出，"'旧形式'并非民间固有的名词，而是文人口里喊出来的。这'形式'在民

---

① 齐同：《大众文谈》，载《理论与现实》1939年第1卷第1期。
② 齐同：《大众文谈》，载《理论与现实》1939年第1卷第1期。

间还没有'旧'到我们所想那样的程度，而且是很亲切的"①，并揭示这种话语可能导致的实践性暴力，"'利用旧形式'，结果还是要冲破'旧形式'，扬弃'旧形式'的"，即对民间的改造以迫使民间成为国家话语的转叙者。齐同反启蒙叙事的民间立场，并不像19世纪西方浪漫主义者那样富有鲜明的感性传统，但他的反抗和对民间传统的坚守却十分清醒。

在这场讨论中，我们还能听到另一种反启蒙的话语，它反对把大众化与通俗化联系起来，因为通俗化隐喻启蒙的意识形态。如南桌指出，这种倾向潜藏着新文学与大众间的对立、不平等，新文学无法真实体验、反映大众的生活和感受，大众化的新文学实质上还会成为高高在上、脱离民众的文学。南桌反对新文学启蒙意识的话语，十分接近20世纪20年代的平民文学话语，或者说延续了20世纪20年代的平民文学意识。1918年，周作人要求新文学应以普遍和真挚的情感反映普通男女的生活悲欢："既不坐在上面，自命为才子佳人，又不立在下风，颂扬英雄豪杰。"②他认为，平民文学既不是让个个"田夫野老"都可领会的通俗文学，也绝不是"施粥施棉衣"的慈善主义的文学，而是反映普通人普通情感的大众的文学。周作人的平民/大众文学理想影响了20世纪20年代的新文学。1928年郁达夫创办《大众文艺》时即坚持这种文学观念。但到1930年左右，这种大众文学话语被普罗文学的大众化替代，后者要求的大众化是"教导大众"、启蒙大众，以"唤起他们来参加政治斗争，以彻底的解决大众自己的一切问题"。这种大众化欲望在抗战时期又再现出来。

总之，在20世纪40年代新文学大众化的讨论中，新文学进步的意识遭到了不同的批评。齐同站在民间意识的立场，激烈反对新文学"化大众"的启蒙意识形态，认为民间是刚健、清新文学产生的源泉，是文学的真正创造者；以南桌、茅盾等为代表的新文学作家，从大众的角度反对大众化，认为新文学大

---

① 蔡仪主编：《中国抗日战争时期大后方文学书系》第2编《理论·论争》（第1集），重庆出版社1989年版，第97页。

② 周作人：《平民文学》，见周作人：《周作人散文》（第2集），中国广播电视出版社1992年版，第131页。

众化其实隐含精英与凡众、雅与俗的对立，大众化不能反映大众的思想情感反而产生"化大众"的流弊。今天，让我们引起注意的并不仅仅是这些批评的声音，还有值得我们深思的问题，为什么40年代新文学的启蒙叙事受到了应有的质疑？或者说，在40年代新文学的历史语境里，为什么会产生这些批评的意识？

在这里，本文仅想简单地指出，批评意识的出现是新文化和新文学自身发展的结果。一方面，新文化运动兴起的时候，随着对国民性的探讨，新文化界展开了对民间文学、神话、歌谣的收集、整理和研究，这种民间文化运动逐渐培育了40年代文化界中的民间意识和立场，产生了民间与国家间的差异对立观念。另一方面，30年代以后，随着新文学政治化程度的日益加重，新文学界开始了对新文学启蒙意识的反思，周作人、茅盾、郑振铎等人都意识到新文学"道学"气息的浓厚，感到它始终脱离大众、读者不多，从而要求新文学要通俗、要走向大众。因此，民间意识和新文学的大众意识，在三四十年代已经具备了社会基础，从而才能在这场大众化讨论中被触发和表现出来。新文学的启蒙意识形态在40年代受到批评，其原因即在于此。中国近代社会的动乱和民族战争，不仅是新文学启蒙意识产生的历史根源，而且是巩固它并使其合法化的一种历史力量，虽然它受到一些批评和反对，却无法扭转这种启蒙意识再生产的趋势。但是，我们今天感到忧虑的是，"从知识的产生条件和生产机制看，人们对某一观念的理解和误读总是参与对于真实历史事件的创造"[①]，新文学"化大众"的启蒙意识产生了为民族、国家服务的文学，但这种产生也意味着民间形式、大众文学遭受的压抑、改造，或者说，新文学启蒙意识的权威正建立在民间、大众文学失语的历史过程和基础上。这种失语和沉默，在今天看来，成了20世纪中国文学发展史上令人痛心的遗憾。

---

① 刘禾：《语际书写——现代思想史写作批判纲要》，上海三联书店1999年版，第47页。

党的文艺路线调整与伤痕文学的生成

20世纪90年代以来，以新的知识立场重返伤痕文学这个历史转折时期形成的文学现象，已逐渐成为新时期文学研究的一个新空间。人们发现，伤痕文学作为新时期文学的先声或序幕，在文学观念、审美特征及叙述形态上，与"文革"文学乃至十七年文学仍具有内在的一致性。可以说，没有十七年文学何来新时期文学的想象形式，已成为当下重审伤痕文学的历史想象方式。在这种"重审"中，人们多探究伤痕文学与"文革"文学在叙事形态上的相近性，而伤痕文学脱离"文革"文学模式并成为新时期文学序幕的社会原因，并没有获得细致、充分的研究。因此，多层次地探究伤痕文学生成的社会外部系统，而非仅是对内部"叙事"形态进行解读，已是这次重返伤痕文学历史现场不该遗漏的话题。人们已经发现，有些"文革"时期的文学青年后来成为新时期文学作家的组成部分，伤痕文学在社会情绪诱导方面的功能跟"文革"文学也没有多少差异。本文从党的文艺路线调整的视角，探讨伤痕文学在"文革"后生成的历史动因与过程。

一

"文革"期间，"文革"激进派推行的"文革"文艺路线，导致文艺社会生产的匮乏与凋零，调整"文革"时期的文艺路线成为"文革"后期党的一个任务。"文革"结束后，"文革"文艺路线被视为"四人帮"的阴谋文艺而被废止，党在20世纪50年代提出的"双百"方针得以恢复，被视为党的社会主义文艺事业发达与繁荣的正确路线。党在"文革"后期调整"文革"文艺路线的初衷，并不仅是政治路线斗争在文艺上的反映，它也真正蕴含着革命领袖对繁荣社会主义文艺创作的渴望。但是，这次文艺路线调整却受到"文革"后期政治形势转折的巨大影响，"文革"文艺路线"调整"终于意外地实现了"置换"。可以说，伤痕文学的出现正是"文革"文艺路线调整及被置换的一个社会结果。

江青主持召开的部队文艺工作座谈会并写成《林彪同志委托江青同志召开的部队文艺工作座谈会纪要》（简称《纪要》），标志着"文革"文艺路线、纲领的诞生。《纪要》发展了毛泽东1963年、1964年关于文艺两个批示的精神，把新中国成立以来的文艺视为反党、反社会主义的资产阶级文艺黑线，表示要通过社会主义"文革"把它彻底搞掉，以开创社会主义文艺的新纪元。在《纪要》的指导下，"文革"激进派以"灭资兴无"的革命运动，剥夺掉大部分"十七年"作家的写作权利，停止除《解放军文艺》之外其他一切文学刊物的出版，积极进行"样板文艺"的创造。我们不能否认"文革"激进派创造社会主义新文艺"力求达到革命的政治内容和尽可能完美的艺术形式的统一"[①]的渴求，以及开创社会主义文艺新纪元的政治激情。然而，"文革"激进派由于实行文艺专制主义以及绝对的文艺意识形态化，结果，社会主义文艺繁荣的局面不仅没有形成，反而造成了社会主义文艺"百花凋谢"的难堪局面。

到"文革"中后期，一向支持"文艺革命"的毛泽东开始批评"文革"文艺路线。他先是发现电影、戏曲、文艺作品比以前少了，1975年又批评"文革"激进派搞得"百花齐放"都没有了。不久，他就党的文艺问题发表书面

---

① 林彪：《林彪同志委托江青同志召开的部队文艺工作座谈会纪要》，见洪子诚主编：《中国当代文学史·史料选（1945—1999）》（下），长江文艺出版社2002年版，第524—525页。

谈话，明确提出文艺政策应该调整，"一年、两年、三年，逐步扩大文艺节目"，而"对于作家，要惩前毖后，治病救人，如果不是暗藏的有严重反革命行为的反革命分子，就要帮助"①。1975年7月25日，他对电影《创业》做出重要批示，建议发行此片以利于党的文艺政策调整。毛泽东的谈话与批示，隐含出他对"文革"文艺路线的批评，实际上也成为党调整文艺路线的方向②。"这年的七、八、九三个月中，毛主席关于'双百'方针，调整党的文艺政策的这一系列指示，已经冲破'四人帮'的层层封锁，像春风一样在整个中国的文艺界悄悄地传开了"③。

党对"文革"文艺路线的调整，迫使"文革"激进派努力进行繁荣文艺的工作，也激发了"走资派"文艺家自我的文艺信念与创作热情。"文革"派1975年10月在上海召开了文艺工作座谈会，加紧实施文艺节目的组织、生产与演出。之后，在上海这座"文革"运动的一个重灾区，各剧院放映的电影遽然间丰富起来，革命京剧片、故事片、彩色故事片、科教片、新闻纪录片等不断上映，旨意不仅是制造文艺繁荣的社会景象，而且是丰富市民日常生活的文化娱乐。不仅如此，"文革"激进派还积极筹划《人民文学》的复刊，企图把它办成像《朝霞》一样受其控制的刊物。如果说"文革"激进派执行文艺调整政策是以退为进的政治阴谋，那么，那些所谓的"走资派"文艺家，则在党的文艺调整政策的精神鼓舞下，一方面同"文革"激进派进行文艺路线与权力的斗争，另一方面也借机恢复"双百"文艺方针，1976年《人民文学》《诗刊》两个重要刊物复刊，一批"毒草"影片解禁了，一些文艺作品和鲁迅的著作出版了。至此，"文艺界的状况开始好转"④。然而，这次文艺路线调整因政治形势的逆转而半途而废，并被"文革"激进派诬陷为"党内外的资产阶级来整无产阶级，整掉以革命样板戏为代表的无产阶级革命文艺，整掉无产阶级在文艺

① 杨鼎川：《1967：狂乱的文学年代》，山东教育出版社1998年版，第9页。

② 1975年，毛泽东的批示曾经以181号中央文件下发，邓小平根据谈话与批示精神积极开展了文艺调整的工作。

③ 鲁真：《一个反攻倒算的黑会》，载《上海文艺》1977年第3期。

④ 杨鼎川：《1967：狂乱的文学年代》，山东教育出版社1998年版，第264页。

界的领导权，以便他们按照自己的世界观改造文艺"①。

"文革"结束后，"文革"激进派的文艺路线因"四人帮"倒台而被废止及"肃清"，而"坚持毛主席的革命文艺路线，贯彻执行百花齐放、百家争鸣的方针"成为党指导文艺的政治方针。即是说，"文革"结束后的党的文艺指导方针，以及重返文艺界权力中心的"走资派"文艺家，都渴望恢复十七年时期的文艺政策与文艺传统，并把贯彻"双百"方针视为文艺上的拨乱反正，视为繁荣社会主义文艺的正确道路，即文艺"只能'放'，不能'收'"②。这一时期，文艺界除逐步恢复文艺组织、整合文艺队伍、复刊文艺刊物以外，还深入批判"文革"文艺的"三突出"原则，确立文艺"形象思维"的创作原则。至此，文艺路线的拨乱反正实现了真正的历史转换，"文革"文艺路线甚至后期的调整被彻底摈弃，党的"双百"方针以及"归来"的文艺家所信奉的文艺规律得以确立，并被视为社会主义文艺的"春天"真正地到来。

《人民文学》从1977年开始介绍文艺必须用"栩栩如生的艺术形象去打动读者的心"③的创作规律；时年11月，编辑部又召开了促进短篇小说"百花齐放"的座谈会，讨论如何提高短篇小说艺术质量的问题。《人民文学》引导文学创作遵循"形象思维"的原则，不久成为党的文艺政策并在全国贯彻④。《文学评论》1978年复刊后，也旗帜鲜明地倡导文学"形象思维"的特点，批判"文革"文艺反"形象思维"的谬论及路线。《上海文艺》1978年也发起了"形象思维"问题的讨论，强调文学形象要有独特的"个性"。这样，文艺的形象思维原则就成为文艺界清除"文革"文艺"假、大、空"的"解毒良

---

① 初澜：《深入批判邓小平 坚持文艺革命》，载《北京文艺》1976年第7期。

② 阎纲：《文坛徜徉录》（下册），人民文学出版社1984年版，第482页。

③ 秋耘：《关于文学特点的通信》，载《人民文学》1977年第7期。

④ 1977年12月31日《人民日报》发表了毛泽东给陈毅的《关于谈诗的一封信》，信中提到"要作今诗，则要用形象思维方法"。1978年《诗刊》第1期、1978年《上海文艺》第4期转载了该信。在1978年召开的中国文学艺术界联合会第三届全国委员会第三次扩大会议上，时任中宣部副部长的黄镇讲话，表示要坚定不移地贯彻执行党的"双百"方针。

药"。不仅如此，文艺界还深刻认识到，"文革"时期文艺创作的公式化、概念化弊病，实质上根源于"文艺是阶级斗争的工具"的文艺观念，认识到它实质上"忽视了文艺与生活的关系，忽视了文艺的特殊规律"，所以，文艺界积极呼吁要恢复文艺"用具有审美意义的艺术形象来反映社会生活"①的创作原则。

总之，"文革"结束以后，由于揭批"四人帮"的政治运动影响，文艺界不仅废止"文革"文艺路线，恢复与贯彻了党的文艺"双百"方针，而且确立了文艺"形象思维"的美学原则。这样，"文革"后期就开始的党的文艺路线调整，因为"四人帮"的倒台而骤然间被置换，"文革"文艺路线及其蕴含的"文艺为政治服务"的观念被清算，以形象反映生活的文艺观念获得重建。即使在批判"四人帮"的文学写作热潮中，文艺界也呼吁要克服"文革"中"帮味"式的创作风气，鼓励作家"观察现实中各种生动的生活方式和斗争方式，描写各个阶层、各种各样的人物的心理和面貌"②。"文革"文艺路线的清算与文艺"形象思维"规律的确立，终于催生了伤痕文学的诞生，党繁荣文艺的愿望也以文艺界对"双百"方针的拥护而实现。更为重要的是，文艺界终于盼来了渴求许久的社会主义文艺百花齐放的春天。

二

以20世纪90年代的知识立场看，伤痕文学叙事形式的粗糙和陈旧十分明显，它参与"新时期意识形态的建设"③的叙事实践也有为政治服务的嫌疑。由此，人们愈来愈怀疑伤痕文学表征"新时期"文学开端的合法性。这种历史

---

① 《上海文学》评论员：《为文艺正名——驳"文艺是阶级斗争的工具"说》，见洪子诚主编：《中国当代文学史·史料选（1945—1999）》（下），长江文艺出版社2002年版，第577页。

② 阎纲：《谨防灵魂被锈损——兼评〈班主任〉》，载《北京文艺》1978年第3期。

③ 孟悦：《历史与叙述》，陕西人民教育出版社1998年第2版，第46页。

重审虽然揭示了伤痕文学的历史复杂性，但是淡化了伤痕文学与其生产语境的关系，无法全面呈现伤痕文学所具有的文学史意义，即它有别于"文革"文学的历史断裂性。诚如洪子诚先生所说，伤痕小说的出现预示着对"文革"文学模式的脱离，显示了文学"解冻"的一些重要特征，即"对个人的命运、情感创伤的关注，和作家对于'主体意识'的寻找的自觉"①。

从文艺政策调整的角度看，伤痕文学是在"以形象反映生活"的"文革"后文学语境中产生的。1977年邓小平复出后，积极开展教育、科学等战线上的拨乱反正，"这对文艺战线的拨乱反正、解放思想，包括恢复文学创作的革命现实主义传统，产生了不可估量的广泛而深远的影响"②。"伤痕文学之父"刘心武创作的《班主任》，就是《人民文学》编辑部"闻风而动"的结果。编辑部首先向熟悉教育工作并有着写作潜能的刘心武约稿，小说写成后"立即在编辑部范围内引起了震动"③，然后，作者又按编辑部的意见做了些许修改，最终顺利地以小说头条位置发表。这篇小说问世后产生了广泛的社会影响，并非因为它反映了当时教育战线"抓纲治国"的新面貌，而是因其深刻的思想揭示了"四人帮"给人们造成的"精神内伤"，即谢惠敏这个小说人物呈现了"文革"政治所造成的思想愚昧与僵化。总之，谢惠敏的形象塑造显示了"作者对生活现象的敏锐的洞察能力"，呈现出文学创作"一扫帮气"的历史性转变。④尽管《班主任》的小说情节、主题以及作者的叙事声音，都明显残留着"文革"文学的气息，但它被当时的文艺界视为文学转折的历史标志，

---

① 洪子诚：《中国当代文学史》，北京大学出版社1999年版，第240页。

② 涂光群：《五十年文坛亲历记（1919—1999）》（上），辽宁教育出版社2005年版，第243页。

③ 涂光群：《五十年文坛亲历记（1919—1999）》（上），辽宁教育出版社2005年版，第243页。

④ 《为文学创作的健康发展扫清道路——记〈班主任〉座谈会》，载《文学评论》1978年第5期。

被视为文学创作的成功典范①，起着"引导和促进其他作者在一个新的创作道路上探索前进的作用"②。

20世纪90年代的研究者已指出，《班主任》实质上隐喻当时社会愿望的正当性及政治话语的历史转换。换言之，它仍然以文学叙事指涉政治领域的权力，并没有冲破文学为政治服务的文学观念。和它相比，卢新华的《伤痕》"更接近文学的特性"，标志着"由写概念的人到写具体的人、理想的人到现实的人的开始"。③虽说是一篇大学生的文学习作，但它以稚嫩的叙述技巧，展现了"文革"给生命个体造成的感情创伤，展现了政治领域的权力冲突造成的个体人生信仰的迷乱与困惑，展现了泛政治化的国家生活对生命个体血缘伦理秩序的破坏。因此，主人公王晓华的心灵挫伤，并非仅仅是对"文革"时期"血统论"的政治愚昧的批判，也并非仅仅是对生命个体忠诚政治权威的现代迷信的精神反思，它其实还隐喻一个深刻的心灵悲剧，即个体对"无限"虔诚地神性信仰跟神性天国的意义荒谬的二元冲突，表达了政治浩劫之后个体意识复苏的心理情绪，隐喻个体对信仰王国的怀疑及世俗伦理意识的复苏，真正引爆了"伤痕"叙事的文学写作热潮。那些展现由政治动乱而铸就个人生命"伤痕"的感愤型作品④，"大都以人伦关系的破裂作为情节"⑤，表达了对"文革"政治的控诉和重返世俗秩序的个体意识转型。因此，《伤痕》才象征文学真实反映生活、人情、人性的时刻到来，象征文学表现个体生命体验的时期到

---

① 1978年8月15日《文学评论》编辑部举行《班主任》座谈会，借此为创作的健康发展扫清道路，评论家都认为《班主任》的出现带有标志性，象征着被"四人帮"中断了的革命现实主义文学传统的恢复。给予它肯定的评价，并非它达到十全十美的艺术水平，而是肯定它的方向对、路子对。

② 冯牧：《打破精神枷锁，走上创作的康庄大道——在〈班主任〉座谈会上的发言》，载《文学评论》1978年第5期。

③ 季红真：《文明与愚昧的冲突》，浙江文艺出版社1986年版，第157页。

④ 有学者将伤痕文学文本分为惊羡型、感愤型、回瞥型三种，认为感愤型文本强化"伤痕"的现在持续延绵景观及其难解症结，并灌注进个人的感愤或感伤。参见王一川：《"伤痕文学"的三种体验类型》，载《文艺研究》2005年第1期。

⑤ 季红真：《文明与愚昧的冲突》，浙江文艺出版社1986年版，第157页。

来，它已完全"避免了帮八股那种空、假、滥、绝的文风"①。

不可否认，众多的伤痕文学叙事多把"文革"叙述为个人痛苦命运的社会根源，这既隐含着"文革"后政治权威对社会情绪的有意识引导，又呈现了伤痕文学向真正意义上的"新时期文学"转换的艰难。在这种意义上，张洁是真正冲破政治意识形态藩篱的新时期作家，她将文学创作引向了作家自我抒情的发展方向。张洁被当时文坛誉为文学"新苗"，其创作为文坛吹来一股优美而奇异的新风，令人仿佛看到了一幅幅优雅而娟秀的淡墨山水画。她的小说《从森林里来的孩子》，把音乐家受迫害而屈死的"文革"叙事推向背景，以一个由森林深处而来，具有音乐天赋的学生考取音乐学院的经历，表达了对纯洁、高尚等美好社会情感的向往与赞美。这篇小说不仅驱除了"文革"留给人们的梦魇记忆，而且表现了"经历了深刻的痛苦之后的欢乐"②，还表达了对生命、社会、历史的高尚主义和理想主义的心灵渴求。在张洁看来，文学创作不再是政治意识形态叙事的转喻者，而成为作家表达自我情思的抒情方式。至此，伤痕文学才真正实现了跟"文革"文学叙事模式的历史断裂，才象征着个体体验性叙事的文学意识的形成，才最终迎来了个体体验性叙事的发达与繁荣。无论是王蒙、张贤亮、从维熙等"归来派"作家对"少共情结"的抒发，还是礼平、孔捷生、叶辛等知青作家对知青命运及心理情绪的表现，方之、林芹澜等作家对社会、历史荒谬感的传达，以及陈建功、周克芹等作家对政治激情失落后人们心灵落寞的揭示，都表明伤痕文学已从"'改换文学'的叙事歧路上突破出来"③，实现了文学向"人学"方向的真正转型。

总之，在"文革"结束后政治转型的社会语境中，文艺界不仅积极进行

---

① 杨鼎川：《成为某种标志的一篇习作——重庆〈伤痕〉》，见王蒙主编：《全国小说奖获奖、落选代表作及批评·短篇卷》（上），湖南文艺出版社1995年版，第79页。

② 谢冕：《迟到的第一名——评〈从森林里来的孩子〉》，载《北京文艺》1978年第10期。

③ 董之林：《旧梦新知："十七年"小说论稿》，广西师范大学出版社2004年版，第272页。

文艺领域的"拨乱反正"斗争，而且也逐步确立了"形象思维"的文艺观念，使文学创作逐步摆脱了"文革"文学的叙事风格，完成了文学由意识形态叙事向个体体验性叙事的历史转换，逐步实现了伤痕文学跟"文革"文学的历史断裂。这种文学风格的历史断裂，使伤痕文学拥有了自己的文学史特征及意义。我们认为，伤痕文学标志着文学表现个体生命感性的历史开始，隐喻作家个体写作权利的恢复与拥有。在这种意义上，伤痕文学不仅开启了新时期文学的序幕，带来了社会主义文学复苏、繁荣的社会景象，而且呈现了文学叙事与国家政治意识形态的一些疏离，从"歌德与缺德"的争论到对自由化、异化、人道主义等思想的批判，都隐喻着伤痕文学个体性叙事的自由追寻与政治保守主义意识形态的背离。

现代革命的叙事逻辑

——20世纪革命文学思潮回顾

　　20世纪20年代国民大革命"所反映的历史主流是在中国建立起对外自主自立的、对内具备有效权力和权威体系的统一的现代民族国家"①。但具有辩证意味的是，现代革命重建民族国家的历史欲望必须异化为现实具体的实践欲望才能实现。无产阶级的阶级斗争学说即是其一，它以阶级斗争学说解释国民党的民生主义②，号召被剥削阶级起来斗争，创造新的民主国家。正如学者们所指出的，中国共产党的阶级学说"主要目的是想组织起中国人口中的最大多数以达成自己的上述政治目标，而非对其本身感兴趣"③。无产阶级现代革命的这种历史——叙事意义，在新中国成立后的文学叙事中才被深刻地揭示出来。《创业史》中梁三老汉所隐喻的乡土自然欲望与梁生宝所隐喻的现代国家欲望的矛盾冲突，就表现出国家与乡土虚构（叙事）同一关系的破裂。本文认为，革命文学思潮勃兴于共产党初建的20年代，并在大革命国共两党分裂而共产党遭受历史挫折的转折时刻走向高潮，其阶级斗争的叙事逻辑的意识形态功能，就是推论自我存在的合理性与弥合、遮掩跟广大民众间的距离，"为它自己的

---

　　① 许纪霖、陈达凯主编：《中国现代化史（1800—1949）》（第1卷），生活·读书·新知上海三联书店1995年版，第402—403页。
　　② 参见《中国社会各阶级的分析》，见毛泽东：《毛泽东选集》（第1卷），人民出版社1991年第2版，第4页。
　　③ 许纪霖、陈达凯主编：《中国现代化史（1800—1949）》（第1卷），生活·读书·新知上海三联书店1995年版，第462—463页。

阶级宣传，组织"。①把现代革命的叙事逻辑置放在具体的历史情境内，揭示它的叙事逻辑特征及意识形态功能，将是本文的意图所在。

一、革命的浪漫蒂克

蒋光慈是20年代革命文学的代表作家。在《少年漂泊者》《短裤党》《最后的微笑》《冲出云围的月亮》《咆哮了的土地》等叙事文本中，蒋光慈开创了现代革命的叙事逻辑。1932年，瞿秋白等人借《地泉》再版之机批评它为"革命的浪漫蒂克"。

首先，蒋光慈的叙事文本突出、叙述了现代革命欲望符码与具体的革命实践者的相互欲望。汪中写信给不曾相识的现代革命人物维嘉，向他叙述自己的成长历程；章淑君与菊芬等知识女性都对革命人物陈季侠、江霞怀有敬仰、爱慕之情。而这些革命文本符码也对他/她们怀有同情与欲望。王曼英与现代革命人物李尚志的欲望结构关系，则细致、深切地揭示了两者间的相互欲望。在小说文本中，李尚志对王曼英的欲望始终贯穿全文，而王曼英对现代革命人物李尚志的欲望则被与柳遇秋的恋爱、到上海后用性复仇社会的欲望故事所悬置与延搁，到叙事近结束时，王曼英才被李尚志坚韧的革命意志所感动，才找到自己的真实欲望之物——现代革命符码。因此，王曼英的故事实质上就是寻找现代革命符码，使自己成为革命者的故事。后结构主义者认为，欲望所表达的并非欲望之物的在场，相反，它实质上隐喻着欲望之物的缺席。在20年代无产阶级初兴的历史时期，这种缺席是双重的。毛泽东的《中国社会各阶级的分析》一文充分、真切地表达了对这种缺席的焦虑：中国过去一切革命斗争成效

---

① 李初梨：《怎样地建设革命文学》，见上海文艺出版社编：《中国新文学大系（1927—1937）·文学理论集二》，上海文艺出版社1987年版，第54页。

甚少，其基本原因就是因为不能团结真正的朋友，以攻击真正的敌人[①]。而这种叙事逻辑的意识形态功能，就是遮掩革命实践者的现实缺席，以象征的方式消解这种意识形态焦虑。而革命实践者对现代革命符码的欲望关系，则隐喻着后者在前者现实中的缺席。广大群众尤其是农民阶级并不能理解现代革命重建国家的这种超越性欲望，"保守和私有"是他们的天性，他们参加革命仅仅是为了改善自身的生存。"当20年代广东海丰的旧式官僚在农民代表面前谈及彭湃利用农民时，农会干部的反驳则是：不是彭湃利用我们，是我们农民利用彭湃！他们实际上投身到了中共领导的土改运动中去，但不一定认同于中共的政治主张。"[②]而现代革命的这种叙事逻辑，既消解了其意识形态的焦虑又把自身的要求包装为民众的愿望使其自然化。

其次，现代革命叙事用自我的欲望话语置换了现代革命的现实历史情境。现代革命把自我想象为"奇理斯玛"式的存在，以至赵园认为这些现代革命的欲望符码"既现实，又理想，半是生活，半是意念"[③]。"奇理斯玛"这个词语来自早期基督教，意指有神助的人物，后来韦伯界定权威的形态时，用它来指称一种原创能力的特殊资质。它具有超验性与创造性。《咆哮了的土地》中的现代革命符码李杰与张进德就具有"奇理斯玛"素质，在李杰身上表现得尤其明显。小说从毛姑这个乡村年轻女性的视角，叙述出李杰的超验、反阐释性：他为何抛却地主家庭的优裕生活而甘愿为穷人吃苦受累？他为何不回家看望自己生病的母亲？他又为何烧毁令乡民羡慕的家园、财富？正是这些隐晦难解的神秘，使他赢得了民众的尊重与信赖，具有了感召他人的权威即创造性："能够赋予心灵的与社会的秩序。"[④]现代革命符码把压迫/反抗的欲

---

① 参见《中国社会各阶级的分析》，见毛泽东：《毛泽东选集》（第1卷），人民出版社1991年第2版，第3页。

② 许纪霖、陈达凯主编：《中国现代化史（1800—1949）》（第1卷），生活·读书·新知上海三联书店1995年版，第465页。

③ 赵园：《艰难的选择》，上海文艺出版社1986年版，第87页。

④ 林毓生：《中国传统的创造性转化》，生活·读书·新知三联书店1988年版，第83页。

望话语逻辑赋予社会与民众。正是因为他们的出现，汪中、阿贵、毛姑、刑翠英等工农的儿女走上反抗压迫的道路，章淑君、菊芬、王曼英、何月素等知识女性才能够背叛家庭成为现代革命女性。现代革命符码的"奇理斯玛"素质是现代革命欲望在叙事文本中的直接再现。在无产阶级初登历史舞台并被国民党政权压抑的历史情境中，现代革命符码是现代革命欲望的自我肯定与张扬，也是对压抑自己的国民党政权的反抗与否定。其叙事逻辑的意识形态功能，既是表达对国民党政权的批判，又是表达阶级革命欲望的正义性。并且，这种欲望与其叙事又被国共合作破裂、国民党右倾势力的血腥屠杀激发得愈加浓烈。这不仅体现在共产党反抗屠杀而连续发动的南昌起义、广州起义、秋收起义等一系列历史事实中，也体现在革命文学的叙事中。激越的时代氛围与写作心理，使现代革命符码几乎成了现代革命欲望的传声筒："作者写这一类革命作品，更多的是为了抒发对反动派屠杀政策的愤慨，以及对尽快掀起新的革命高潮的向往。"[1]

现代革命叙事还把革命斗争的历史现实从文本中删除，用其欲望的想象话语遮掩现实缺席的文本空洞。《咆哮了的土地》叙述李杰、张进德带领农民自卫队冲下三仙山、打破敌军扼守的包围圈时，把这场本该浓枪重炮、激烈拼杀的战斗叙述成几乎没费一枪一炮就冲出了包围："等到睡梦中的兵士们都醒来了而意识到是一回什么的时候，自卫队已冲过营垒了。"[2]《冲出云围的月亮》也是如此。女主人公王曼英在革命失败后只身流落异乡，在S镇被陈洪运骗到家中，当她发现陈洪运欲强迫自己做"二房"时，小说叙述王曼英略施小计就从陈的家中逃脱，去了上海。一个是世故奸猾的作恶老手，一个是身单力薄涉世未深的年轻女子，而后者轻而易举地逃离魔掌，简直令人难以置信。现代革命的这种叙事逻辑，有人认为是时代激进革命思潮使然，"这种时代气氛与社会心理是不利于深刻谛视和解剖人生的现实主义发展的，倒很适合于浪

---

① 温儒敏：《新文学现实主义的流变》，北京大学出版社1988年版，第95—96页。
② 《蒋光慈文集》（第2卷），上海文艺出版社1983年版，第420页。

漫主义的东山再起"①。也有人认为，现代革命叙事虽然把叙事与具体的日常生活与复杂的心理过程割裂，但也"与一种社会现象对应"。"生活中既然有'突变式'的革命者，文学中当然可能出现相应的形象类型"。②鲁迅则讥讽它为"单关在玻璃窗内做文章"，"不和实际的社会斗争相接触"，"不明白革命的实际情形"。③但本文认为，现代革命叙事用欲望话语替换历史的真实性，则是由于其内在的意识形态焦虑即对革命暴力的焦虑，恐怕革命的暴力会泯灭自己和广大民众对现代革命的欲望，而用理想的革命话语遮掩并激发民众革命的欲望，以造成现代革命的历史洪流，实现其重建民族国家的历史目的。许多人都曾指出这种叙事逻辑的巨大的意识形态功能："在那黑暗的年月，革命文艺确也曾起到过不可想象的促进作用：不只一个人说过，他们之参加革命是因为读了蒋光慈的小说。"④

在蒋光慈等的倡导与影响下，革命文学思潮在1928至1930年左右骤然勃兴，"革命文学成为了一个时髦的名词"。革命文学思潮的兴盛大致有三方面的原因：其一是太阳社、创造社1928年大张旗鼓的倡导，并以文学的时代性与阶级性等难以辩驳的理论话语迫使鲁迅、茅盾等"五四"时代的作家纷然转变文学观念，走向革命文学道路；其二是大革命的时代热潮，为接受革命文学的读者提供了贴切的阅读经验和心理，使革命文学像一棵水土旺盛的幼苗蓬勃生长；其三就是文学的商业化语境，也为革命文学的发展创造了一个相对有利的客观条件，当然也带来庸俗、浅薄的消极弊病。革命文学的叙事逻辑在走向繁荣的同时也遭受了一些批评、阻碍。一方面是鲁迅、茅盾等虽然接受了革命文学的时代性、阶级性话语，但仍坚守文学的自律性，而革命文学的倡导者又没能够找到足以否定这种观念的元话语，给鲁迅、茅盾等留下了批评革命文

---

① 温儒敏：《新文学现实主义的流变》，北京大学出版社1988年版，第95—96页。
② 赵园：《艰难的选择》，上海文艺出版社1986年版，第102页。
③ 鲁迅：《对于左翼作家联盟的意见——三月二日在左翼作家联盟成立大会讲》，见上海文艺出版社编：《中国新文学大系（1927—1937）·文学理论集一》，上海文艺出版社1987年版，第383页。
④ 张大明：《三十年代文学札记》，天津人民出版社1986年版，第23页。

学叙事逻辑的余地；另一方面，也因为革命文学倡导者的理论幼稚，革命文学不仅引进了普罗文学、新写实主义、唯物辩证法的创作方法等无产阶级文学运动的理论，造成了理论话语的驳杂与混乱，而且也引进了苏联、日本等国批评革命文学运动的理论话语，致使革命文学的一些倡导者如钱杏邨、冯雪峰、瞿秋白等也批评革命文学的叙事逻辑。现代文学研究者普遍认为革命文学引进这些理论是企图"摆脱'革命文学'初期那种激情的浪漫主义"，"解决'革命文学'困境的应急良药"。①这无疑高估了革命文学倡导者们的理论能力，更可能的情况是他们的盲目与幼稚，"只能随着国际无产阶级文学运动的'风向转'"②。历史的过错必以历史的苦果为偿还，革命文学的初期倡导者们的理论幼稚，不仅无法提出像毛泽东的《在延安文艺座谈会上的讲话》那样的坚定的理论，而且还导致否定蒋光慈开创的现代革命叙事逻辑的倾向。

二、新的小说的诞生

丁玲这位现代文学史上著名的女作家，无论她的人生还是她的创作都具有传奇色彩。她不仅创作了《梦珂》《莎菲女士的日记》等惊世骇俗的"个人主义"作品，而且在1929年后立即转向革命文学，写出了《韦护》《一九三〇年春上海》《田家冲》等革命作品。1931年，她在自己主编的《北斗》杂志上发表了中篇小说《水》，再次引起文坛的轰动与关注。《水》以1930年全国十六省大水灾为背景，叙述了流离失所的灾民在长岗镇赈济无望、饥饿难耐的情境下，愤然起来反抗地主与官府的故事："这队饥饿的奴隶，男人走在前面，女人也跟着跑，吼着生命的奔放，比水还凶猛的，朝镇上扑了过去。"③小说发表后，冯雪峰立

---

① 温儒敏：《新文学现实主义的流变》，北京大学出版社1988年版，第126、117页。
② 温儒敏：《新文学现实主义的流变》，北京大学出版社1988年版，第119页。
③ 丁玲：《水》，见上海文艺出版社编：《中国新文学大系（1927—1937）·小说集一》，上海文艺出版社1984年版，第246页。

即发表《关于新的小说的诞生》，认为它标志着"从观念论走到唯物辩证法，从阶级观点的朦胧走到阶级斗争的正确理解，特别是从蔑视大众的，个人的英雄的捏造走到大众的伟大的力量的把握，从浪漫蒂克走到现实主义，从旧的写实主义走到新的写实主义，从静死的心理的解剖走到全体中的活的个性的描写"①的新小说。茅盾也认为它标志着左翼文坛已经清算"革命+恋爱"的公式。在这里，冯雪峰敏锐地觉察到《水》的叙事逻辑不同于《韦护》《田家冲》等革命的叙事，也明显不同于蒋光慈小说文本的叙事逻辑。简单地说，《水》把现代革命欲望符码从文本中消解了，把现代革命符码组织民众起来抗争的叙事置换成民众自己的觉悟抗争叙事，"在《水》里面，不是一个或二个的主人公，而是一大群的大众，不是个人的心理的分析，而是集体的行动的开展"②。现代革命欲望符码的文本退场，使革命叙事显得自然、真实。《水》不同于蒋光慈小说叙事的地方还在于它把民众抗争的叙事删除了，使其成为文本外的故事，避免了蒋光慈小说把革命斗争过程叙述得极为轻易的"浪漫化"。

总之，《水》的"新的写实主义"的叙事逻辑，是通过消解现代革命欲望符码与删除斗争叙事建立起来的。这种消解与删除，冯雪峰认为是作者"从离社会，向'向社会'，从个人主义的虚无，向工农大众的革命的路"③的意识形态改造带来的，"对于自己的一切坏倾向坏习气的斗争，对于自己的脱胎换骨的努力"④。也有学者认为是"唯物辩证法创作方法的提倡，促成了一种风气，左翼作家们逐渐摆脱'革命文学'初期那种激情的浪漫主义，转向社会性题材的开掘，注重对社会现象作阶级剖析"⑤。但本文认为，以《水》为代表的现代革命新的叙事逻辑的形成更可能是国民党文化控制与政治迫害的结果。1928年国民党形式上统一全国后，就加紧了对意识形态及其话语的控制，不仅查封了创造社、艺术剧社等激进社团，还制定了《出版条例》和《出版

---

① 《冯雪峰论文集》（上），人民文学出版社1981年版，第73页。
② 《冯雪峰论文集》（上），人民文学出版社1981年版，第69页。
③ 《冯雪峰论文集》（上），人民文学出版社1981年版，第72页。
④ 《冯雪峰论文集》（上），人民文学出版社1981年版，第73页。
⑤ 温儒敏：《新文学现实主义的流变》，北京大学出版社1988年版，第126页。

法》，成立了图书电影审查机构，并于1931年2月暗杀了五位左翼盟员。国民党严酷的文化控制，影响了革命文学思潮的生存、发展与繁荣，"所以在1931年春，'左联'的阵容已经非常零落。人数从九十多降到十二。公开的刊物完全没有了"①，这也迫使革命文学改变其"浪漫蒂克"的叙事逻辑，尽量对现代革命欲望及其符码进行遮掩，使文本"灰色"一点以图生存。鲁迅1933年6月20日在《致榴花社》的信中就用这样的策略指导山西文艺青年："新文艺之在太原，还在开垦时代，作品似以浅显为宜，也不要激烈，这是必须察看环境和时候的。别处不明情形，或者要评为灰色也难说，但可以置之不理，万勿贪一种虚名，而反致不能出版。战斗当首先守住营垒，若专一冲锋，而反遭覆灭，乃无谋之勇，非真勇也。"②因此，现代革命的新的叙事逻辑与策略既是革命文学在严酷生存境状中的被迫选择，也是欲使革命叙事文本能通过国民党文化审查机关得以发表的前提，同时也是缺乏革命现实经验、寓居都市的知识分子革命作家无意识地扬长避短的表现。

《水》的发表，特别是冯雪峰、茅盾等革命文学领导者对它的褒扬，意味着此后的现代革命叙事开始告别蒋光慈的叙事逻辑，但现代革命叙事逻辑的替代并非意味着现代革命欲望及其意识形态焦虑已从历史中退场、消解。在无产阶级没有夺取政权、实现重建现代国家的历史使命之前，无产阶级的革命欲望及意识形态焦虑一直存在，只是因为国民党的文化控制与政治迫害使得它不得不变换叙事方式。我们可以天真地设想，当丁玲们能处于自由的叙事环境中，有着反抗压迫的革命欲望的他们，会怎么叙述自己的革命欲望呢？他们能把自己的革命欲望叙述为失败、投降吗？如不会这样，他们就会落入蒋光慈式的叙事逻辑中，将革命叙述为压迫 觉悟—反抗—胜利的宿命般的公式。现代革命叙事发展史也告诉我们，蒋光慈的浪漫蒂克叙事逻辑又在40年代解放区、五六十年代的新中国的文学叙事中被重复，而这种重复既说明现代革命欲望与

---

① 谌宗恕：《左联文学新论》，武汉出版社1996年版，第79页。

② 《致榴花社》，见鲁迅：《鲁迅全集》（第12卷），人民文学出版社2005年版，第409页。

焦虑没有从历史中消解，也说明蒋光慈开创的现代革命叙事逻辑在组织民众、重建现代国家的历史进程中的正确与巨大作用，同时也证实以30年代的《水》为代表的叙事逻辑仅是一次被迫的策略变换。

三、新的人民的文艺

现代革命叙事摆脱了30年代那样的严酷生存环境，在40年代的解放区开始复苏并走向繁荣。这不仅因为解放区给了他们创作革命文艺的"民主自由"①，还因为毛泽东的《在延安文艺座谈会上的讲话》为他们指明了为工农兵服务、为政治服务的发展方向。为工农兵服务实质上是为无产阶级革命的政治服务：我们必须站在无产阶级的立场上，而不能站在小资产阶级的立场上②。周扬更为直接地指出，"文艺已成为教育群众、教育干部的有效工具之一"③。为工农兵服务转换为用无产阶级革命意识教育他们，革命文学叙事成为整个革命机器的一个组成部分。"就其写作（生产）、传播（流通）方式，艺术思维，创作模式而言，则都展现了新的特点与面貌"④。但"解放区"这个政治上的特殊指称，具有文化和政治的双重角色与位置。相对于国民党南京政府而言，它代表着新民主主义革命政权；相对于解放区政权的工农兵而言，它又是新民主主义革命的领导者。因此，40年代解放区的意识形态焦虑就是阉割焦虑与权威焦虑的相互缠结。有人指出，解放区的"'为最大多数人谋最大

① 参见毛泽东：《在延安文艺座谈会上的讲话》，见《毛泽东选集》（第3卷），人民出版社1991年第2版，第872页。

② 参见毛泽东：《在延安文艺座谈会上的讲话》，见《毛泽东选集》（第3卷），人民出版社1991年第2版，第856页。

③ 党秀臣编：《中国现代文学参考资料选》（上），高等教育出版社1987年版，第239页。

④ 钱理群：《"新的小说"的诞生》，见王晓明主编：《二十世纪中国文学史论》（第3卷），东方出版中心1997年版，第78页。

的利益'在集体主义的阐释体系中，导致了两种标准：共产主义的信仰者应当自觉地过着克己的生活；他们是解放者；被解放的民族的福利则必须时刻被关注。这使得它在饱受战乱、暴政和贫穷之苦的广大民众，特别是广大农民中，产生了特殊的吸引力"①。解放区政权不仅是革命政权而且是人民民主政府，或者说，解放区40年代的焦虑的主流是权威焦虑而非阉割焦虑。伴随着意识形态转型的，是现代革命叙事逻辑的再创造。

1943年，赵树理的《小二黑结婚》发表，它被誉为"是毛泽东文艺思想在创作实践中的一个胜利"②。但有意味的是"我们在毛泽东众多的讨论文艺问题的文章与言论中从未见过他对赵树理进行只字片语的评价"③。这隐含着毛泽东对赵树理小说叙事的认识与评价。《小二黑结婚》的叙事开始于小二黑、小芹的自由爱情与二诸葛、三仙姑的传统迷信的冲突焦虑，但在叙事中，这种现代意识与乡村传统观念的冲突被转换成小二黑、小芹与金旺兄弟的冲突，叙事结束于小二黑、小芹在区政权的帮助下实现了目的。而小二黑、小芹与金旺兄弟的冲突，实质是民间伦理意义上的善与恶的冲突，它的叙事具有民间伦理除暴安良的民间叙事逻辑特征。把现代性冲突叙事转换为民间伦理叙事，并把后者置于文本叙事的中心位置，致使《小二黑结婚》更像通俗小说，因此不能出版。"彭总看后，写了几个字……即交新华书店出版，就是彭总题字后，还压了几个月，迫不得已才出版了"④。这表明，《小二黑结婚》的叙事逻辑无法消解解放区的权威焦虑，即需把权威通过叙事使其合法化以遮掩它的权威性。赵树理对乡村传统的想象具有现代性——小二黑、小芹这样的乡村青年男女追求现代爱情；二诸葛、三仙姑的传统迷信观念也应被彻底改造。但赵树理

---

① 许纪霖、陈达凯主编：《中国现代化史（1800—1949）》（第1卷），生活·读书·新知上海三联书店1995年版，第580页。

② 周扬：《论赵树理的创作》，见黄修己编：《赵树理研究资料》，北岳文艺出版社1985年版，第189页。

③ 李杨：《抗争宿命之路——"社会主义现实主义"（1942—1976）研究》，时代文艺出版社1993年版，第91页。

④ 黄修己：《赵树理评传》，江苏人民出版社1981年版，第141页。

的想象也具有农民、民间意识——把二诸葛、三仙姑等想象为被动的，他们的思想变化主要是迫于区上的政权权威而非自觉的追求。"最后的大团圆局面是由区长、村长的干预而完成的。"①这不仅没有遮掩解放区权威的权威性反而呈现了解放区政权对乡村传统权力的干预和影响。赵树理"始终没有清醒地意识到自己作品的这种现代性"②。他仅找到了现代革命叙事的"民族形式"。

由鲁艺集体创作的《白毛女》歌剧，标志着解放区革命叙事逻辑转型的完成与成熟。"《白毛女》的故事从30年代末就在晋察冀一带开始流行"③，但鲁艺决定把这个来自民间的故事写成一个"旧社会把人变成鬼，新社会把鬼变成人"的故事。叙事主题与叙事逻辑的预设，使"把鬼变成人"的新社会拯救民间社会的作用增强，从而使新社会对民间社会的统治权威演变为拯救与恩泽，把权威意识形态转化为民间社会的自觉认同与欲求。叙事开始于除夕之夜杨家与黄世仁的冲突：除夕之夜，"家人的团圆，平安与和谐，由过年的仪俗和男婚女嫁体现的生活的稳定和延续感"④，遭到了黄世仁的威胁与践踏；杨白劳悔恨而亡；喜儿被抓去抵债并被黄世仁奸污；大春逃离乡土投奔革命。孟悦认为，黄、杨两家的冲突本是民间人伦的冲突，但把这个善与恶的伦理冲突转换成阶级革命叙事，是通过删除杨白劳与黄世仁争夺对喜儿的所有权故事、大春与黄世仁情仇的故事、黄世仁与喜儿的性暴虐/反施暴的故事来实现的。"摈除所有'性'及'性别'冲突的可能性，正是为着使《白毛女》的整个叙述完全纳入'阶级斗争'的发展线索。"⑤而大春的归来，既是平暴除恶的民

---

① 李杨：《抗争宿命之路——"社会主义现实主义"（1942—1976）研究》，时代文艺出版社1993年版，第89页。

② 李杨：《抗争宿命之路——"社会主义现实主义"（1942—1976）研究》，时代文艺出版社1993年版，第86页。

③ 孟悦：《〈白毛女〉演变的启示》，见王晓明主编：《二十世纪中国文学史论》（第3卷），东方出版中心1997年版，第184页。

④ 孟悦：《〈白毛女〉演变的启示》，见王晓明主编：《二十世纪中国文学史论》（第3卷），东方出版中心1997年版，第193页。

⑤ 孟悦：《〈白毛女〉演变的启示》，见王晓明主编：《二十世纪中国文学史论》（第3卷），东方出版中心1997年版，第189页。

间伦理的恢复，也是替喜儿复仇雪恨的新社会的象征。因此，新社会成为拯救民间、恢复民间伦理的救星与恩人，而非赵树理小说文本内改造民间传统的权威。使自己的权威合法化即意识形态化为民间社会的"恩人""救星"，这种现代革命叙事逻辑成功地消解了解放区的权威焦虑。

从此，《白毛女》的叙事逻辑在解放区文学叙事中被不断地重复运用。《王贵与李香香》《太阳照在桑干河上》《暴风骤雨》《赤叶河》等文本都突出了"旧社会把人变成鬼，新社会把鬼变成人"的叙事主题，通过叙事逻辑重复强化了新社会即无产阶级现代革命所建立的国家对民众的拯救，"孤儿寡女的苦大冤深以及共产党解放军的救苦救难"①。叙事主题的预设也影响了叙事文本的叙述形式。我们在蒋光慈的"浪漫蒂克"小说与丁玲的"新的小说"文本内能够看到受苦受难的被压迫阶级的阶级意识觉醒与反抗，而在《白毛女》等文本内，却呈现了被压迫阶级的民间伦理意识与乡土理想。或者说，解放区的革命叙事把国家与民间理想割裂与对立，这不仅能够突显国家对民间的拯救，也能够突出国家对民间伦理理想的肯定与保护，"政权力量最初不过是民间伦理逻辑的一个功能。民间伦理逻辑乃是政治主题合法化的基础、批准者和权威。只有这个民间秩序所宣判的恶才是政治上的恶，只有这个秩序的破坏者才可能同时是政治上的敌人，只有维护这个秩序的力量才有政治上以及叙事上的合法性"②。

---

① 孟悦：《〈白毛女〉演变的启示》，见王晓明主编：《二十世纪中国文学史论》（第3卷），东方出版中心1997年版，第192页。

② 孟悦：《〈白毛女〉演变的启示》，见王晓明主编：《二十世纪中国文学史论》（第3卷），东方出版中心1997年版，第194页。

后　记

从读研究生开始，我的研究兴趣都放在了革命文学领域。在此领域的研究中，不觉已走过二十多个春秋。回顾自己的学术成长之路，我现在依然非常感谢我的硕导、博导的理解与支持。正是他们的宽容与信任，使我能够在学术研究上依自己的兴趣自由而快乐地前行。更为欣慰的是，我在此道路上结识了不少师长、同道及朋友，他们的勉励及帮助让我感受到了友谊的可贵与温暖。本书能够出版，首先要感谢陕西师范大学李继凯教授的热肠。我与李教授十五年前有一面之谊，此后并无多少交往，去年在一次学术会议上相遇，闲聊中提及我的研究与他开展的延安文艺研究有着相近性，他便热情邀请我去西安访学、交流。今年上半年，终于成行。在陕西师范大学期间，李教授不仅热情款待，而且希望我此后能多参与他们的学术活动。这本书的顺利出版，就是李教授热情帮助及积极支持的成果。

21世纪以来，中国现代革命文学研究取得历史性的学术突破，获得众多重要的学术研究成果。然而，我十余年来多专注于国民革命时期的革命文学运动研究。以往，在现代革命文学史的研究中，人们多重视左翼文学和解放区文学的研究，而涉及国民革命时期的革命文学研究则相当薄弱，甚为遗憾。令人欣慰的是，21世纪以来该阶段的革命文学研究开始引起学术界的关注。我们知道，这一阶段的革命文学开左翼文学之先河，被视为左翼文学的历史萌芽，所以人们也多从国际左翼文学潮流角度进行研究。这种研究视角及学术视野的建构，无疑具有重要的现实意义及深切的学理性，但自然也带有研究视野的局限性，忽视了革命文学运动与其社会语境、历史现场的复杂关系。中国现代革命文学观念的建构，不仅受到国际左翼文学尤其是苏俄、日本无产阶级文学运动的直接影响，而且也受到一些国外"非左翼"文学观念的影响；在多元文学、文化潮流互相竞争的历史场域中，中国现代革命文学由边缘走向主流的发展历程也并非一帆风顺，常受到其他文学观念的非议及批判。不仅如此，20世纪20年代革命文学开创的革命叙事逻辑，与之后的左翼文学、解放区文学、新中国成立的红色文学具有内在的历史同质性，可能存在着共同的革命叙事语法。在现代革命文学研究中，我偏重于20世纪20年代的革命文学研究，近些年来，我主要做了三项工作：一是探究西方"非左翼"文学对中国革命文学观念建构的影响，二是从社会史角度探究革命文学运动的发展历程及文化空间，三是收集、整理这一时期的革命文学运动史料、文献。这本拙著如果能给读者带来些微思想启迪，于我便是极大的欣慰了。

此书付梓之际，已快接近岁末，西安访学的愉快情景再次浮现脑际。这匆匆逝去的一年，如果说尚值得留念及纪念的话，那便是这次的西安之行及这部尚有诸多不足的书。在此，除再次表达对李继凯教授的由衷感谢外，还须感谢我的博士生张瑞瑞及本书的编辑同志，正是他们的辛苦付出才使本书得以顺利出版！

2019年11月27日　厦门